ひそやかな殺意

マーゴット・ダルトン

皆川孝子　訳

MIRA

MIRA文庫

Tangled Lives
by Margot Dalton

Published by Harlequin K.K., Tokyo, 2001

運転手は恐怖で身をこわばらせ、女性の華奢《きやしや》な後ろ姿を見つめた。黒い髪はほつれ、ほっそりした背中はねじれている。しばらくしてわれにかえると、運転手は崖をよじのぼってトラックにもどり、無線に手をのばした。

1

部屋は広々として気持よくしつらえられている。豪華と言ってもよいほどだ。壁にかけられた数点の絵画は、室内の調度にあわせて焦茶色のオーク材の額縁におさめられている。ベッドの横で点滅しながら信号音を発する機械とあふれるほどの花がなかったら、病院の一室とは思えないだろう。

ドクター・クララ・ワッサーマンは窓のそばの椅子にすわり、クリップボードを膝に置いて患者の様子を見ていた。患者の顔はあざだらけで、普段のリーザ・カンタリーニの面影はない。

リーザは美人で、そのことを人一倍意識している女性だ。黒い髪とクリーム色の肌をひときわ引き立てる濃いブルーの瞳がエキゾチックな魅力をその顔に与えている。そんな魅力を化粧や服装でさらに強調するのがリーザの好みだった。だが、こうして化粧をとった顔は意外に若く、弱々しかった。強引で自己中心的な性格は影をひそめてしまったように見える。包帯におおわれて鎮痛剤で眠っているさまは、妙に幼くさえ感じられる。

ふいに左目のまぶたが細かく震えて開いた。しかし紫色に腫《は》れあがった右目は閉ざされたままだ。

リーザはとまどった表情で部屋のなかを見まわした。包帯にくるまれた腕をもちあげて目もとに手をやろうとしたが、顔をしかめながら腕をおろした。クララは椅子をそばに引き寄せた。

「頭が痛い」リーザは不明瞭《ふめいりよう》な声でつぶやいた。「ここはどこ？　私、どうかしたの？」

「あなたは自動車事故にあったのよ、リーザ。フリーウェイから飛びだして、鉄柱に衝突したの」

リーザは無表情な目でクララを見た。

「打撲傷や切り傷を負ったうえに、軽い脳震盪《のうしんとう》を起こしたのね。ビクターから連絡をもらって私が様子を見にきたの」クララは言葉を選びながらつづけた。「昨日から一、二度は意識がもどったのだけど、まだ頭が混乱しているみたい。だから、何か力になれるかもしれないと思って」

「あなたは？」リーザの声はいくぶん明瞭になり、怪我《けが》をしていないほうの目でクララの顔をしっかりと見つめている。

「ドクター・ワッサーマンよ」患者が窓のまぶしい明かりを見つめなくてもすむように、クララは椅子の位置をずらした。「リーザ、覚えていない？　あなたはこの春から何度も私の診察を受けていたのよ」

「でも、私……あなたのこと知らないわ」リーザはふたたびとまどった表情を浮かべた。

「いいえ、知ってる」事故にあった人間がこのような症状を示すのは、とくに珍しいことではない。「リーザ、あなたの子供時代のことやビクターとの問題を、ふたりでいろいろ話したでしょう?」

リーザは途方に暮れた顔でクララを見つめた。「なんのことかわからないわ」ベッドの上に起きあがろうとしたが、うめき声をあげてふたたび横になった。「あなたには会ったこともない。これはいったいどういうこと? 何がなんだかわからないわ」

クララは身をのりだして、なだめるように肩を叩《たた》いた。「心配しなくても大丈夫。事故のあとにはよくあることよ。いまは静かに休むのがいちばん。考えたり悩んだりしてはだめよ、リーザ」

「でも……私の名前はリーザじゃない」

クララは思わずクリップボードを握りしめた。「リーザじゃない? それならあなたの名前は?」

「メグ」急な疲労感におそわれて目を閉じ、リーザは弱々しい声で言った。「私の名前はメグです」

「メグ?」クララは内心の動揺を悟られないように、穏やかな声で尋ねた。「あなたはメ

「リーザ、寝椅子に横になってもいいのよ。そのほうが気分が落ち着くかもしれないわ」

「いまどき寝椅子だなんて。先生って暗黒時代の人間みたい」

「あら、そう?」

「それに、横になったら先生の顔が見えないじゃない」

「そのほうが都合がいい場合もあるのよ。ちょっと試してみたら? 背中の角度は好きなように調節できるから」

「まったく、もう」リーザはぶつぶつ言っている。

クララはテープレコーダーに目をやって、リーザの反抗的な態度に苦笑した。それからしばらく会話はとだえたが、ずるずると足を引きずって歩く音から、リーザが結局は革製の寝椅子に移動したことがわかる。

「それでいいかしら?」クララは穏やかな声できいた。

「ええ。なんの話だった?」

「ビクターの仕事のこと」

「彼はお金のことで問題があるって言うのよ。本当は使いきれないほどもってるくせに、私にはいちいち細かいことばかり言って、洋服の買物にもっと慎重になるようになんて言うの」

「そういえば、あなたはいつもおしゃれな服を着ているわね。センスがいいのね」

「センスは磨いていくものよ。十五年もその世界にいれば、いやでも磨きがかかるわ」

「その世界って？」

「ミスコンの世界よ。まえにも話したでしょ。母がはじめて私をコンテストに出場させたとき、私はまだ三つにもなってなかった。その美少女コンテストで優勝して以来、十八歳までに四十三の大会に出場したわ」

「最後に出場したのは……十八歳のとき？」

「そう、五年前。そのときには、州で行われる大会のタイトルはほとんど全部手にしていたわ。ミス・ユタにも、ミス・アメリカにも、もう少しで手が届くところだった。きっと優勝できたと思う。みんながそう言ってたもの。すばらしい地位と大金を手にいれていたはずよ。そうしたら、ビクターなんかをあてにしなくてもすんだのに」

しばらく沈黙がつづき、やがてリーザのいどむような声がきこえた。

「驚いた、ドクター・ワッサーマン？」

「私は医者よ。何をきいても驚かないわ。ミス・ユタの大会に出場しなかったのはなぜ？」

「十八歳のとき、ちょうど出場準備をはじめたばかりのころに母が亡くなったの。肝臓癌《がん》だった。あとからわかったんだけど、母はお金の管理がめちゃめちゃで、生命保険にもはいってなければ、私の生活費の貯《たくわ》えもまったくなかったの。だから、大学を中退して働く

「自分ではそう思っているの？」

「わからない。先生どう思う？　テリーのところでなく、本当の母親のもとで育っていたら、私はちがった人間になってたかしら」

「それはなんとも言えないわ。人格の形成に遺伝子と環境のどちらがより大きな影響をもたらすかについては、いろいろな説があるから。本当のご両親について、あなたは何か知っているの？」

「いいえ、何も。子供のころ、よく想像したものよ」リーザの声からとげとげしさが消え、夢見るような調子になった。「私の本当のお母さんは映画スターなんだって。もちろん、すごいお金持なの。いつかきっと大きな白いリムジンで私を迎えにきてくれる。そう思って毎日待ってたけど、迎えにはこなかった。母が亡くなって生活が苦しくなってから、自分でも産みの親を探してみたの。養子の斡旋《あっせん》をした法律事務所に連絡してみたけど、私の行方を探している人間はいなかった。返事の手紙にはこう書いてあったわ。〝現在のところ、あなた様の実のご両親から調査の依頼はきておりません。今後調査の依頼がありましたら、ただちにご連絡申しあげます〟まったく親切よね」

「そのことについて、あなたはどんなふうに感じている？」

「養子にだされたことについて？　わからない。ときどき……」リーザの言葉がゆっくりになり、言いよどむような調子に変わった。いつもの自信たっぷりの態度が消える。「ときどき、自分が本当はだれなのかわからなくなるの。これが本当の自分ではないような気がして……」

「本当の自分ではない？」

「……というより、私のなかにべつの人間がいるみたいな感じで……うまく言えないけど」

少しまえに病院で見たリーザの様子を思いだして、クララの胃はきゅっとしめつけられた。ペンを握りしめて、テープのつづきに耳をすます。

「どういう意味かよくわからないわ、リーザ」

「あのね、小さいころのことなんだけど、私は自分のなかにもうひとりの人間がいるような気がしていたの。私とそっくりなんだけど、もっと……やさしくていい子が」

「その子はどこからきたの？」

「鏡のなかからよ。私とそっくりだって言ったでしょ」

「その子はあなたにとって友だちのような存在だった？」

「やめてよ。友だちなんかじゃなかったわ。大嫌いだった。名前はグリゼルダよ。なんでそんな名前を考えだしたのかわからないけど、私が知ってるなかでいちばん醜い名前だったからだと思う」

「どうして嫌いだったの？」

「私よりかわいかったから」

「あなたとそっくりなんだと思っていたわ」

「そっくりなんだけど、でももっとかわいいの。そんなの我慢できなかった。鏡を見るたびに彼女のことが頭に浮かんできて、頭がおかしくなりそうだった。彼女のことを完全に追い払えるようになるまで、何年もかかったわ」

「いまはもういないの？」

「もちろんよ。ずっと昔に追い払ったもの」

「どうやって？」

「ミスコンで優勝をつづけるうちに消えたわ。ステージのまんなかで頭に王冠をのせられ、胸にたすきをかけてもらうたびに、自分がいちばんかわいいんだって確信できるようになったの。あの感激は忘れられない」

クララは集中するあまり、眉間《みけん》にしわを寄せてテープレコーダーに見入った。

「十一歳のとき、母が『白雪姫』の映画に連れてってくれたの。あれはまるでグリゼルダの世界だった。哀れな女王が、〝鏡よ鏡、世界でいちばん美しいのはだれ？〟ときくと、鏡はほかの女だと答えるんですもの。最悪の映画だった。本当は、女王が白雪姫を殺すところを見たかったんだけど、どうにも我慢できなくて途中で席を立ったわ。母はかんかんに怒ってた。でも、次の日からグリゼルダはあらわれなくなった」

「二度とあらわれなかったの?」

「ええ、私の覚えているかぎり。彼女は……消えたのよ。でも、今度はべつの……」声は消えていった。

「リーザ?」クララはそっと声をかけた。「眠ったの?」

「いいえ」リーザはどことなくぼんやりした調子で答えた。「ただ、思うんだけど」

「ええ」

「なんだかときどき……だれかべつの人間がいまも私のなかにいるような気がするの。私とはまったくべつの人間が。たとえば……グリゼルダみたいな」

「そのひとにも名前がついているの?」

「ええ、まあね」リーザははにかんだように言った。「彼女は……マギーっていうの。なんだか変よね、こんなの。私、頭がおかしいのかしら」

「私から見れば」クララは冷静な医師の声で言った。「あなたは少しもおかしくないわ。マギーのことをもっと話してもらえないかしら」

だが、リーザの声は次第に眠たげになり、不明瞭になっていった。くぐもったつぶやきのあと、テープは無音になり、やがて停止した。

クララは興奮で体がぞくぞくするのを感じた。このテープと、病院のベッドに横たわる女性が、想像もできないほどの名声を自分にもたらすことは間違いない。リーザ・カンタリーニの症例は、これまで長いあいだ夢見てきた大成功を約束してくれるはずだ。しかし、症例を発表する際、ほかの医師から批判や攻撃を受けるようなことがあってはならない。慎重の上にも慎重を期して、準備を進めなくては。

2

次の日の午後、ビクター・カンタリーニは妻の病室にむかって廊下を歩きながら、病院は苦手だとつくづく感じていた。彼が好むのは、二本の足でしっかりと立ち、責任ある立場について、各地を飛びまわるような暮らしだ。彼自身、十代のころに悪性のおたふく風邪にかかって入院して以来、病院とは無縁の生活をつづけている。それはたった一度の経験だったが、今日のような日には、そのときのみじめな体験が思いだされる。

ビクターは病室の前で立ちどまった。長身で、豊かな白髪にはウェーブがかかり、物腰には静かな自信があふれている。妻より三十歳ほど年上だが、筋肉質で力強い体は少しも衰えていない。この日は軽い布地のタック入りのズボンに、チョコレート色の開襟シャツを着ていた。

無意識に髪を手で撫《な》でつけてから、ドアを細めにあけ、静かに病室に足を踏みいれた。はじめに目にはいったのは、ベッドにかがみこんでいる看護婦の後ろ姿だった。

看護婦は彼のほうをふりむいた。赤い髪を帽子のなかにたくしこんだ、若くて魅力的な女性だ。豊かな胸のせいで制服のボタンが弾《はじ》けそうになっている。彼女の顔に浮かんだ好意的な表情を見てビクターは一瞬胸をときめかせたが、幻想はすぐに消えた。好意の対象は患者で、彼ではない。

「こんにちは、ミスター・カンタリーニ」看護婦は小声で言った。「奥様は二、三分前に眠られたところです。でもうとうとしているだけですから、しばらくしたらお話しできるかもしれません」

ビクターは看護婦の隣に立ってリーザの姿を見おろした。胸のなかは複雑だった。傷だらけの素顔で、妻は静かに横たわっている。事故から四日近くたち、右目のひどい腫《は》れはだいぶ引いたが、紫色のあざはまだ消えていない。

しかし、そんな傷があっても、リーザはこれまでにないほど美しく見えた。頬と顎のすっきりしたライン、すっと通った鼻筋、濃い眉、デリケートな唇、すべてが信じられないほど美しい。

ビクターは思わず声にだして言った。「なんてきれいなんだろう。そう思いませんか?」

「ええ」看護婦は手をのばして、点滴の速度を調整した。「本当におきれいな方です」

「十代のころには、いくつもの美人コンテストで優勝したんですよ。私と出会ったときはテレビ局で働いていました。コマーシャルの制作のアシスタントをしてましてね」

ベッドの上で落ち着きなく体を動かしながら低くうめくリーザを、ふたりは黙って見守った。

「妻は大丈夫なんでしょうか」ビクターはきいた。「先生のお話では脳震盪《のうしんとう》は軽いものだったはずです。こんな昼日中から眠っているのは変じゃないですか」

「まだ鎮静剤がきいてますから」看護婦は点滴装置を指さした。「それに――」言いかけてやめた。

「なんです？」

「あのう、奥様はこの二日ばかりのあいだに軽い感染症にかかられたようです。それで体温の上下が激しいのです。でもご心配なく。点滴で抗生物質を与えていますから」

「感染症？　いったいなんのことですか？」

「詳しいことはドクター・バートレットからおききになってください」看護婦はクリップボードと器具のはいったトレイを手にもった。「失礼します。何かありましたらブザーを押してください」

看護婦は木綿の制服の下で腰を魅力的に揺らしながら、部屋をでていった。ビクターはベッドのそばの肘《ひじ》かけ椅子にすわって、いつものように欲望と不安のまじりあった思いで妻を見つめた。

怪我《けが》をして無力に横たわっているにもかかわらず、その寝姿を見ていると欲望を感じずにはいられない。リーザはベッドのなかでは最高の女性だ。その美しい裸身を腕に抱いて身も心も溶けあった瞬間を思いだすと、激しい欲望が波のように押し寄せてきて、じっとすわっていられなくなった。

この体を抱くことはできても、本当に自分のものにすることはできない。ビクターの胸は苦い思いで満たされた。

そのとき、ふいにリーザが目をあけた。カーテンごしにもれてくるほのかな光に目をしばたたかせながら、ビクターの顔を黙って見あげた。

なんの感情も浮かんでいないその顔にビクターはとまどい、かすかに恐怖さえ感じた。

「目が覚めたかい。ビクターだよ。覚えてるだろう？」冗談のつもりで言った。

「ビクター」リーザはにこりともしないでつぶやいた。

「きみの旦那様《だんな》だよ。夫がいる身だということをきみがときどき忘れるのは知っているが、とにかくいまはここにいるからね」突如として、ビクターは居心地の悪さを感じた。自分の体が大きくがさつで、この清潔な部屋にはそぐわないように思えてならない。リーザの目はじっと自分に注がれている。「きみがその……事故にあって以来、話らしい話をするのはこれがはじめてだ。かわいそうに。ヤクのせいで何もわからなくなってしまったんだね」冗談はむなしく宙を漂った。

「ビクター」リーザはきいたことのない名前を口にするような調子で、ふたたびつぶやいた。

彼の不安はつのった。「リーザ、大丈夫かい。何かほしいものはないか。なんでも私に……」

リーザの頬に急に赤みがさした。熱がでたのかもしれない。額に汗がにじんでいる。顔を手で軽くはらい、枕《まくら》の上で頭を動かしてから、ふたたびビクターのほうをむいた。

「どうしてなの」彼女はか細い声で言った。「どうしてみんなリーザと呼ぶのかしら」

「あたりまえだろう」ビクターは落ち着きなく視線を泳がせた。「それがきみの名前じゃないか」

「私の名前はメグよ。家はラスベガス。早く仕事にもどらないと」

ビクターは茫然《ぼうぜん》と妻を見つめた。「リーザ」驚きのために声はかすれている。「なんでそんなことを言うんだ。きみの家はラスベガスなんかじゃない。峡谷の家で私と一緒に暮らしてたじゃないか。医者の許しがでたら、すぐに家へ帰ろう。そうしたらきっとよくなる。あせることはないよ」

「あなたのことは知りません。私は……私の名前はメグです。リーザなんてひとは知りません」それだけ言うと、目を閉じた。頬の赤みは消えていないが、また眠りに落ちたらしい。

「いったいどういうことなんだ」ビクターはつぶやいて、しばらく妻の姿を見つめていた。まるでリーザの体のなかにべつの人間がはいりこんでしまったみたいだ。ビクターはようやく立ちあがると、病院内だということも忘れて、騒々しく部屋を走りでた。

クララはナース・ステーションにいた。ビクターと結婚後のリーザが、生理痛のときなどに何度か診てもらった頭の薄い初老の医師、ドクター・ソール・バートレットと小声で話をしている。

ビクターは足どりも荒くふたりに近づいた。はじめに感じた恐怖は、こみあげてくる怒りのせいで影をひそめていた。「いったいどうなってるんだ？　妻はどうしてしまったんだ！」

クララはビクターの腕を軽く叩《たた》いて、なだめるように言った。「ビクター、どうかご心配なく」

「心配するなだと！」ビクターの腹だちはつのった。ドクター・バートレットが体をかたくし、机のむこうの看護婦たちが眉をひそめるのがわかった。「妻の頭がおかしくなってしまったのに！」

「落ち着いて、ミスター・カンタリーニ」ドクター・バートレットが言った。

「奥様は頭がおかしくなったわけではないのよ」クララは穏やかに言った。「ビクター、できたら職員用ラウンジで少しお話ししたいの」

ビクターは体を揺すってふたりをにらみつけていたが、やがてしぶしぶふたりのあとについて職員用ラウンジにむかった。

「コーヒーはいかが？」クララは隅のテーブルに置かれたコーヒーポットのまえで声をかけた。

「頼むよ。クリームを少し、砂糖はいらない」バートレットが言った。「悪いね、クララ」

「いいのよ。ビクター、あなたは？」

「いや、コーヒーはいらない。私がほしいのは答えだ」

「ソール、ビクターはご存じ？」

「正式に紹介されたことはないが、奥さんが入院したとき、お見かけしたよ」

「ビクターはユタ州北部で自動車の販売代理店を手広く経営なさってるの」クララはバートレットに言って革の椅子にすわり、ふたりの男を見た。「気持はわかるわ、ビクター」ようやく本題にはいった。「心配するのはもっともよ。奥様と話をするまえに、ひと言、注意しておくべきだったわ」

バートレットはコーヒーをすすりながら、視線をクララからビクターに移した。

「奥様の症状は、ある病気の初期の段階だと思われるわ。それは、非常に珍しい病気で、多重人格症と言われるものなの」

「多重人格症だって？」ビクターは口をあんぐりとあけて、クララを見つめた。しばらくは声もでなかった。「つまり……テレビドラマにでてくるあれかい。自分は本当はふたりの人間なのだとか言って、一方が知らないうちにもう一方が何かをしでかしてしまうという、例のあれ？」

「テレビドラマは現実とはちがうわ。ひとつには、多重人格症がよくあることのように描かれがちだということ。実際には、本物の多重人格症と認められた患者はごくわずかなの」

「近ごろでは何百人もいるのかと思っていたよ」バートレットが口をはさんだ。

「たしかに、そう診断される患者は大勢いるわ。でも、正確な意味で多重人格症と認められる患者はわずかよ」

「では、妻はそのわずかな患者のひとりだと言うのかい？　私にはとてもそんなこと……」

バートレットも信じられないという顔でクララを見た。「多重人格はある種のストレスが原因になって起こるものだったね。私は何度かリーザを診察したが、いつでも自信たっぷりで、ストレスがあるようには見えなかったが」

「元気なふりをしていたのよ」クララは言った。「リーザは子供のころ体験した心理的な葛藤《かっとう》をいまも克服できずにいるの。母親に対する否定的な感情、父親の不在、養子にだされたことによる根深い不安感……これらすべてがストレスの原因になっているわ。それから――」ビクターのほうをちらっと見てつづける。「ここ数カ月は、ある種の緊張状態にあったのよ」

「それは事実だ。このところ、私たち夫婦はうまくいっていなかった。一緒に暮らしていれば、いろいろあるさ。しかし、妻は好きなように金を使って気晴らしをしていた。とつぜんこんなふうにおかしくなるなんて、理解できない」

「〝とつぜん〟ではないわ」クララは言った。「リーザの交代人格、つまり、もうひとつの人格は、おそらく子供のころから存在していたのよ」

「クララ、ちょっと待ってくれ」バートレットが制した。「結論を急ぐまえに、ほかの可能性も考えてみようじゃないか。患者は事故で頭を強く打った。直後は打撲傷と軽い脳震盪、現在は二時間おきに発熱している。このような状況においては軽い失見当識が起きても当然ではないのかね?」

「そうかもしれない。でも、彼女がもうひとりの自分について話をしたのは、今回がはじめてではないの。三カ月以上もまえ、診察中にメグという名前を何度か口にしたわ。そのあと、リーザはぱったりと顔を見せなくなってしまったけど」

「妻がメグという名前を口にしたって?」ビクターはいらついた様子で、椅子の上で体を揺すった。「信じられない」

「名前については曖昧《あいまい》なところもあったけど、べつの人間が自分のなかにいることは知っていたわ。ビクター、事故の前日、彼女はどんな様子だった? 何か変わったことは?」

ビクターは肩をすくめた。「いつもと同じだよ。朝、私がでかけるとき、妻はまだ眠っていた。昼間はたいていプールサイドで過ごす。来客の予定があったようだが、たぶんいとこだろう。その日私は仕事で遅くなった。十一時ごろ家に帰ったときには、妻の姿はもうなかった。伝言も書き置きもなし。ただ、いなくなったんだ」

「それは奥様らしくない行動?」

ビクターは少しもおかしくなさそうに笑った。「らしくない行動など、妻にはないよ」

「じゃあ、彼女が意識不明で発見されたという知らせがあるまで、連絡は何もなかったのね?」

「いや。夜中すぎに車から電話をよこしたよ」

クララは熱心な目で見つめた。「そうだったの。それはどこから?」

「シーダー・シティの南を走っているところだと言っていたよ。しかし、様子がとても変だった」

「どんなふうに?」

「とにかく、いつもとちがっていた。普段よりおとなしい感じで、少し眠そうだった。急にラスベガスのマンションで二、三日過ごしたくなって出発したが、気が変わったと言っていた。家に帰ったら、もう一度やりなおせるかどうかふたりで話しあわないかと言い、そして……愛していると……」言いにくそうにビクターは付け加えた。

クララは目を細めた。「それは、奥様らしくない言動?」

「ああ。まったく意外な言葉だった」

「そのすぐあとに、居眠り運転をして車線から飛びだしたのね。事故当時、車は北にむかっていた。すでにUターンして、ソルトレーク・シティにむかっていたんだわ」

「そのとおり。妻はスピード狂だから、五時半になっても帰らないと、私は不安になった。そんなとき警察から連絡がはいったんだ」

クララは心得顔でうなずいた。「自動車電話をかけてきて愛していると言ったのは、おそらくリーザではなくメグだったんだと思うわ。その時点では、メグはリーザのことをすべて知っていたのね。現在はその記憶がまったくないようだけど。おそらく事故のショックで一時的に……」

それまでクララの言うことを黙ってきいていたバートレットが、慎重に発言した。「私は彼女の体の健康状態しか診ていないが、心にそんな問題をかかえているようには見えなかった。それに、私はこの年になるまで、本物の多重人格症患者に会ったことはない」

「会ったことのある人間はきわめて少数よ」クララは言った。「さっきもお話ししたように、症例はごくごくわずかなの。でも、実際に存在はするわ」

「それはわかっているが、まるで彼女がふたりの人間であるかのように話すのをきいていると、どうも違和感を感じてならない」

「ある意味ではふたりの人間よ。本物の多重人格症の場合、交代人格は独自の芸術的才能をもつこともあるし、主人格よりはるかに高い知能指数を示すこともあるわ。血圧も、脳走査写真も主人格とは異なり、利き腕もちがう場合があるし。主人格が知らない言語を話したり、知識を有したりということもね。筆跡の鑑定や心理分析テストを行っても、ちがう人格であることが認められるわ」

「信じられない」ビクターは大きく目を見開いて、ため息をついた。

「私は手にはいるかぎりの文献に目を通したし、この数日のあいだにリーザと……あるいはメグと――」クララはかすかにほほえみを浮かべた。「話をした。彼女は多くの面で多重人格症の典型的な症状を示しているわ。でも、ただひとつ大きく異なる点があるの」クララはむずかしい顔をして答えた。「これまでに調べた症例では、主人格ははじめのうち交代人格の考えや行動をまったく把握してないわ。一方、交代人格のほうは主人格について豊富な知識をもっているの。リーザの場合は、それが逆なのよ」

ビクターは黙ってきいていた。話の内容がはっきりわかってくるにつれ、動揺がつのっていく。

「リーザはメグのことをずっと以前から知っていたわ。少なくとも、存在していることは感じていた。でも、メグのほうはリーザのことを何も知らないようなの。自分はラスベガスに住み、カジノホテルでウエイトレスと調理場の手伝いをしていると言うのよ。住所と電話番号もはっきり言ったし。でも、リーザに関してはなんの記憶もないみたい。これはとても不思議な現象なの。もちろん、事故の影響によるものかもしれないけど」

「それで、どうなんだ」ビクターはきいた。「妻はよくなるのか？　もとどおりの彼女に？」

「それはわからないわ。そのまえに、なぜこんな……」クララはいったん口をつぐんで、手をふった。「いいえ、なんでもないの。文献や資料をもう少しあたってから、人格の統合についてもっと詳しく説明するわ。とりあえず、いまのところは奥様をあるがままに受けいれて、体力の回復に手を貸してあげて」

「あるがままにとはどういう意味だい？」

「言葉のとおりよ。交代人格は――この場合はメグだけど――子供時代のつらい体験が原因となって誕生したの。その人格は患者の心のなかの重要な一部だから、医師やまわりの者がその存在を認めてあげることが大切なの。そうしないと、人格の統合は行われず、いつまでも分裂したままでいることになるわ」

「つまり、きみが言っているのはこういうことかね、クララ」バートレットが言った。「これからはみんなで彼女をメグと呼んで、これまでとはちがった人間として接するべきだということ？」

「それが彼女の名前なのよ。いまのところリーザの人格は表にでていない。催眠状態で呼びかけても反応はないの。ベッドに寝ている女性は、少なくともいまのところは、メグという人格なのよ」

「私にはできない」ビクターは力なく言った。「妻を家に連れて帰って、メグと呼ぶことなどできない。こんなことばかげている。なんとかしてくれよ、クララ。私には我慢できそうもない」

「どうしてもできないと言うなら、リーザと呼んでもかまわないわ」クララはためらいがちに言った。「もしかしたら返事をするようになるかもしれないし、そのことによって記憶がよみがえることがないとも言えないから」

「この状態はどれぐらいつづくのだろうか」バートレットがきいた。「きみはどう思う?」

クララは首をふった。「このような状況においては、予測をすることは不可能よ。患者が安心できる環境を整えてあげて、あとは静かに見守るほかないわ」

3

メグは焼けつくような日差しのなかをさまよい歩いていた。喉はからからで疲労は極限に達し、もう一歩も足を動かすことができない。もうだめだ。乾ききった砂の上にくずおれ、すすり泣いた。

禿鷲《はげわし》が頭上を旋回しながら、冷酷な黄色い目でこちらをうかがっている。蛇や得体の知れない不気味な生きものが灌木《かんぼく》の陰からいまにも忍び寄ろうとしている。

青い空の彼方《かなた》から、やさしい声がきこえてくる。どうして泣いているの？　その声は遠くからかすかにきこえるだけで、返事をしようと思っても声は届かない。空を見あげると、まぶしくて目が痛くなった。

意識のどこかで、メグはそれが夢だということを知っていた。いやな夢だが、目覚めたくもなかった。この乾ききった砂漠から抜けでたところで、自分を待っているのはもっと恐ろしい現実の世界だ。わけのわからない現実のほうが、どんな悪夢よりもはるかに恐ろしい。メグはすすり泣きながら枕《まくら》の上で頭を動かした。汗で髪がぐっしょりと濡《ぬ》れ、上掛けが重く感じられた。

慣れた手つきでベッドをなおしながら、女性が何か言っている。「かわいそうに。熱で顔がほてっているわ。さっきから何かうわごとを言ってるんです」

声が大きくなった。

「大丈夫ですか、ミセス・カンタリーニ」自分に話しかけているのだ。「きこえますか。看護婦のジョアンヌですよ」

メグはうなずいて目をあけた。そばかすのある愛らしい顔がのぞきこんでいる。

「ジョアンヌ」メグはかすれた声で言って、唇を舌で湿らせた。「喉がからから」

「さあ、お水ですよ」看護婦は氷水のグラスをさしだして、飲みやすいようにストローを斜めにさしいれた。メグは頭をもたげて、ごくごくと飲んだ。冷たい水が喉を伝わっていくと、生きかえった気がする。汗で湿ったシーツを看護婦が交換してくれた。

ひんやりしたシーツの上に体を横たえ、メグはほっとため息をついた。だが、窓のそばにすわっているもうひとりの女性に気づくと表情をこわばらせた。背の高いその女性はくすんだピンク色のブラウスに、グレーのツイードの長いスカートをはいている。膝に置いたクリップボードに何か書いているらしく、ひと筋の銀髪のはいったきれいな髪が顔の前に垂れている。

たしか、名前はドクター・クララ・ワッサーマンだった。

メグは薄く目をあけて、わけのわからない恐怖と闘いながら観察した。この女性が自分の心のなかをのぞき、自分の人生を変えてしまう力をもっていることがメグにはわかっていた。

「熱はまださがらない?」クララが看護婦にきいた。「もう四日になるわね」

「抗生物質が効きはじめています。発熱が一日に二、三度になりましたから」

「でも、熱がおさまらないと話がきけないのよ。ほとんど眠ってばかりでしょう」

看護婦はトレイの上の器具を片づけている。「入院患者のあいだでブドウ球菌の感染症がひろがってしまったんです」肩ごしにふりむいて言った。「あっという間でした。ミセス・カンタリーニは運がよかったほうですよ。軽くてすみましたもの」

看護婦はメグの額に張りついた髪をかきあげ、目の上の分厚いガーゼを貼《は》りなおすと、トレイと丸めたシーツをもって部屋をでていった。あとにはメグとクララだけが残された。ベッドのそばにやってきたクララはやさしくほほえんで、じっと顔を見つめた。

「今朝の気分はどうかしら」

答えようとしたが、熱のために唇がかさついて、腫《は》れぼったい。

「話をするのがつらい?」クララは瞳をのぞきこむようにして、ゆっくりときいた。

メグはうなずいた。

「わかったわ。それなら無理に話さなくていいのよ。首をふって私の質問に答えてちょういまもメグ？　それとも、今日はリーザにもどっているのかしら」

「まずはじめに、私がだれと話をしているのか、それをはっきりさせましょう。あなたは

メグはうなずいて、医師の目を見つめた。黒い瞳は熱意にあふれている。

だい。それならできる？」

メグは体をかたくして、シーツのはしを握りしめた。

「言い方を変えるわね」クララは言った。「あなたはリーザ？」

メグは首をふって、顔を横にむけた。

「わかったわ」クララはノートに走り書きをしながら言った。「いまもメグなのね。昨日お話ししたあと、リーザのことを何か思いだした？」

メグは目を閉じた。「なんのことかわからないわ」低い声で言った。

クララは吸いつくような目をむけた。「怒っているみたいね。どうしたの、メグ」

「先生はリーザのことばかり言うし、看護婦さんたちにはミセス・カンタリーニという名で呼ばれて、私には何がなんだかわからない。早く家に帰りたい」

「もう少しして体がよくなったら、うちへ帰れるわ」クララはメグの額に冷たい手をあてた。「あと二、三日の辛抱よ。今日はいくつか質問に答えてほしいんだけど、いいかしら。すぐにすむから」

メグは弱々しくうなずいた。

「いまはどんな気持、メグ？　いまの気持をひとつの言葉で言いあらわすとしたら、どんな言葉になるかしら」

メグは気乗りのしない様子で答えた。「たぶん、怖いという気持がいちばん大きいと思う。怖くて、わけがわからない」

「どうして怖いの？　こんなに安全なところはないでしょう。病院のあたたかいベッドに寝て、あなたの世話をしてくれる人たちに囲まれているのよ。私はここにいるし、看護婦さんたちもドアの外にいる。それに、ビクターもあなたに会うのを楽しみにしているわ。いったい何が怖いの」

長い沈黙のあと、メグはささやき声で言った。「どういうことかわからないから。どうやってここにきたのかもわからないし、まわりは知らないひとばかり。リーザという女性も私は知らない」

クララは表情を変えずにメグを見つめている。

メグは言いにくそうにつづけた。「先生はリーザという女性が私のなかにいると言うけど、そんなはずないわ。いくら考えても、そんなこと信じられない。リーザなんて名前はきいたこともないし、ききたくもない。私の名前はメグ・ハウエルよ。早く家に帰して」

クララは椅子の背にもたれた。「どうしてそんなにリーザのことを恐れるの。あなたとリーザは長いあいだひとつの体を共有してきたんでしょう。三歳のときの出来事を覚えているじゃないの」

「そんなこと嘘《うそ》よ！」メグは必死に訴えた。「だれとも体を共有してなんかいないわ。私の両親はハンクとグローリーよ。私たちはラスベガスで暮らしていた。子供のときは野球をして遊んで、大きくなってからは父を手伝って馬の世話をしていたわ。自分のことだもの、間違えるわけないでしょう。みんなは私の頭がおかしくなったみたいに言うけど、そんなことないわ」

「ご両親はどんな方たちだったの」クララはきいた。「やさしかった？」

メグはうなずいた。「ふたりはとても……とてもやさしくて、私を愛してくれた。母は小柄でぽっちゃりとして、母が笑うと……」瞳は遠くを見つめている。「父は大男で、動作がゆったりとして、本当に心根のやさしいひとだった。馬に蹄鉄《ていてつ》をつける仕事をしていたの。母が亡くなったあと、父と私は――」

「お母さんは亡くなったの？」クララは思わず口をはさんだ。「それはいつのこと？」

「よく……覚えていないわ」メグはつぶやいて、額に手をあてた。「また熱がでてきたみたい」

クララは氷水のグラスをメグの唇にあてがい、彼女が水を飲めるよう体を支えた。

「お母さんが亡くなったのはいつ？」同じ質問をクララは繰りかえした。「事故だったの？」

「私が十四歳ぐらいのとき、カーレース場で車にひかれて……。父が大好きだったから、いつもレースを見にいっていたの。それから、父と私はふたりきりになってしまった」

「それがトラブルの原因になったの？」

「いいえ、そんなことはないわ。父と私はとても仲良しだったもの。ただ、母が死んでから、父は悲しみをまぎらすためにお酒に溺《おぼ》れるようになってしまったの。私が世話をしてあげないと何もできなくて。観光牧場で仕事を見つけたけれど、実際に仕事をするのは主に私で……」声は次第に消えていった。

「そう、お母さんはあなたが十四歳のときに亡くなったのね。お父さんはそれからどうしたの？」

「思いだせないわ。牧場にいたことはたしかだけど、そのあとの記憶は朦朧《もうろう》としているの。頭が映画のスクリーンみたいに真っ白になって、どうしても思いだせない」

「お父さんはずっとやさしかった？」

「ええ、ずっと。たとえ、どんなに……」

「えっ、なあに？」

「なんでもない」メグは言った。「父はいつでもやさしかった。愛していたわ」

「リーザには父親がいないし、母親にも屈折した感情を抱いていた」クララはゆっくりと言った。「でも、あなたは正反対ね。お父さんはあなたを愛し、必要としていた。大好きなお母さんはやさしくて理解があった。リーザが望んでも手にいれられなかったもの、まさにそのものだわ」

「それはどういう意味？」メグの口調は警戒心にあふれていた。

「そのことはまた今度話しましょう」クララはノートに何かを書きつけて、メグにほほえみかけた。「それより、昨日話していたリトルリーグのことをきかせて。あなたはスポーツが大好きだったのね、メグ。あまり女の子っぽいこと……たとえば、美人コンテストなんかには興味をもたなかったようね」

「美人コンテスト？」メグはぽかんとしてクララを見つめた。「私が？」

「そんなにきれいなんですもの。コンテストに出場したら、きっと優勝できるわ」

メグはかすれた声で笑ったが、咳《せ》きこんで、また水を飲ませてもらった。

「そんな……ばかばかしい」重ねた枕に体を預けながら言った。「美人コンテストなんか、私は絶対にでないわ」

「なるほどね。それは……」クララはふたたびノートに何やら書きつけた。「……非常に興味深い点だわ。とてもおもしろい」

なぜなの。メグは尋ねたかった。美人コンテストの何がそんなにおもしろいの。

しかし、頭がぼんやりとして、暑くてまぶしい夢の世界にすでにもどりかけていた。問いが口をついてでることはなかった。

もしかしたら、これは全部悪い夢なのかもしれない。目が覚めたら、ラスベガスの自分の部屋にもどっているのかもしれない。そうしたら、着替えをして仕事にいこう。こんなこと、本当であるわけがない。

クララ・ワッサーマンはオフィスの窓から夜景をながめていた。空いっぱいに星がちりばめられ、満月が東の山々を明るく照らしている。西には広大な塩田が闇《やみ》のなかにひろがっている。

ため息をついて体をのばすと、コート掛けの横の鏡に映った自分の姿が目にはいった。クララはその姿を冷静に見つめた。まわりに他人がいないと、冷淡で思いやりのない顔になる。だが、それは仕方がない。ここまでくるには、大きな代価を支払わねばならなかったのだ。

厳しい仕事の世界で女が成功しようと思ったら、何かを犠牲にしなければならない。結婚が失敗したのも、現在ひとりぼっちの暮らしを強いられているのも、仕事のせいだとクララは考えていた。しかし、その生活を選びとったのはクララ自身であり、いつでも仕事第一に考えるのがクララのやり方だった。

口もとに苦笑が浮かんだ。病んだ心をいやし、ほつれた人間関係を修復することを職業としていながら、自分の生活は実験室みたいにきれいさっぱりと何もない。

しかしリーザ・カンタリーニとの出会いは、それまで犠牲にしてきたものすべてを埋めあわせてくれる。彼女の症例を発表すれば、クララはたちまち有名になるだろう。業績を認められ、称賛を与えられるだろう。そのためにこれまで頑張ってきたのだ。ついに夢がかなえられる。あと一歩だ。

クララはカセットテープを一本とりだして、テープレコーダーにセットした。そしてペンを手に、耳を傾けた。

「五月二十六日、木曜日」自分の声がきこえてきた。「リーザ・カンタリーニ診療記録。こんにちは、リーザ」

「どうも、先生」リーザの声は快活で元気がよく、乱暴なほどだ。

病院のベッドで寝ている弱々しい女性のことを思うと、クララは戦慄《せんりつ》を覚えた。テープの声はわずか三カ月ほど前のものだが、とうてい同じ人間とは思えない。医学に携わるようになってから三十年になるけれど、それでもなお人間の心の複雑さに圧倒される。

「今日は元気そうね、リーザ」いつものように質問をはじめる。「寝椅子の具合はどう？」

「うん、いいわ。なんだか慣れてきたみたい。こうしてると……ちょっとセクシーな気分になるのよね」

その声は次第にけだるげになっていった。クララはこのときの様子を頭に思い浮かべた。

革製の寝椅子に横になったリーザは、デニムのショートパンツと黄色いホルター・トップというくだけた装いで、薄い布地を通して乳首の形が浮きでていた。

「そう、それはよかったわね」クララの声は冷たくきこえる。

「ねえ、どうかしたの、先生」リーザの声。「私、何か変なこと言った？」

ノートのページをめくる音が響く。「そんなことないわ、リーザ。気分がいいときいて安心しただけ。ところで、鏡のなかの女の子のことを話してもらえないかしら。名前はマギーだったわね」

「いやよ！」リーザは強い調子で言った。「メグのことなんか、話したくない」

「メグ？」

「そう。マギーじゃなくてメグ。メーガンの愛称よ。それが本当の名前」

「どうして彼女のことを話したくないの？」

「退屈なんだもの、彼女。くそまじめで。それに、実在してるわけじゃないし」

「実在していないのなら、どうして名前があるの？」

しばらくのあいだテープからは何もきこえなかった。やがて、寝椅子の上で落ち着きなく体を動かす音がきこえた。「あれはみんな子供の遊びなのよ、メグのことやなんかは。それよりビクターのことを話さない？　いいでしょ。そもそも私がここにきたのは、ビクターとのことを相談するためだったんだから」

「いいわ」クララはあたりさわりない返事をした。「それじゃあビクターのことを話しましょう」

長い沈黙がつづいた。

「私、いやよ。こんなの」リーザが不機嫌な声で言った。

クララは黙っていた。

「さあ話しましょうって言ったきり、先生は何も言わないじゃない」

ふたたび沈黙がつづいた。

「ビクターもそっくり同じよ。ふたりで話しあわなければって口癖みたいに言うくせに、自分では何も言わないの。ただ黙ってすわって、私のことを虫けらかなんかみたいな目で見るだけ」

「そんなことないでしょう。あなたみたいに美しいひとを虫けらだなんて」

「ビクターも昔は私に夢中だったの。はじめて会ったとき、私に猛烈なひと目惚《ぼ》れをしてね。かわいそうになるほどだった。私が勤めていたテレビ局に毎日電話してきて、お花やプレゼントを送ってきて、お願いだからデートしてくれって……」

「デートはしなかったの？」

「もちろんよ」

「なぜ？　年の差のせい？」

「ちがうわ。むこうが五十一歳で私が二十歳だという事実は、べつに気にならなかった」

クララの正確なものの言い方を、リーザはおもしろがってまねた。「ビクターはハンサムでセクシーな男よ。はっきり言って、私のタイプ」

「それならどうしてデートしなかったの」

「だって奥さんがいたもの」

「そうなの。不倫はいやだったのね」

リーザの弾《はじ》けるような笑い声に、テープをきいているクララもつられて笑った。

「ああ、おかしい」リーザはまだ笑っている。「不倫がいやだなんて、先生って本当にユニークなんだから」

「じゃあ、何がいやだったの?」

「得にならないことがわかってたからよ」とつぜんリーザは冷ややかな口調になった。

「得にならないって、どういうこと?」

「家庭のある男を選んだ若い娘がどういう結末を迎えるか、私にはわかっていたの。おこづかいもプレゼントもたっぷりもらえるし、休暇にはいろいろな場所に連れていってもらえるけど、十年たったらお払い箱よ。花の青春はそれでおしまい。そんなの私はいや。リーザ・バウアーはそんなおばかさんじゃないわ」

「じゃあ、どうしたの?」

「冬のあいだ、ビクターはずっと私を追いまわしていたわ。春になって、彼の屋敷で高級車のコマーシャルの撮影をすることになったの」しばしの沈黙のあと、リーザはふいに尋ねた。「ビクターの屋敷がどんなところか知ってる？」

「いいえ。どんなお屋敷なの？」

「あのねえ、ものすごく大きくて美しいお屋敷。山のふもとの峡谷に建てられた、ピンクの御影石《みかげいし》の、いわばお城よ。広大な敷地のなかには小川も流れている。おまけに、その一帯に住むひとたちはみんなめまいのするような大金持ばかり。そこを見たとたん、私はビクターも屋敷も自分のものにしたくなったの」

「それで、どうしたの？」

リーザはくすっと笑った。「屋敷のなかにはいっていって、奥さんのポーリーンとちょっとしたおしゃべりをしたわ」

短い沈黙のあと、リーザはいどむように言った。

「私が彼女になんて言ったか、知りたくない？」

「全部知りたいわ」

かすかな物音から、リーザが寝椅子の上でもっと楽な姿勢をとろうとしていることがわかる。

「ポーリーンはぱっとしないひとだったの。年もビクターと同じくらいで、白髪を隠すために髪を黄色く染めて、パーマをちりちりにかけていた。それに中年太りでおなかはでてるし、みっともないったらないの。なんでビクターがあんな女と一緒に暮らしていられたのか、本当に不思議だわ。撮影班が仕事をしているあいだに、私はなかにはいって、お水を飲ませてくださいって頼んだの。そうしたら、ポーリーンは親切に家のなかを案内してくれるって言ったわ。そのとき私は、彼女になんて言ったと思う?」

テープはふたたび静かになった。

リーザの笑い声がきこえた。「私は無邪気な顔でにっこり笑って言ったの。〝それはご親切に、ミセス・カンタリーニ。でも、家のなかならもう知ってます。奥様がお留守のときに、ビクターが案内してくれましたの。とても素敵な寝室ですわね〟って」

「それは本当だったの?」

「嘘にきまってるじゃない。でも、彼女のびっくりした顔、見せてあげたかった」

「それでどうなったの? 彼女はビクターにそのことを問い詰めたのかしら」

「ええ。次の日、ビクターがテレビ局にやってきたわ。体が震えるほど怒っていた。なんでそんな嘘をついたのかって、私にきいたわ」

クララは黙ってその先を待った。

「私は自分でもどうにもならなかったんだって言ったの。あなたがほしくてたまらないから、ふたりきりであなたの家にいるところをいつも想像していたんだって」

「それで?」

「それで、次の週末にふたりでラスベガスにいったわ。一度だけ体を許してから、私は泣きながら言ったの。こんなこと、いけないわ。あなたには奥様がいるのよ。もう二度と触れないでって。その七カ月後には結婚してたわ」

「ずいぶん早く離婚できたのね」クララは感情をまじえずに言った。

「それが、意外な展開だったのよ」リーザは言った。「はじめのうちは、ポーリーンが騒いでたいへんだったの。ビクターを屋敷から追いだすとか、私たちふたりを訴えるとか、慰謝料として全財産をとりあげるとか。ところが、彼女が死んだものだから、面倒くさい裁判ざたにはならずにすんだの」

「それはまた都合よく運んだものね」

その冷淡な口調に、クララは眉をひそめてテープレコーダーを見た。治療のあいだに患者がどんなことを言っても、医師はそれに善悪の判断をくだすような態度をとってはならない。これからはもっと気をつけなければ。

だが、リーザは少しも気にする様子はなく、夢見るような調子で言った。「本当にそうなのよ。ポーリーンが死んだら、あとはなんの問題もなかった。私たちは結婚して、私はあの豪華な屋敷に引っ越したわけ」

「彼女はどうして死んだの?」

「もともと大酒飲みだったのよ」リーザは冷たい口調で言った。「ある日飲みすぎて、部屋着の裾《すそ》を踏んづけて、階段から落ちて首の骨を折ったの。家政婦が一部始終を見ていたんですって」

「そうなの。それであなたとビクターは結婚したのね……」

「はじめのうちは最高だった。毎日が本当に楽しかったわ。でも、このごろじゃ——」

リーザはふいに口をつぐんだ。

「リーザ？」クララが言った。

「えっ？」

「結婚生活について相談したいんじゃなかった？」

「相談することなんてないわ。それより、私には恋人が必要なのかもしれない」リーザの口調は次第に媚びるような調子になっていく。「ねえ、恋人を見つけるべきかしら、先生。若くて、たくましくて、私が好きなやり方で愛してくれる男を恋人にするの。そうしたら、先生に会うたびに詳しく報告してあげる。ききたいでしょ、そういう話」

クララは顔をしかめた。医師を自分の思うままに操ろうという魂胆が見えすいている。このような場合の対処の仕方は、すばやく話題を変えることだ。このときのクララもそれにならった。

「ねえリーザ、あなたは自分が養子だということをいつ知ったの？」

短く息をのむような沈黙のあと、リーザはためらいがちに言った。

「ええと……もう一度言ってくれる？」

「自分が養子だと知ったときのことを話してちょうだい。それはお母さんからきいたの？」

「ちがう。母は言わなかった」リーザの声は少し前の気ままな調子とは打って変わって、ぼそぼそとつぶやくようになった。「たぶん……言いだせなかったんだと思う。たしか七つか八つのときに、子供たちに言われて知ったのよ」

「子供たちって？」

「遊び場で会う近所の子供たち。私がみんなよりずっとかわいくて、きれいな洋服を着てるものだから、女の子たちは私のことを嫌っていたの。ある日、あんたは養子だって言われたわ。まるで私が恐ろしい病気にかかっているみたいな言い方だった。私は家へ帰って、母にどういう意味なのか尋ねたわ」

「お母さんの話をきいて、どんなふうに感じた？」

「母を憎んだ」リーザはささやき声で言った。「心の底から、母が憎くてたまらなかった……」

その声は次第に消え、やがてテープはとまった。

クララは長いこと黙ってテープレコーダーを見つめていた。窓の外では夜が深まり、夏の夜風を受けて無人の建物がかすかにすすり泣くような音をたてている。

テープのなかの奔放な女性と、彼女が心の痛みから逃れるためにつくりだしたもうひとりの女性のことで、頭のなかはいっぱいだった。この、もうひとりの女性――メグには、クララが思っていた以上に強い存在感が感じられる。しかも、思わず手をさしのべたくなるような女性だ。おそらくリーザの苦しみを長いあいだ背負ってきたのはメグのほうで、リーザの人格は消えつつあるのだろう。

しかしどちらの人格に対しても、クララは特別の感情をもっているわけではなかった。興味があるのは、あくまで研究の対象としてだけだ。

クララは弾かれたように受話器をとりあげた。そして、ノートを見ながらラスベガスの番号にかけた。

「〈ウィローズ〉でございます」交換手が答えた。

「地下の調理場をお願いします」

緊張して待っていると、鍋《なべ》や食器のぶつかる騒がしい音とくぐもったざわめきのなかから、イタリア訛《なま》りの明るい声が答えた。「調理場です」

クララは大きく息を吸って、指を交差させた。「メーガン・ハウエルをお願いします。そこにいますか？」

「もちろん。ちょっと待ってください。メグ、電話だよ！」大きく叫ぶ声がきこえた。

4

大規模カジノホテルの地下の調理場は、夜を徹してギャンブルに興じる客たちの夜食の準備で大わらわだった。夜中を過ぎると夕食と朝食の注文が同時にはいるうえ、翌日の料理の仕込みもはじめなくてはならない。

調理場の隅で、しみのついたピンクの制服を着たほっそりとした女性が、真っ黒になったグリルを大きなへらでこすっていた。こそげ落としたべとべとの油は、下に置かれたプラスチックのバケツに捨てられる。

「メグ！」両腕に皿をかかえたブロンドの少女が叫んだ。「カーロがあなたに電話ですって」

メグと呼ばれた女性は顔をあげて、前髪を白いヘアネットに押しこんだ。額に油のしみがついた。「私に？」調理場の反対側に目をやると、ウエイター見習いのカーロが受話器を大きくふっている。

「メグ！　早く！」

彼女はいぶかしげな顔をしてへらを置き、エプロンで手を拭《ふ》いて電話のところに歩いていった。「もしもし」

「ミズ・メーガン・ハウエルですか？」

「そうですけど」

相手が何か言ったが、まわりの騒音でききとれなかった。

「すみませんが」メグは大声で言った。「もう少し大きな声で話してもらえませんか。まわりがうるさくて、よくきこえないんです」

「もう一度言います。あなたにお会いしたことはないんですが、私はドクター・クララ・ワッサーマンといいます。ソルトレーク・シティからかけています」

メグはけげんな顔をして受話器をもちかえ、グリル磨きで痛めた腰をさすった。「だれかほかの方とお間違えではありませんか」

「あなたはリーザ・カンタリーニという女性をご存じありません？」

調理場主任のデイナがそばを通りかかり、怖い顔をして言った。「長電話は禁止よ。グリルはほうっておいたらきれいにならないんだから」

メグは緊張した顔で受話器を一瞥《いちべつ》し、ふたたび耳にあてた。「さあ……もう一度名前を言ってください」

「リーザ・カンタリーニ」

「どんなひとですか」

「年は二十代前半。背が高くて痩《や》せ型《がた》、黒い髪で目はブルー。おしゃれで魅力的な女性です。車は白のサンダーバード。それから……」

「ああ、あのひと」メグは言った。「あのひとなら知ってるわ。といっても、二、三度話をしただけで、ラストネームは知らなかったけど」

「明日にでもお宅に電話して、お話をうかがえるかしら」

「家には電話がないんです」メグは神経質そうに唇をなめ、厳しい表情でグリルを点検しているデイナの様子をうかがった。「それに、とくにお話しすることなんてないわ」早口で言った。「今年の春、仕事の帰りに駐車場を通りかかったら、彼女が財布を落として困っていたので、一緒に捜してあげたんです。そのあと少しおしゃべりをして、飲み物をごちそうしてもらっただけだから」

「会ったのはそのときだけ？」

「そのあと二、三度、仕事の帰りに待っていて食事に誘ってくれたわ。彼女はとても話し好きで」

「どんなことを話したの」

「ほとんど私のことばかり」メグはためらいがちに言った。「ちょっと変だったの。私の生い立ちや家族のことにとても興味を示していたわ」

「ご両親のことも？」

「そう、とくに両親のこと。何から何まできたがって」

「ご両親のお名前は？」

メグは態度をかたくした。「ねえ、これはいったいなんなの。あなた、ドクターだって言ったけど、なんのお医者さん？」

「精神科医よ。ごめんなさい、メグ。詳しいことはお話しできないの。でも、リーザにとって大切なことなのよ。質問に答えてもらえないかしら」

メグは体を揺すって考えていたが、やがてしぶしぶとうなずいた。「いいわ。両親の名前はハンク・ハウエルとグローリー・ハウエル。私が育ったのはラスベガス郊外の小さな農場で、父はそこで馬の世話をしていたわ」

「そのことをリーザに話した？」

「ええ」

「子供時代のことをいろいろ話したのね。リトルリーグにはいっていたこととか、お父さんの手伝いをしていたこととか」

「全部話したと思うわ。なぜ？」

「メグ、よく考えてほしいんだけど、リーザ・カンタリーニがあなたと自分を同一視する理由はあるかしら」

「メグ！　いつまで長電話してるの！　あと十分でこのグリルを使うのよ！」

メグは自分にはどうにもならないという仕草をして背中をむけ、騒音をさえぎるために電話におおいかぶさった。「同一視って、どういうこと？」

「たとえば、あなたの外見はリーザと似ている？」

メグはしみのついた制服と汚いスニーカーに目をやって、がさついた声で笑った。「似ているかですって？」

「目や髪の色とか、あるいは年齢が似通っているということはない？」

「ああ、そういうこと。そういえば、髪が黒いのは同じだけど、でもそれだけよ。私はあんなに……ともかく似てないわ。それに私のほうが年もかなり上だし」

「それなら共通点は何もないのね？」

「ほとんどないわ。ただ……」

言葉はそこで途切れた。

「メグ、よくきこえなかったわ」

「私が養子だったことを知ると、彼女、とても関心を示したわ」メグは声を張りあげた。

「いつもそのことばかり話題にして、両親がどういう伝え方をしたかとか、私がどういう受けとめ方をしたかとか、いろいろ知りたがった。私たちは同じ境遇なのねって言ってたわ」

「そうなの」

広い調理場のざわめきのなかでも、そのひと言にこめられた満足そうな響きが感じられた。「ねえ、これはいったいどういうことなの？」

「話はとてもこみいっているのよ。簡単に言うと、リーザ・カンタリーニはあなたのことを自分だと思っているの」

メグは目を丸くした。「それ、どういう意味？　私になりすましているということ？」

「そうではないわ」クララは穏やかな声でつづけた。「自分があなただと信じていると言ったほうが正確でしょうね」

メグは落ち着きなく体を動かした。「ねえ、なんだか気持が悪い。私、何かしたほうがいいのかしら。つまり、あのひと頭がおかしいんでしょ。ここにやってきて、私を襲ったりしない？」

「そんな心配はまったくないわ。いまは入院中で、回復にはまだしばらく時間がかかりそうなの。これから先、いつかふたりが顔をあわせるべきときがくるかもしれないけれど、そのときはこちらからお知らせするわ」

メグは心配そうな顔でデイナの様子をうかがった。「悪いけど、仕事にもどらないと。これ以上話していられないわ」

「メグ、また話がききたいときはどこに連絡すればいいかしら」

「言ったでしょう。私の部屋には電話がないのよ。ここに連絡してもらうほかないけど、本当は困るの」デイナのほうを見で、メグは受話器に口を近づけた。「ここに電話されると迷惑なのよ。首になってしまうわ」

「わかったわ、ごめんなさい。今後は迷惑をかけないようにするわ。ご協力ありがとう、メグ」

メグは熱意の感じられない口調でそれに答え、受話器を置いた。しばらく電話を見つめていたが、ようやく重い足どりでグリルのところにもどり、へらを手にもった。

両手を腰にあててそれを見ていたデイナは、わざとらしい陽気な口調で言った。「職場に電話してくるなんて、いったいだれ？　ボーイフレンドでもできたの？」

メグはきこえないふりをしてグリルを磨きつづけた。

「メグ、だれからだったかきいてるのよ」

「あなたに関係ないわ」メグは背をむけたまま言った。

デイナの表情がいちだんとけわしくなった。「あなた、このごろ変よ。もうここでは働きたくないみたいね」

メグは怒りに顔を赤くして背筋をのばした。へらをふりまわして油かすのはいったバケツに叩《たた》きつけると、デイナの白い制服にはねが飛んだ。「ばか言わないでよ。こんなすばらしい仕事、辞めたいと思うわけないでしょ！」

デイナは冷ややかな目でメグを見つめ、首をふった。「本当におかしくなってしまったのね」

メグはへらを握ったまま、むっとした顔で立っていた。デイナは刺すような視線を投げつけると、くるりと背をむけて、皿洗いをしている学生アルバイトたちのほうに歩み去った。

メグはその後ろ姿を無表情に見ていた。それからふたたびグリルにかがみこんで、油をこそげとる作業に専念した。

メグが仕事を終えてカジノホテルをあとにしたのは午前二時をまわったころだった。さすがにこの時間になると空気はさわやかになり、八月の焼けつくような暑さでぐったりとした体を快くいやしてくれる。無数のネオンサインによってつくりだされた異様に明るい人工の光のなかを、疲れを知らないギャンブル客たちが、コインのはいったプラスチックの容器をかかえて、広い通りをカジノからカジノへ急ぎ足で行き交っている。

観光客にまじってバスの待合所にむかったメグは、疲れきったように体を柱にもたせかけた。しばらくそうしていたが、やがてハンドバッグのなかから硬貨を数枚かき集め、終夜営業のドラッグストアに電話をかけにいった。

「もしもし、私よ」気軽な調子で言う。相手の言葉をきくと不機嫌な顔になった。「そうよ。メグにきまってるでしょ。あのねえ、今夜仕事中に電話がかかってきたの。ソルトレーク・シティのドクター・ワッサーマンというひとから」

ふたたび相手が何か言うのをきいて、うなずいた。

「リーザ・カンタリーニという女のひとについていろいろきかれたわ。どうも、そのひとは私のことを自分だと思ってるらしいの」メグは受話器を耳に押しあてながらカウンターの後ろにいる店員にちらっと目をやり、声をひそめてつづけた。「それは言わなかったわ。ただ、リーザは現在入院中で、まだしばらくは退院できないだろうって。どう思う？」

相手の言うことを黙ってきいていたが、むずかしい顔になった。

「ちょっと待ってよ。あと一週間足らずの辛抱だって言ったでしょ。あんなひどい仕事、もう我慢できない。どんなにたいへんか、あなたにはわからないのよ。今日なんか、もうちょっとで首になるところだった。こんなところ辞めてやるって、いまにも口からでそうだったわ」

それからしばらくのあいだ受話器に耳を傾け、いくらか機嫌をなおした様子でうなずいた。

「わかってるわよ。でも本当にたいへんなんだから。ウエイトレスの仕事もさせてもらえなくなって、ずっと調理場の汚れ仕事ばかりだもの。それにアパートメントは狭くてひどいところだし……ええ、わかったわ。もう少しの辛抱ね。本当にあと二、三日よ。今度はいつ電話すればいい？」

相手の言うことをきいて、メグはかすかに笑みを浮かべた。

「あら、そうだったの。起こしちゃった？　それはごめんなさい。でも、この時間にならないと仕事が終わらないのよ。あなたも仕事をもてばわかるわ」

相手が何か気のきいたことを言ったらしい。メグは頭をのけぞらせて笑った。この瞬間、怒りはすっかり消え去っていた。

「そう？」彼女は甘い声でつぶやいた。「私も会いたい。どれほど会いたいか、今度会うときにわかるわよ。じゃあね、ベイビー」


クララはクリップボードとカルテをかかえて病室にはいっていった。部屋いっぱいに花が飾られている。リーザは病院支給の木綿のねまきではなく、グリーンの絹の部屋着を着て枕《まくら》に寄りかかっていた。洗ったばかりの黒い髪が顔のまわりで軽く波打っている。傷痕《きずあと》はくすんだ黄色になり、右目の腫《は》れもほとんど引いている。

ビクターはベッドのそばの椅子にすわっていた。クララがはいってきたのを見ると、礼儀正しく立ちあがって、もうひとつの椅子をすすめた。

「どうもありがとう、ビクター」クララは椅子にすわって、リーザのほうをむいた。

この一週間で、あなたはだれかと尋ねる必要はなくなっていた。表情や身振りを見ただけで、即座に判断することができるようになった。

怪我《けが》をしてつらそうにしていても、メグには柔和な雰囲気があり、ユーモアのセンスさえうかがえるときがある。どちらもリーザにはなかったものだ。

しかし、今日はどこか様子がちがう。いつものメグでありながら、同時に険のある表情を浮かべている。この春、リーザが診察室でしばしば見せた表情だ。

「こんにちは、メグ」クララは声をかけた。「今日はいつもより体がしっかりしているみたいね」

あたりまえのようにメグと呼んだことにビクターは不快そうな顔をしたが、何も言わずに窓の外に視線を移した。

リーザはよそよそしい目でクララを見た。しばらくそうしてから、ゆっくりと目を閉じて顔を横にむけた。

クララはビクターとすばやく顔を見あわせた。「ドクター・バートレットの話だと、奥様はあと二、三日で退院できるそうよ。でも、家に帰ってからも、一、二週間は安静にしていなければならないわ」

ビクターはさえぎるように手をふると、堂々たる体躯《たいく》にそぐわない懇願の表情を浮かべてクララの耳もとに口を寄せた。「クララ、頼むから、妻に言ってやってくれよ。妻はどうしても……」

「ビクターと一緒には帰りません」リーザは目を閉じたまま言った。「知らないひとですもの」

「ビクターはあなたの夫よ」クララが穏やかに言った。「今日はおふたりにきいてもらいたい話があるの。昨夜、私は――」

「ビクターは私の夫ではないわ！　ここにくるまで会ったこともないのよ。どうしてみんな私の言うことをきいてくれないの」リーザは目をあけて、必死の思いで言った。「何度言えばわかってくれるの。私の名前はメーガン・ハウエルよ。家はラスベガスで、勤め先は〈ウィローズ〉の調理場。リーザではないと言ってるでしょ」

その言葉を強調するかのように、体を起こして拳《こぶし》を握りしめた。深いブルーの瞳は興奮のあまりすみれ色に染まっている。だが、ふいに顔をゆがめると、枕の上に倒れこんで両手で顔をおおった。

クララはその腕にそっと手を置き、やさしく声をかけた。「メグ。話したいことがあるの。とても重要なことよ。あなたはショックを受けるかもしれないけど」

ビクターは心配そうな顔で妻を見た。そして、自分は遠慮したほうがと言って立ちあがりかけたが、クララに引きとめられる。

「ビクター、あなたもきいていてちょうだい。まわりの者全員の理解が必要なのよ」クララはベッドの上で体を丸めているリーザを見ながら言った。「昨夜、私はラスベガスの

〈ウィローズ〉に電話をしたの。そして、調理場のメーガン・ハウエルを呼びだしてもらったのよ」

ビクターは椅子を引き寄せてクララの顔を見つめた。「それで？」

「メーガン・ハウエルはそのときちょうど勤務中で、話をすることができたわ。市内に住んでいて、〈ウィローズ〉の調理場で夜だけ働いているそうなの。両親の名前はハンクとグローリー」

リーザは怯《おび》えた目でクララを見つめた。顔から血の気が引き、青白い肌に傷痕が大きく目立った。

「そんなこと、ありえないわ。そんなこと……」ささやくように言う。「メーガン・ハウエルは私よ」クララがふたたび手をのばしたが、リーザは腕を引いた。「先生は間違ってるわ。どうして私をこんな目にあわせるの」悲痛な声で叫んだ。

「落ち着いてちょうだい。お願いだからきいて」クララはクリップボードにはさんだノートをめくりながら言った。「まだ最終的な診断をくだすことはできないわ。とくに、このようなあまり一般的でない症例においては、慎重な検討が必要よ。いまお話しできるのは、あくまでも現時点での私の考えにすぎないの」

リーザとビクターは無言でクララを見つめている。部屋のなかの空気はぴんと張り詰めていた。

「私の考えをお話しします」クララはつづけた。「リーザ、あなたの子供時代はつらくて悲しいものだった。その理由は、父親の不在、母親との葛藤《かっとう》、養子だったことによる不安感、その不安の解消に母親が手を貸してくれなかったこと。それから、親子で美人コンテストに夢中になることによって強められた、スタイルを維持しなければという強迫観念。おそらく子供時代のかなり早い時期に、あなたはメグという人格をつくりあげて、心のなぐさめ、あるいは避難所にしていたのね」

ふたりは茫然《ぼうぜん》としてクララを見つめた。

「先生が言っているのは私のことなの?」リーザがようやく口を開いた。「でも、私が彼女をつくりだすなんてありえないわ。その人が実在して、ラスベガスで働いているのなら、私の想像の産物ではないということでしょう? こんなこと、みんなでたらめだわ」激しい口調だった。

「本当に、これはとても珍しいケースよ」クララは言った。「私の考えでは、あなたは幼いころに心の友としてもうひとりの人格をつくりだしたのだけど、名前はとくにきめていなかった。というより、より正確に言うなら、成長の段階に応じてもっともふさわしい名前をつけていた。したがって、その人格はきまった名前もなく、はっきりと認識もされないまま、あなたとともに成長し、独自の性格をもつようになった」

白髪をふって困惑した表情を浮かべているビクターに、クララは尋ねた。

「ビクター、あなたはリーザと何年か一緒に暮らしてきたわけだけど、そのあいだに彼女がいつもとちがう様子を見せたことはなかったかしら。いつもよりやさしくて穏やかだったり、ユーモアのセンスをちらつかせたり……」

ビクターはクララから妻に視線を移した。「ああ。いつもはわりと……短気なほうだな。でも、ときどき……様子がちがうときがあった。やさしい感じで、思いやりがあって」

「まるで別人のように？」

「そのとおり」

クララは大きくうなずいた。「それは、おそらくメグが表にでていたときね。たとえその時点ではメグという名前をもっていなかったとしても。だから、メグはそのころの記憶がないのだと思うわ。以前にも話したように、多重人格症においては、交代人格は主人格のことを知っているけど、主人格のほうは精神分析の治療を通じてはじめて交代人格の存在を知るというのが一般的なの。それと正反対のこのようなケースは、私にとってもはじめてよ。自分ではあまり認めたがらないけど、リーザは昔からメグの存在をある程度知っていたはずね。でもメグのほうは、現在のところ、リーザについて何も知らない。過去においては、ある程度知っていた可能性が高いと私は見ているけど。ともかく現時点では、まったくちがう生い立ちのもとに育ったと主張しているの」

ビクターはまだわけがわからないといった顔で首をふった。「しかし……ラスベガスの女性はどうなるんだ。どういう関係がある?」

「そこが非常に興味深い点ね。この春、リーザはたまたまその女性に出会い、しばらくおしゃべりをした。そして、彼女も自分と同じように養子だったことがわかると強く引きつけられて、何度か会いにいった」

「そういえば、そのころ妻はしょっちゅうラスベガスにいっていたよ」ビクターはそう言って、うつろな目をしているリーザをちらっと見た。「ほとんど家にはいなかった」

「そのあいだ、メーガン・ハウエルと会って、話をききだしていたのよ。彼女はリーザが心のなかでつくりだした人格と不思議なほど似ていたために、やがて両者がまじりあってひとつになった。リーザの交代人格はその時点で名前と生い立ちをもち、自己主張をはじめるようになった。自動車事故がきっかけとなって、その新しい人格は大きな力をもちはじめ、リーザが意識をとりもどしたときには、そちらのほうが表にでていた」

リーザは大きく目を見開いてクララを見つめている。

「それなら……私は本当は存在しないというの?」力のない声で言うと、リーザはうつむいて両手を見つめ、体が溶けてなくなってしまうことを恐れるかのように両腕に触れた。

「私はだれかほかの人間の影にすぎないの?」

「リーザ」肩に腕をまわしてビクターが言った。「いい子だから、そんなこと……」

リーザは体を引き、低い声でクララに言った。「いったいどういうこと? 私はメーガン・ハウエルよ。先生がどうしてそんなでたらめを言うのか、私には理解できない」

「人格って、とても複雑なものなのよ」クララはなだめるように言った。「私たちはだれでも、ある意味では自分をつくっているでしょう？　実際、目で見て、手で触れることのできる肉体以外に、本当にたしかなものってあるかしら」

「でも、私には記憶があるわ」ほとばしるようなリーザの怒りは次第に勢いを失い、弱々しい声になっていった。「両親のこと、馬の世話をしたこと、トレーラーハウスでパンを焼いたこと……あれが本当のことじゃないなんて、そんなことありえないわ」

「それは全部本当のことよ」クララは言った。「本当に起こったこと。でも、ほかのひとに起こったことだったの。こう考えてみたらどうかしら。自分の思い出がとても悲しいものだったので、あなたは一時的にその思い出をひとから借りているのだと」

「それなら私は……」リーザは一瞬言いよどんだ。「私は本当はリーザで、だれかほかの人間のふりをしているというの？　頭がおかしいというの？」

「これはそういう問題ではないのよ。あなたが嘘《うそ》をついているのでもない。多重人格症の患者は演技をしているわけではなく、いくつかの人格がそれぞれ独立して存在しているの。メグはたしかに存在している。いまこの瞬間は、あなたがメグよ」

「それならリーザはどこにいるの？」

「いまは表にでていないだけ。長いあいだ、あなたもそういう状態だったのよ」

リーザは弱々しいが屈してはいない目で、クララの顔を見つめた。「もしそれが本当なら、最後にはだれが残るの？　体はひとつしかない。いったいどっちが勝つの？」

「それは、これから様子を見ていかなければわからないわ。どちらの人格が優勢になるかを判断するには、診察をつづけていかなくてはならないの。場合によっては、それまでの人格をミックスした新しい人格が生まれてくることもあるのよ」

「またべつの名前をもった人間が？」ビクターがきいた。

「そういうこともありえるわ」

ビクターは首をふって、窓の外に顔をむけた。クララはふたたびリーザに視線をもどした。

「私はメグよ、だれがなんと言っても」リーザは言った。顔はまだ青白く、額と上唇にうっすらと汗がにじんでいる。「だれかほかの人間だったという覚えはないわ」

「それなら、あなたのことをメグと呼ぶわね。そこからはじめましょう」クララはノートを脇《わき》に置いて立ちあがった。「数日中にビクターがあなたを家へ連れて帰ってくれるわ。私のほうは、もう一度ラスベガスのミズ・ハウエルに連絡をとって、話をきいてみるつもりよ」そしてクララは、ビクターのほうをむいた。「退院後も週に二度は診察したいと思うの。診療所までいらしていただくか、それが無理ならお宅まで往診するけど、いいかしら？」

「もちろん」ビクターは答えた。

クララは戸口で足をとめ、ふりむいてふたりの様子に目をやった。

ビクターは洗面器に浸した布をしぼり、それを妻の額の上にのせた。そのあいだリーザは目を閉じて、毛布の上に置いた手をいらいらした様子で動かしていた。

5

八月の太陽が緑深いウォサッチ山脈のあいだからソルトレーク・シティ一帯に降り注ぎ、西に広がる白い砂漠地帯にまで達している。街の東の小高い地域では、柏槇《びゃくしん》やヒマラヤ杉の木立のなかに隠れるように建てられたいくつもの豪邸が、ときおり宝石のように美しい姿をのぞかせる。

リンカーンのわずかに色のついたフロントガラスごしにメグはそれらの家を見あげ、それから運転席のビクターにそっと目をやった。濃いサングラスのせいで彼の表情を読みとることはできない。

ハンドルに置かれた手は力強くがっしりとして、指には黒い毛がはえている。いくら夫だと言われても、この毛深い手に愛撫《あいぶ》され、抱きしめられることなど、想像もできない。

ビクターが問いかけるようにふりむいた。メグは顔を赤らめて、さっと横をむいた。

「景色を見て、何か思いだすかい」

メグは首をふった。「いいえ、何も」

「この道をきみは千回以上通ったはずだよ。何も思いだせないなんて信じられない」

メグは無言で窓の外の景色を目で追った。

運転席で居心地悪そうにしているビクターを見ると気の毒な気がする。率直で一本気な性格らしい彼にとって、こんなわけのわからない出来事は、腹がたつと同時に、受けいれがたいことだろう。

「あのう……本当にごめんなさい」メグは両手を見つめて、小声で言った。

「何がだね。病気になったことかい。それは仕方がないよ」

「それだけでなく、いろいろご迷惑をおかけして。本当はこうして一緒に帰るべきではないのだけど、いまはほかにどうしたらいいのかわからなくて……」

「どうして一緒に帰るべきじゃないんだね」

「あなたは知らないひとですもの。私にはあなたのお屋敷で暮らす資格はないわ」

「いい加減にしてくれないか、リーザ――」

「お願いだからメグと呼んでちょうだい。私はリーザでは……リーザと呼ばれるのはいやなの」

ビクターはため息をついて、運転に気持を集中させた。

メグは疲れを感じ、座席にもたれて目を閉じた。この男とその屋敷、それにこれから自分を待ち受けているさまざまな出来事から逃れて、病院のひんやりした白いベッドにもどれたらどんなにいいか。でも、いつまでも病院に隠れていることはできない。どんな状況が待ち受けているにせよ、新しい生活をはじめなければならない。もう少し体力を回復するまでは、とりあえずビクターの家で暮らすことにしよう。自分でそうきめたのだった。

「どんな感じがするのかな」ビクターが言った。「つまり、記憶喪失のようなものなのだろうか。好きな食べ物とか、いつも見ていたテレビ番組などは覚えているのかい？」

メグは目を閉じたまま表情をかたくした。「子供のころの記憶はたくさんあるわ。でも、この数年のことははっきりしなくて」

「そこのところが私にはいちばん理解しにくい点だ。つまり、家をでて車でラスベガスにむかったのはわずか二週間まえのことなのに、今日のきみはまったくの別人で、名前もちがうという。まったくわけがわからないよ」

「私にもわからないわ」メグはふたたび窓の外に目をやった。家々の規模は次第に大きく、敷地も広くなっていく。メグはビクターのほうに顔をむけた。「ドクター・ワッサーマンが多重人格症に関する本や記事を貸してくださったので、何日かかけて読んでみたの。それから、ふたりでいろいろな話をしたわ。私の思い出や何かについて、それから……リーザについても」言いにくそうに付け加えた。

「ああ、それで？」ビクターがすばやく顔をむけたが、サングラスのせいで表情はわからなかった。

「どういうことか、私にも少し理解できるようになったわ。つまり、ひとつの体のなかでふたつの人格がどのように共存しうるのか。それから、そのどちらもが本物だということが」

「私にはさっぱりわからないがね。はじめは、またお得意の芝居がはじまったのかと思ったよ。だが、いまはそうは思っていない。きみなら演技しようと思えばできるだろうがね」

ぶしつけな言い方にメグは思わず顔をあげたが、何も言わなかった。

「クララにはちゃんとわかっているらしい」ビクターはつづけた。「しかも、このあたりでは最高の精神科医だ。われわれとしては彼女の診断を受けいれて指示にしたがうべきだろう」

メグはビクターの横顔を見つめ、それから窓の外に視線を移した。多重人格症に関する書物を読んで以来、メグは自分の身に起きている不可解な出来事を自分なりに解釈するようになった。ドクター・ワッサーマンの説が正しいとは思えない。

しかし状況は複雑で、いまはまだ体力もない。元気になったら、すぐにラスベガスにいって自分で調べてみよう。それまでは……。

「ちがうかい？」メグの思いを妨げるように、ビクターが言った。「クララの指示にしたがうべきだろう？」

「そうでしょうね。でも、しばらくのあいだ、私はひとりになったほうがいいと思うの。自分が本当はだれなのか、どうしてこんなことになったのか、ひとりでじっくり考えてみたい」

車は脇道《わきみち》にはいり、小川にむかって進んでいく。通り過ぎる家々はさらに大きく豪華になり、美しく手入れされた敷地も広大になっていく。

「どうしたいんだね。街にアパートメントを借りて、ひとりで暮らしたいというのかい？」

「どうすればいいのかわからないわ。この街のことは何も記憶がなくて、本当にはじめてきたような気がするの」

「体力が回復するまでは家にいるべきだとクララも言っていた。元気になったら、そのときにどうするか考えよう。もしかしたら、それまでになおっているかもしれない。ある日目が覚めたら、リーザにもどっているかもしれないよ」

その言葉をきくと、メグは自分の存在がとてもあやふやなものに思われた。クララはこれまでの研究資料のなかから、ふたつの人格が瞬時に、あるいは徐々にいれかわっていく症例をいくつも見せてくれた。だが、ひとりの人間がまったくべつの感情や記憶や態度や能力をもつ人間に瞬時に変わってしまうという事実は、簡単に受けいれられるものではない。

窓の外に目をやると、緑色の格子窓のついた大きな白い家のまえの草地で二頭の馬が草を食《は》んでいる。メグは夢中になって見つめた。

なぜだか馬を見ていると心がなごみ、元気がでてくるような気がする。「馬がいるわ。すてきな馬ねえ」

「ここはお隣さんの敷地だよ。ジム・レガットを覚えてないかい？」

メグは首をふった。

ビクターはいらだったようにハンドルを叩《たた》いたが、やがてため息をついて低い声で言った。「ジムは、いわばパートタイムのカウボーイだ。大きな建設会社を経営しているが、週末にはロデオ大会を渡り歩いている」

メグは馬から目を離さずにきいた。「どんな競技にでるの？」

「なんだって？」

「ロデオ大会のどんな競技に出場するの？　投げ縄で小牛をつかまえるの？　それとも――」

ビクターは笑った。「知らないね。おそらく投げ縄を使う競技だろう。リーザ、以前のきみはロデオになどまったく関心を示さなかった。ジム・レガットは正真正銘の野蛮人だと言って、あんなに嫌っていたのに」

メグは名残惜しそうに馬から目を離すと、いくぶん緊張した顔で正面を見つめた。リンカーンは私道にのりいれ、ピンク色の石で前面をおおわれた大きなガレージのまえでとまった。そのむこうに、同じピンクの御影石《みかげいし》のどっしりした二階建ての屋敷が建っている。正面には芝生が広がり、周囲を美しい花壇と灌木《かんぼく》の茂みがとり囲んでいた。敷地の奥には木立に隠れるように小川が流れ、ひっそりと静かな雰囲気をかもしだしている。

「なんてきれいなの」メグは思わずつぶやいた。

「そうか、変わっていないものもあるんだな」車からおりたビクターが、後部座席からスーツケースをとりだしながら言った。

「なんのこと？」メグも車からおり、日差しのなかに立って、不安げにあたりを見まわした。頭がずきずきしてきた。足もとがふらついて、思わず車に寄りかかった。

ビクターはあたたかみのない笑みを浮かべた。濃いサングラスをかけた顔は、その瞬間ひどく冷ややかに見えた。冷酷と言ってもよいほどに。

「いつでもこの屋敷だけは大好きだったじゃないか、リーザ」低い声で言うと、彼は敷石の上をつかつかと歩いていった。

ジム・レガットは広い自宅のベランダで兄と一緒にくつろいでいた。コーヒーを飲みながら新聞に目を通していると、隣家の私道にリンカーンがとまり、なかからビクターがおりてきた。ジムと兄は顔をあげて、好奇心に満ちた目をむけた。

助手席からおりたのはリーザ・カンタリーニだった。白いコットンパンツにさくらんぼ色のセーターという装いで、黒髪が朝の光にまぶしく輝いている。

ディーン・レガットはひゅうと口笛を吹いた。「いいね、じつにいいよ」

ジムはあたたかな目で兄を見た。ふたりは三十代のはじめで、どちらも長身でたくましく、ハンサムで青い目をしているが、性格は正反対だった。黒い髪のディーンは野心にあふれて気が短く、ブロンドのジムは物静かで慎重だ。まわりの女性にすぐにちょっかいをだすのがディーンで、ジムのほうはいつもそれを黙って見ている。しかし、実生活はそれとは逆だった。

ディーンはよき家庭人だ。結婚して十二年になるが、妻を大切にして、三人の幼い娘を目にいれても痛くないほどかわいがっている。それにひきかえ、ジムのほうは何度かの危機的状況を体験しつつも、現在も独身を貫いている。

「兄さん」ジムが新聞から顔をあげた。「隣の奥さんをいやらしい目で見るなよ。幸せな家庭があるくせに、少しはつつしんだらどうだ」

ディーンはにやりと笑った。「いやらしい目で見るのと鑑賞するのはちがうさ。彼女は本当に鑑賞に値する女性だ」

「そうかい」格子窓ごしにちらっと見て、ジムは関心なさそうに言った。

朝のひんやりした空気のなかで、リーザ・カンタリーニが寒そうに自分の体に腕をまわし、夫の後ろを歩いていく。表情はかたく、足もとが少しふらついている。

「ビクターが病院から連れて帰ってきたんだ。二週間近く入院していた」ジムが言った。

「出産かい?」ディーンは隣家の広い芝生のどこかに乳母車がないかと見まわした。

ジムはあっさりと笑い飛ばした。「リーザは母親になるタイプじゃない。車を運転していて事故にあったんだ」ポットからコーヒーのおかわりをついだ。「シーダー・シティのはずれのフリーウェイで崖《がけ》から落ちて鉄柱に衝突したんだ。ひと晩中気を失っていて、夜明けまえに通りかかったトラックに発見されたらしい」

「怪我《けが》はひどかったのか?」

ジムは首をふって砂糖入れに手をのばした。「それほどでもなかったらしい。だけど、生きているのが不思議なくらいだよ。いつも、ものすごいスピードで飛ばしてるんだ。愛車は一九五七年型の白のサンダーバード。夫からのプレゼントさ」

「『アメリカン・グラフィティ』にでてくるようなやつか」

「ああ、まさにそうだ」ジムはぼんやりとコーヒーをかきまぜた。

彼は胸に〈シーザーズ・パレス〉のロゴがはいった黄色いTシャツにジーンズ、それに汚れた乗馬用ブーツをはいて、くたびれた野球帽を無造作に頭にのせている。コーデュロイのパンツに青いポロシャツ姿のディーンが、興味津々といった顔で弟を見た。

「話をきかせてくれよ」

「なんの話?」

「おいおい、ジム。おれに隠しても無駄だぞ。おまえとあの女性のあいだには何かがあるにちがいない。図星だろう?」

ジムは首をふって椅子の背に体を預け、頭の後ろに腕をまわした。おもしろがるような目をして兄を見る。「どうして兄さんは、いつもぼくの女性関係に興味をもつんだい」

「おれには無縁の世界だからさ」ディーンは笑いながら言った。「毎日の単調な生活に刺激を与えてくれるのは、おまえの話だけだ」

「アニーがきいたら、ただじゃすまないぞ」

「そうだな」ディーンはスポーツ欄をたたんで、漫画のページを開いた。「だが、おれのアニーへの気持は昔と少しも変わっていない。それは彼女もわかっているさ。実際に浮気されるより話をきくだけのほうが、アニーだって喜ぶはずだ」

「でも、あいにくリーザ・カンタリーニとのあいだには話すようなことは何もない。本当のことを言うと、嫌いなんだ。はじめからそうだった」

「嘘《うそ》つけ。あんなゴージャスな女性を嫌いだって? どうしてだ。彼女は共和党支持者か? それともおまえの馬をいじめたのか?」

ジムは隣家の美しく手入れされた庭に目をやった。「もともとぼくはポーリーンが大好きだった」

「ポーリーン？」

「ビクターのまえの妻だ。いいひとだった。ぼくがここに越してきたときから母親みたいな存在で、それから十年以上親しくしていた。亡くなったときは本当に悲しかったよ。それからわずか数週間のうちにビクターは再婚を発表した。相手は彼いわく〝元ミスコンの女王〟リーザ・バウアーだ。それからあっという間にリーザはポーリーンの家に移り住み、女王のような態度で屋敷をすっかり模様替えしてしまった」

「彼女、ビクターよりずいぶん年下だろう？」夫妻が消えた大きなオーク材のドアを見つめながらディーンがきいた。

ジムは兄の顔を見て、眉をつりあげた。「年の差は三十歳くらいだ。でも、ぼくたちに他人のことは言えない。そうだろう？」

ディーンは深々とうなずいた。「ジム、ときどき考えてしまうよ。おれたちが親父《おやじ》の幻影から解放される日は本当にくるのだろうか」

ジムは亡き父に思いをはせた。父親のエズラは早くから宅地開発に手を染めていたが、その貪欲《どんよく》さと手段を選ばぬ強引なやり方でユタ州とネバダ州全域に悪名をとどろかせていた。しかも、そのやり方は仕事だけにとどまらず、女性に関しても同じだった。最初の三回の結婚では、どの妻も流産や死産を繰りかえし、子供をひとりも残さずに世を去った。四番目の妻アミーリアが六十七歳のエズラのもとに嫁いだのは、彼女が十九歳のときだった。そしてディーンとジムが生まれた。

それでも、父は母より二十年近く長生きした。やさしかった母は、ディーンが四歳、ジムがまだよちよち歩きのころ亡くなった。ジムが地方のロデオ大会に出場するために家をあけるようになり、ディーンが法律家をめざしてハーバードに入学したとき、父はまだ健在だった。やがて父は莫大《ばくだい》な財産を残して死んだ。遺産を相続したふたりは、それぞれ自分らしいやり方で新しい人生にのりだした。

ジムはロデオ大会めぐりをやめ、ソルトレーク・シティに落ち着いて建設会社をはじめた。目標は、父が残してくれたのと同じだけの財産を自分の手で築くこと。仕事は成功し、いまでは目標まであと一歩というところまできた。それでもなお馬への愛着は少しも失われず、自宅でクォーターホース種の馬の世話をすること、そして週末にロデオ大会に参加することを何よりの楽しみにしている。

ディーンはロー・スクールを終えて、司法試験に合格した。生活の本拠をカリフォルニアに移し、ロサンゼルス市内の邸宅のほかに、トパンガ近くにビーチハウス、サンガブリエルに冬用の別荘を所有している。仕事にも家庭生活にも恵まれ、毎日忙しく過ごしているが、自分のルーツを忘れたことはない。出張のたびに可能なかぎりソルトレーク・シティに立ち寄り、自分とはまったくちがう生活を送っている弟のところで一日か二日過ごすのを習慣にしていた。

「彼女が嫌いな理由はそれだけか」ディーンの声でジムは現実に引きもどされた。「まえの奥さんのことを考えてしまうからか」

ジムは思い出を頭からふりはらった。「そういうわけではないが、リーザがやってきてから、あの家はなんだか変になった。平和な結婚生活は半年ほどしかつづかなかったらしい。そのあと、リーザはちょろちょろしはじめた」

「ちょろちょろ？」

ジムは肩をすくめた。「ちょっと寄ってみたの、なんて言って、ここに顔をだすようになったんだ。馬が大好きだって顔をして納屋のまわりをうろつくんだが、それが口実にすぎないのは見え見えだった。馬のことなど何も知らないし、本当は怖がっていたんだから」

「つまり、彼女が興味をもっていたのは二本足のほうだったんだな？」ディーンは意味ありげな笑みを浮かべた。

ジムは笑わなかった。「たぶんね。でも、ぼくにはそんな気はなかったから、はっきりそう言ってやった。ひどく気分を害していたよ」

「どうしてその気にならなかったんだよ。あんなにおいしそうな女性なのに」

「やめてくれよ、隣の人妻だよ。ビクター・カンタリーニは聖人というわけではないが、べつに恨みはない。留守のあいだに妻を寝とるようなまねはしたくないよ」

ディーンはため息をついた。「それじゃあ、彼女はどこかほかでお楽しみを見つけたのかな」

「おそらくそうだろう」ジムは関心なさそうに言った。「ビクターがいないとき、訪ねてくる男が何人かいるようだ。それがどこのだれなのか、ぼくは知らないが」

「トルーディなら知ってるんじゃないか」

「おそらく知ってるだろうな。でも、トルーディを相手に近所の噂話《うわさ》をはじめたら、日が暮れてしまう」

「私の名前がきこえたような気がしましたけど、気のせいかしら」

ジムの家の家政婦が戸口に顔をだした。小柄でふくよかな女性で、セーターとジーンズの上に、胸あてのついた厚地のデニムのエプロンをしている。白髪まじりの髪を頭のてっぺんでふわっと丸め、顔はカラフルな化粧のせいで色砂糖ののったクッキーのように見える。

「やあ、トルーディ。いいところにきた」ジムがポットをふって言った。「コーヒーが空なんだ」

「もう？　さっきいれたばかりなのに」

ジムはとっておきの笑顔を見せた。「きみのいれてくれたコーヒーがあんまりおいしいからさ」

トルーディはもっていた雑誌を丸めてジムの腕をひっぱたき、ディーンにはやさしくほほえみかけた。「何かおもちしましょうか、ディーン様。焼きたてのスコーンか、トーストはいかがです？　それともフルーツとチーズの盛りあわせがいいかしら」

「ディーンにはいつも甘いんだな」ジムが文句を言った。「ぼくにはキッチンにいって自分でつくるように言うくせに」

「お兄様はお客様ですよ」トルーディはぴしゃっと言った。そしてディーンに愛想のよい顔をむける。「こんなにお痩《や》せになって。カリフォルニアではちゃんとした食事をさせてもらえないんですね。生魚とアルファルファぐらいしか食べないっていうじゃありませんか」

ジムは鼻を鳴らし、無邪気な顔を装ってきいた。「ダンスパーティはどうだった、トルーディ？　楽しかったかい」

「ダンスパーティ？」ディーンが椅子の背に寄りかかりながらきいた。

「トルーディは昨夜、〈サンディ〉で開かれた独身者のダンスパーティにいったのさ。ワン・アンド・オンリー・クラブのメンバーになったんだ」

「まあ、楽しかったですよ」彼女は籐《とう》の椅子に腰をおろし、ディーンにむかって言った。「でもどんなに体裁を整えようと、あの手の独身者対象のダンスパーティは、結局セックスのお相手探しの場になってしまうんですよ。みんな自慢の肉体を見せびらかして、好みの相手を物色するんです」

　ディーンが思いやりたっぷりに言う。「肉体で勝負するなら、きみがいちばんにきまってるよ」

「まあ、お上手なんだから」トルーディの頬はさらに赤くなった。「なかなか油断のならない方ですね、ディーン様は」ジムにむかって言った。

「ああ、まったくだ。ところでトルーディ、朝刊の経済欄が見あたらないけど知らないかい？」

「キッチンです。裏においしそうなレシピが載っていたんですよ」

「まだ切りぬいてないだろうね」

　トルーディはディーンにウインクをした。「レシピを切りぬくと、いつも大騒ぎするんですよ。明日の朝になれば、新しい新聞が配達されるっていうのにねえ」

　ジムはその場ですっくと立ちあがり、怖い顔をしてトルーディを見おろした。しかし、相手はおかしそうに笑っただけだった。

　ジムは情けない顔で兄にこぼす。「新しい家政婦を見つけるのがそれほどむずかしくなかったら、いますぐお払い箱にするんだがな。そうすれば汚らしい山羊《やぎ》も、七百本の密造酒も、全部きれいに厄介払いできる」

　ふたりはジムをまったく相手にしなかった。いかめしい表情を装って戸口にたたずんでいたジムは、やがて新聞の残りのページを探しにぶらぶらと家のなかに歩いていった。

「トルーディ、この秋のお酒はどんな仕上がり具合だい」ディーンは椅子を日なたにひっぱりだして、あたたかい日差しを顔いっぱいに浴びながら尋ねた。

「ダイオウ酒の出来がよさそうだし、今年はタンポポ酒も仕込んだんですよ。いまから楽しみです。マニーは機嫌を悪くしてましたけどね」

トルーディの視線は、納屋のそばの生け垣をのんびりと刈っている庭師に注がれた。

「どうしてだい？」ディーンは弟の家で起こるあれやこれやを、いつもおもしろがってきいている。

「私がタンポポ酒をつくりたいと言ったので、ジム様は夏のあいだマニーに殺虫剤の散布をさせなかったんです。おまけに、タンポポを一本ずつ手で摘みとる作業を手伝わされましたからね。何千本もですよ。夕方、仕事から帰ってらっしゃると、ジム様も手伝ってくれましたけど」

夕日のあたる広大な緑の芝生で、カウボーイにあこがれる弟が家政婦とメキシコ人の庭師と一緒にタンポポを摘んでいる様子を、ディーンは頭のなかに思い描いた。

「きみはたいした女性だ、トルーディ」ディーンは頭をふりふり言った。「じつにたいした女性だよ」

トルーディは余裕たっぷりにうなずいた。顔をあげると、ジムが新聞の経済欄と新しいコーヒーのポットをもって、ポーチにもどってきたところだった。

「トルーディの何にそんなに感心してるんだい？」

「すべてさ」ディーンはコーヒーをつぎながら言った。「トルーディ、山羊の乳しぼりを今晩見せてもらってもいいかな」

「自分でしぼってごらんなさい、そんなに興味があるのなら。頭でひとを突いてばかりいたクリスタルも、このごろはおとなしくなったし」

ジムがにやにやしてふたりの話をきいていると、トルーディが急に真顔になって話しかけてきた。

「ジム様」

「うん、なんだい？」

「先ほどビクター様とリーザ様が帰ってこられたのをごらんになりました？」

ジムはうなずいた。「ちょうどここから見えたよ。リーザの怪我はたいしたことないらしいが、なんだか弱々しく見えたな」

「ええ、たしかに弱々しく見えました。でも、それだけじゃないんですよ」

ふたりはトルーディを見つめた。「どういう意味だい？」ジムがきいた。

「今朝ご夫婦がお帰りになるまえに、フィラミーナから話をきいたんです。赤砂糖を借りにきたものですから」

「この世でフィラミーナが話をする相手はきみひとりだろうな」ジムはそう言うと、兄に説明する。「フィラミーナというのはビクターの家の家政婦だよ。陰気で無口な、なんだか不気味な女性なんだ」

「まあ、なんにも知らないくせに。フィラミーナはとってもいいひとですよ。それに、母親としても満点だわ。ただ、ひとりでいるのが好きなだけです」

ジムは眉をつりあげ、黙って新聞に顔をもどした。

「私だってそうなりますよ。あの家に住んでいたらね」トルーディは芝生のむこうに見えるピンクの御影石の屋敷を格子窓ごしに見つめた。

ディーンは興味をそそられてきいた。「フィラミーナはなんと言ってた？　リーザのことだよ。怪我がひどかったのかい？」

トルーディは身をのりだし、意味ありげなまなざしで額を指で叩いた。

「頭がおかしくなったのか」ディーンが言った。「怪我のせいで？」

ジムも新聞をおろして耳を傾けた。ふたりの男の注目を一身に集めて、トルーディは椅子の背にゆったりともたれかかった。「リーザ様は、自分がだれかわからないんです」

先に口を開いたのはディーンだった。「つまり、記憶喪失ってことか？」

「私もそう尋ねたんです。でも、もっと複雑なものだって言うんですよ。ビクター様はフィラミーナに一応説明をしてくださったそうですが、あまり説明の上手な方ではありませんし、それにあのふたりは普段からほとんど口をききませんからね」

「ぼくには想像がつかないね」ジムは天井をあおいで、わざとらしくため息をついた。

「世の中にはおしゃべりをしないで黙々と仕事にはげむ家政婦もいるのか。ぼくにはとうてい想像できない」

「記憶喪失より複雑とはどういう意味だろう」ディーンが言った。「幻覚か何かがあるのかな」

「どうもそうらしいですよ。自分のことをだれかほかの人間だと思ってるんです」

「それなら、マリー・アントワネットにちがいない」ジムが皮肉たっぷりに言った。「それともクレオパトラか、あるいはスカーレット・オハラかもしれないな」

「あまり同情していらっしゃらないようですね」トルーディが言った。

ジムは新聞を膝に置いた。「一カ月ほどまえ、春にしては暑い日だった。ぼくは馬に乗って小川をくだり、丘の先のほうまでいった。隣の家の裏にさしかかったとき、リーザがプールサイドで日光浴をしているのが見えた。木が茂っていたから、むこうからは見えなかったはずだ」

「彼女、どんな格好をしてた?」ディーンが興味深げにきいた。

「たいしたものは身につけてなかった。白いビキニの下だけだ」

「上はなし?」ディーンの声が裏返った。

ジムはうなずいた。「上半身を起こしてサンオイルを塗っていた。じつにすばらしいながめだったよ。彼女のことは好きじゃないが、たしかに美しかった。でも、木のあいだからのぞき見するなんて最低だろう？　馬に拍車をかけて立ち去ろうとしたとき、フィラミーナの坊やがプールサイドにとことこ歩いてきたんだ」

「かわいい子でねえ」トルーディがディーンに説明した。「ドミンゴというんですけど、ドミーって呼ばれてるんですよ」

「いくつ？」

「いくつだったかしら」トルーディは考えこんだ。「ポーリーン様が亡くなった年の春に生まれたんです」ジムのほうをむいてつづける。「あの子が生まれて、ポーリーン様がどんなに喜んでいらしたか、覚えてます？　何から何まで買ってあげて」

ジムはうなずいて、なつかしそうにほほえんだ。「本当にうれしそうだったね。まるで自分の子供が生まれたみたいな喜びようだった。ポーリーンとビクターには子供がいなかったから」

「それなのに、あの子が生まれてわずか二カ月でポーリーン様は亡くなってしまわれたんです。おかわいそうに」トルーディは遠くを見つめた。「ともかく、それが二年まえの春ですから、ドミーはもうすぐ二歳半になります」

「で、話のつづきは？」ディーンは弟に言った。

「ああ。どうしてじっと見ていたのか、自分でもわからない」ジムは言った。「リーザと幼い子供がふたりきりでプールサイドにいるのを見ると、なんだか胸騒ぎがしたんだ。あの子は手に何かをもっていて、それをリーザに見せようとした。リーザの腕をつついて、しきりに何か話しかけていた」そのときの情景を思いだして、ジムは顔をこわばらせた。

「それからどうしたんですか？」

「リーザはあの子を叩いた。手をふりあげて強くね。あの子はプールのすぐそばに尻もちをついてすわりこんでしまった。リーザはタオルや何かを手にとると、泣いている子供をそのままにして立ち去った。一度もふりむきもしなかった」

ディーンは恐怖に満ちた目で弟を見た。「二歳の子をプールのそばに置き去りにしたのか？」

ジムは苦々しげにうなずいた。「そうだ。ぼくは馬を木につなぎ、小川を渡って飛んでいこうとした。そのときフィラミーナが駆けつけ、坊やを抱きあげて連れていった」

「リーザが坊やを叩くところを、フィラミーナは見たんだろうか」

「見ていないと思う。だれかが見ていると思ったら手をあげなかっただろう。そういう女だ」ふたりが見つめるなかで、ジムは話を打ち切るように新聞を手にとり、冷たい口調で言った。「リーザ・カンタリーニがどんな問題をかかえているとしても、ぼくは同情する気にはならないね」

6

玄関をはいったところでメグは立ちどまった。ビクターが期待に満ちた顔で自分のほうを見ている。サングラスをはずしてシャツのポケットにしまうと、先ほどまでの怖そうな印象は消え、やさしくて思いやりのある表情になった。

「どうだね、リーザ。わが家へ帰った気分は？」

メグは屋敷のなかをおそるおそる見まわした。玄関の先につづく広くて美しい部屋には観葉植物がふんだんに置かれ、輝くような木目がぜいたくに使われている。内装はクリーム色の濃淡を中心に柔らかな色調でまとめられ、ところどころにゴールドと淡い錆色《さびいろ》とトルコブルーがハイライトとしてあしらわれている。

頭ががんがんして、悪夢を見ているような感覚が次第につのってきた。はじめての場所のはずなのに、はじめてのような気がしない。もしも自分が大邸宅の内装をまかせられたとしたら、そして予算を無制限に与えられたとしたら、きっとこれと寸分たがわずに仕上げるだろう。屋敷中の何もかも、カーテン、調度品、厚い絨毯《じゅうたん》、オーク材の額にはいった絵画、そのひとつひとつが自分の趣味そのものだ。

ビクターはそんなメグの様子を観察していた。「覚えてるんだね。きみの顔を見ればわかるよ」

「あの……そういうわけではなくて」蚊の鳴くような声でメグは言った。「でも、とてもきれい」

「当然さ。たいへんな費用をかけたんだからね、リーザ」

メグと呼んでほしい。そう思ったが、体の力が抜けたようで、言いだすことができなかった。

「やあ、ドミー」ビクターがうれしそうに声をかけた。

リビングルームとの境になっているアーチ型の入口のむこうに、青いTシャツにデニム地の縞模様《しまもよう》のオーバーオールを着た幼い男の子が立っている。二歳ぐらいで、髪は黒く、目がびっくりするほど大きい。赤いプラスチック製のトラックをしっかりと胸に抱きしめて、まっすぐにふたりを見ている。

「トラックかい?」ビクターはやさしく話しかけながら、子供のそばに近づいた。子供のほうも安心しきった顔で見あげる。「どれ、見せてごらん」

子供はトラックをさしだした。

ビクターはスーツケースを床に置いて、トラックを隅々まで点検した。「これはすごい。

四輪駆動じゃないか」機嫌よく笑って子供の髪をくしゃくしゃにすると、妻のほうをふりむいた。「ドミーのトラックを見てごらん」

メグはその子の美しさに目を奪われた。すべすべの肌に上品な顔立ち、濃いまつげに縁どられた大きな黒い瞳。頭の先から小さな青い運動靴にいたるまでぴかぴかで、大事に育てられていることがうかがえる。

メグは子供の正面に膝をついて、手をさしだしながら言った。「こんにちは」

子供は怯《おび》えて黒い瞳を大きく見開き、いまにも泣きだしそうな顔でビクターの脚にしがみついた。ビクターは腰をかがめて、赤いトラックをかえしてやった。

「ドミーはきみのことを覚えていないらしいね、リーザ」咳払《せきばら》いしながらビクターは言った。「しばらく家をあけていたからだろう」

子供の顔に浮かんだ強い怯えの表情に、メグはショックを受けた。うろたえて顔をあげると、母親らしい女性が駆け寄ってきて、子供をすばやく抱きあげた。

二十代後半の小柄で痩《や》せた女性で、チャコールグレーのメイドの制服の上に白いエプロンをかけている。子供と同じように髪と瞳が黒い。

「どうもすみません」彼女はビクターに言った。「ドミー、こっちにきてはいけません。キッチンからでてはいけないと言ったでしょ」小声だが強い口調だった。

「いいんだよ、フィラミーナ。何もいたずらはしていない。それより、ミセス・カンタリーニがお帰りになったよ」

　フィラミーナはちらっと顔をあげ、すぐに視線をもどした。「お帰りなさいませ、奥様」

「どうも、フィラミーナ。お変わりない？」

「ありません」

「医者の命令で、ミセス・カンタリーニはしばらくは安静にしていなければならない。食事も部屋でとることになるだろう」ビクターが言った。

「昼食はお部屋までおもちします。ご迷惑をかけて申しわけありませんでした」フィラミーナはそう言って立ち去りかけたが、ふりむいて付け加えた。「これからは気をつけます」

「フィラミーナ」メグが声をかけた。

　フィラミーナは足をとめ、視線を落としたまま返事をした。「はい、奥様」

「あのう……あまりおなかがすいてないから、お昼はスープか何か簡単なものでけっこうよ」

「オムレツをつくるつもりですが」

「じゃあ、それをいただくわ」

　この女性は私のために食事をつくり、部屋まで運んでくれるのだ。そう思うと、メグは申しわけないような気がしてならなかった。できるなら何か言って、この気詰まりな空気をやわらげ、家政婦の心を解きほぐしたい。

母親の腕のなかで体を丸めている子供にほほえみかけながら、メグは言った。「本当にきれいな子だわ。かわいくて仕方ないでしょうね、フィラミーナ」

フィラミーナはびっくりした顔でメグを見つめた。しかし、その目にたたえられた表情を見ると、メグは度を失って、まっすぐ立っていられなくなった。思わず壁にもたれ、子供を抱いて急ぎ足で立ち去る彼女の後ろ姿をぼんやりと見送った。

ビクターのあとをついて二階へあがっていくあいだも、メグの動揺はおさまらなかった。フィラミーナが一瞬見せたはっとした表情、それから瞳に宿した冷たい憎悪の光は、いったいなぜなのだろう。

ビクターに案内されて大きな正方形の寝室に足を踏みいれると、困惑はさらに大きくなった。

メグは入口のそばの肘《ひじ》かけ椅子にすわって、女らしくデザインされた豪華で美しい部屋を見まわした。クロゼットのドアは鏡張りで、ベッドヘッドの頭の部分はアルコーブになり、開いたドアのむこうは専用のバスルームになっている。そして、壁や化粧台の上など、部屋中いたるところに、アンティークの額や小さな写真立てにおさめられた自分の写真が飾られている。

自分の笑顔、自分の目や髪や体が、部屋中に鏡を置いたように周囲をとり囲んでいる。ベッドの上方には百二十センチ四方ほどの油絵。柳の木の下にすわり、ふわっとした白いドレスの片方の肩をずらしてポーズをとっている肖像画だ。長い黒髪が顔のまわりで優雅に波打っている。

メグの視線を追って、ビクターが言った。「私はあの髪のほうが好きだ。またのばしたらどうだい、リーザ」

メグは肖像画を見つめ、なにげなく自分の髪に触れた。横は耳のすぐ上、後ろは首筋のところで切りそろえた、男の子のようなショートヘアだ。髪を長くのばしていた記憶はない。

「いつ……」メグは言いよどんで、唇をきつく噛《か》んだ。「いつ髪を切ったのかしら」

ビクターはまたかといった仕草をした。「それほどまえのことではない。たしか七月だった。長い髪は手入れが面倒だし、夏になるとわずらわしいと言ってたじゃないか。覚えてないのかい？」

メグはなかばうわの空で首をふった。目は大きな油絵に釘《くぎ》づけになっている。

「あとはひとりで大丈夫かい。何か手伝ってほしいことがあれば、フィラミーナをよこすが」

さっきの彼女の表情が、メグのまぶたの裏に焼きついている。「いいえ、大丈夫。ひとりでできるわ。いろいろありがとう、ビクター」

はやくひとりになりたいと強く願っていたにもかかわらず、ようやくビクターが去ると激しい疲労感を覚えた。椅子から立ちあがり、服を脱いで、クロゼットのなかにあったネグリジェに着替えるのが精いっぱいだった。

ベッドに横になって、柔らかな寝具を顔のまわりに引き寄せ、メグはひんやりとしたやすらぎの世界に沈みこんでいった。


それからしばらく、メグは眠りと眠りのあいだをぼんやり漂うような日々を過ごした。意識をはっきりさせようと努めても、思考力はますます散漫になっていく。おさまっていた熱がぶりかえし、ドクター・バートレットが様子を見にきて薬を置いていった。まわりのものすべてが、かすみがかかったように見え、人々の会話にもついていけない。入院していたときと同じように、意識は鮮明と混濁のあいだをいったりきたりした。

フィラミーナは部屋のなかを音もなく動きまわり、ベッドのシーツをかえたり、服をたたんだりしてくれる。だが、食事を運んできたり、食器をさげたりするときも、決してメグのほうを見ることはない。

メグは毎朝ネグリジェを着替え、弱々しい足どりでバスルームにいった。起きていられそうなときは、窓のそばの椅子にしばらくすわっている。ときには隣の家の馬が草を食《は》んでいることがある。それを見ていると、つかのまの安らぎを覚えるのだった。

ある日の午後、メグはぼんやりと馬をながめながら、自分の身に起きた不可解な出来事を考えるともなく考えていた。

ドクター・ワッサーマンの解釈は理解できるが、それは間違っていると内心ひそかに確信していた。

もとの人格がリーザだったということはありえない。もしそうなら、メグの子供時代の記憶がこれほど鮮明であるはずがない。

メグは、その記憶にあるとおりの子供時代を送ったはずだ。農場で育ち、野球や乗馬が大好きな活発な少女だった。その後の、記憶が曖昧《あいまい》な混乱した時期に、リーザの人格があらわれたのだ。

その直後にソルトレーク・シティにきて、いくつもの美人コンテストで優勝したという作り話をするようになったのだろう。そしてビクターと結婚し、この屋敷でぜいたくな暮らしをしていた。

それでも、ときにはわずかのあいだメグが表にでてくることがあって、そんなときにはラスベガスにいってカジノホテルの調理場で働いていた。

信じられないような、恐ろしい話だ。

はじめのうちは、悪い夢を見ているような、漠然とした不安を感じるにすぎなかった。しかし、ときがたち、頭が少しはっきりしてくると、恐怖が具体的な形をとって目のまえにせまってきた。

メグがもっとも恐れるのは、リーザの人格がふたたび表にでてきて、自分の存在が消されてしまうことだ。そして、もうひとつ心にひっかかっているのが、ラスベガスで自分の名を名のっている女性の存在だ。おそらくこの女性は過去に私と出会い、その後、私になりすましたのだろう。そう思ったが、メグには少しも心あたりがない。いったいその女性はだれか。なぜメグと名のっているのだろう。

他人になりすます理由はいくつか考えられる。たとえば、借金や警察ざたから逃れたい場合、あるいは恋人や夫との関係を清算したい場合。世間ではそれほど珍しいことではないのかもしれない。

しかし、メグがとくに不気味に感じるのは、その女性がリーザ・カンタリーニになった自分と再会したあと、平然と心の病につけいるようなまねをしたことだ。ドクター・ワッサーマンによると、その女性——メーガン・ハウエルと名のる女性は、この春にリーザと会ったのが初対面だったと言っているそうだ。その後、ふたりは親しくなり、その女性はメグの子供時代の話をわがことのように語ったのだ。

恐ろしくて背筋がぞっとする。

メグはこめかみに手をあて、ドクター・ワッサーマンに自分の考えを話すべきかどうか考えた。だが、彼女のもつ力はあまりに大きい。もう少し状況が理解できるようになるまでは、何も言わないほうがいいだろう。

体さえよくなれば、ラスベガスへいって……。

ドアをノックする音がきこえた。いったいだれだろう。ビクターが昼間家にいることはないし、フィラミーナは食事時間以外は決して部屋にあがってこない。「どうぞ」

「どうぞ」か細い声で答えたあと、舌で唇を湿らせてもう一度繰りかえした。

ドアがあいて、男がはいってきた。

「やあ、どうだい」にっこり笑ってメグのほうに歩いてくる。「ラスベガスからもどったばかりなんだ。事故のことをきいたよ。気分はどうだい？」

男は椅子をつかんで窓のそばに運び、大きく脚を広げてすわりながら、まじまじとメグの顔を見た。

こんなに美しい男は見たことがない。メグは思わず息をのんで見とれた。体つきはスリムで、猫のような優雅さと鋼のような力強さをあわせもっている。細かく縮れた黒い髪は形のよい頭にそって短く刈りそろえられ、黒いまつげに縁どられた涼しげな淡いグレーの瞳はまっすぐに相手を見つめる。それはまるで、けがれを知らないドミーのまなざしのようだ。

「さあ」男は笑みを浮かべたまま言った。「何か言ってくれよ。きみが死の淵《ふち》までいって以来、はじめて会えたんじゃないか。話が山ほどたまってるだろう」

メグは椅子の上でもじもじと体を動かし、キルティングの部屋着を体のまわりにぎゅっと引き寄せてベルトをもてあそんだ。やがて大きく息を吸いこむと、顔をあげた。

「あのう……あなたがだれかわからないんです」小さな声でつぶやいた。「ごめんなさい。病気のせいで、私……」

男は端整な顔をゆがめて、信じられないというふうに笑った。「おれのことがわからないだって？　自分のいとこを忘れたのか？　リーザ、それはないだろう。いったいどうしたんだよ」

「私の名前はメグです」ふたたびうつむいて言った。「自分がリーザだったという記憶はありません」

男はあっけにとられてメグを見ていたが、すばやく顔を横にむけて窓の外に視線を移した。隣家の二頭の馬がのんびりと草を食んでいる。

「まいったな」しばらくして男は口を開いた。「おれは火曜にラスベガスからもどった。昨夜いつものバーにいったら、きみが交通事故にあって、それ以来だれもきみを見てないというじゃないか。もう退院したというので様子を見にきたのに、いったいどうしたんだよ」

「事故のことは覚えています」何か言わなければいけないような気がして、メグは言った。「どうしてそんな事故にあったのか、それはまったくわかりません。気がついたら車のなかにいて、それから救急車がやってきたんです」

「でも、おれのことは覚えてないのか、リーザ。おれのことは何ひとつ覚えてないのかい？」

「リーザという名前も覚えてません」弱々しくメグは答えた。

「それは記憶喪失のようなものなのかな」

メグは首をふった。「ビクターもいつもそうきくんですけど、記憶喪失ではありません。多重人格症です。信じられないでしょうけど」

「そんなことはないよ」男は椅子の背にもたれて脚をまえにのばしながら、落ち着いた声で言った。日焼けした肌と黒い髪をいちだんと引き立たせる黄色いポロシャツを着て、仕立てのよいゆったりとしたスラックスをはいている。「本当のことを言うと、きみのなかには何人かの人間がいるにちがいないと以前から思ってたんだ。ひとりの人間にしては、きみは複雑すぎる」

「本当に？」

「おれは心理学の専門家でもなんでもないが、ときどき奇妙な感じがすることがあった。きみが――いや、彼女が話をしているときにね」男はメグの警戒心を消し去るような笑みを浮かべた。「ややこしくて、頭が痛くなるよ」

メグはうつむいて両手を見た。

男は感じのよい口調でつづけた。「じゃあ、きみはリーザのなかにすんでいた人たちのひとりというわけだ。それなら、自己紹介をしよう。おれはリーザのいとこのクレイ・マローン。母親どうしが姉妹で、幼いころからプローボで一緒に育った」

メグはショックで言葉を失った。

「きみはだれ？」クレイはやさしく尋ねた。「名前は？」

「私は……メグです」かすかな声で言った。

「やあ、メグ」クレイは手をのばしてメグの手をとり、そっと握った。そして指とてのひらにキスをした。「はじめまして。きみはどんな人間？」

「どんなって？」

「つまり、物静かか、騒がしいか。慎重か、大胆か。洗練されているか、野暮か。つまり、どんな性格かってことさ」

「私は……」メグは言葉に詰まった。病気のせいで、意識が日ごとに後退していくような気がする。わずかに残っていた意識のかけらも、自分とそっくりで、じつはまったくちがう女性の写真に四六時中囲まれているせいで、次第におぼろげになっていく。

「さあ、どうしたの」クレイは身をのりだして、メグの髪をやさしく撫《な》でた。「言ってごらん」

「私は、どちらかといえば物静かなほうです」メグはようやく言った。「働き者で、それから……ひとりでいるのが好き。子供と動物が大好きで、本を読むのも好き。スポーツが得意で、洋服やお化粧にはあまり関心がないわ」

クレイは感心したようにうなずくと、勢いよく椅子から立ちあがって、部屋のなかを歩きまわりはじめた。

「きみにはまえにも会ったことがあると思う」アンティークのペーパーウエイトを手にとって無造作に手のなかで転がし、ふたたびもとの場所に置いた。「以前きみと――いや、リーザと話をしていたとき、がらっと感じが変わって、別人としか思えないときがあった。あれはきっときみだったんだ。覚えてないかい？」

「私はリーザと体を共有した記憶はありません。私には、私だけの記憶があります。ラスベガスで育ち、野球をして遊んだこと。父を手伝って馬の世話をしたこと。ほかにももっと細かいことだって覚えています。アビゲイルという名前のハムスターを飼っていたことか」

「きみにはラストネームもあるのかい。それとも、ただのメグ？」

「メーガン・ハウエル」

クレイははっとした表情でメグを見た。「メーガン・ハウエルだって？　カジノホテルの調理場で働いてる痩せっぽちの女性かい？　リーザ、きみは彼女のことをよく話してたじゃないか。今度は自分が彼女だと思ってるのかい」

メグは痛々しいほど顔を紅潮させて、両手を膝の上で握りしめた。頭痛がして、思わずベッドのほうに顔をむけた。

「ごめんよ。動揺させるつもりはなかった。疲れたんだね。ベッドにもどるかい？」

彼女がうなずくと、クレイは身をかがめてメグの体を軽々と抱きあげ、ベッドにそっとおろした。ガウンを脱がせ、シーツのあいだに寝かせてやり、毛布を肩の上まで引きあげた。

「背中に枕《まくら》をあてようか？」

メグはまたうなずいて、静かに相手を見つめた。

クレイはレースの縁どりのついた枕を叩《たた》いてふっくらさせ、背中にあてがった。そして椅子を近くに引き寄せて、心配そうにメグの顔をのぞきこんだ。「そのことはみんな、あの医者に話したのかい。ええと……なんて名前だっけ」

「ドクター・ワッサーマン」

クレイは笑い声をあげた。「ああ、そうだった。ビクターとの問題で診察に通っていたとき、きみは彼女のことをさんざんばかにしてたよな」首をふるメグを見てクレイは言った。「覚えてないんだね」

「いまは週に二回ほど、ここまできてもらってるんです。私がどんなことを覚えているか質問したり、ドクターのほうは……リーザに関することを私に教えてくれたりして」

「彼女はメーガン・ハウエルが実在の人物だってことは知らないのかい？　今年の春にき

みが会って、とても興味を引かれた人間だということは」

「ドクター・ワッサーマンは彼女に電話をして、直接話をきいたんです。リーザについて、というよりリーザとメーガン・ハウエルがどのように出会って、その後どのような会話を交わしたか、尋ねたんです。その結果、ドクターはこう考えました。ふたりとも養子だったことがきっかけとなって、リーザは彼女に関心をもつようになった。その後、養子だった事実を彼女の両親がきちんと教えてくれたこととか、自分には欠けていた幸せな子供時代を彼女が過ごしたことを知って、リーザはメグになった」

「じゃあ言ってみれば、リーザは自分の人生をほうりだして、他人のを拝借したわけだ。そしてきみがあらわれた」

「ドクターはそう考えています」

クレイはびっくりするような笑い声をあげた。「リーザらしいな。何かが気にいったら、それがだれのものであろうと自分のものにする。ちがうかい？」だが、メグの真剣な表情に気づくと真顔になった。「それで、ドクターはなんだって？　最後にはどっちが残るんだ？」

「さあ。おそらく両方の人格をミックスしたようなものになるんでしょう。そういう例が多いそうですから」

「半分はリーザで、半分はメグ？」

メグは唇を噛んで顔をそむけた。

「怖いのかい？」

メグはうなずいた。

「大丈夫、怖がらなくてもいい。どういうことになろうと、おれがついてる。いいね、忘れるんじゃないよ。いまは何も覚えてないかもしれないが、おれたちは赤ん坊のときからずっと一緒だった。いつでもきみの味方だよ」立ちあがって、クレイはメグの額と頬をやさしく撫でた。「もういかなきゃ。疲れただろう。それから……」

「え？」

「きみはこれまでのことをあまり覚えてないようだから、ひとつ注意しておきたいことがある」

「何かしら」

クレイは顔を近づけた。淡いグレーの瞳がふいに強烈な光を放った。「おれがここにきたことを、ビクターには言わないほうがいい」

「なぜ？」

「おれとビクターは顔をあわせたことがない。むこうも会いたいとは思っていないはずだ。おれたちの仲のよさを嫉妬《しっと》してるのさ。おれがきみに会いにきたことを知ったら、きっと大騒ぎする。だから、これはおれたちだけの秘密にしておこう。いいね」

「ビクターとはほとんど口もきかないわ」メグは無表情に言った。「もう、この部屋にくることもないし」

「かわいそうに」クレイはかがみこんで頬にキスをした。きれいに髭《ひげ》を剃《そ》った清潔な肌のにおいと、しなやかで強靭《きょうじん》な体の放つ男くささ、それに高価なオーデコロンの香りがまじりあってメグの意識をかき乱す。クレイは戸口で立ちどまってもう一度にっこり笑うと、はずむような足音を響かせて去っていった。

ひとりになると、メグの心は波立った。やさしい言葉や親しみのもてる態度とは裏腹に、あの男が去ったあとには、狼《おおかみ》や山猫などの、美しいが残忍な野生の動物が通ったような、つかみどころのない不安が残った。

メグはベッドカバーをぎゅっとつかみ、天井の装飾に目をこらして、必死に気持を落ち着けようとした
何よりショックだったのは、クレイ・マローンが幼いころからリーザと一緒に育ったと語ったことだ。

もしもそれが本当なら、ドクター・ワッサーマンの考えが正しいということになる。もともとの人格はリーザで、メグは想像の産物でしかないということに。

7

サンルームのテーブルにむかって、二杯目のコーヒーを飲みながら新聞を読んでいたジム・レガットは、トルーディがテーブルを片づけにくると、機嫌よく話しかけた。

「日曜日はいいねえ」

「働きすぎなんですよ」トルーディは皿を重ねて、テーブルクロスに散らばったパンくずをさっと払った。「社長さんなんだから、もっとでんとかまえていればいいのに」

「仕事がスムーズに運ぶんだよ。社長さんがちょくちょく顔をだしたほうがね」

「ディーン様とアニー様からお手紙がきてましたね」ジムの手もとに置かれた手紙の束に目をとめて、トルーディが言った。「ディーン様が帰られたのは、つい昨日のことのような気がします」

「もう二週間になるよ、トルーディ」ジムは封を切ってある手紙をさしだした。「アニーはもうクリスマスのことを考えてるんだ。今年はサンガブリエルの別荘にいくつもりだそうだ。ぼくにもこないかと書いてある」

「けっこうじゃないですか。いらっしゃるんでしょう？」

ジムは窓の外の平和な光景に目をやった。ときは九月、お気にいりの季節だ。さわやかな朝の光、金色に輝く草原。小川のそばの草地では二頭の馬がのんびりと草を食《は》み、そばではトルーディの二匹の茶色の山羊《やぎ》が飛び跳ねたり、ふざけて角をぶつけあったりしている。

「どうしようか迷ってるんだ」しばらくしてジムは言った。「いったほうがいいかな」

「ええ。かわいいお嬢様たちにも会えるし」

ジムはうなずいて、姪《めい》たちのことを思い浮かべた。三人ともよく笑う陽気な性格で、成長するにつれ、美人で心のあたたかい母親そっくりになってくる。三人そろってハンサムなカウボーイの叔父さんが大好きで、ジムが遊びにいくたびに兄の家は大騒ぎだ。

「ああ。あの子たちには会いたいよ。アニーの話だと、今年はみんなスキーはやめてスノーボードを練習するんだそうだ。あと二、三年したら、ケイトはきっと州のチャンピオンになるってさ」

「ケイト様は昔から怖いもの知らずですから」トルーディはやさしい口調で言った。「じゃあ、クリスマスにはあちらにいかれるんですね」

「たぶんそうなるだろう。きみも一緒にどうだい。手紙の最後にディーンの字でわざわざ書き添えてあるよ。トルーディもぜひどうぞって」

「まあ、本当におやさしい方。でも――」少し間を置いて、彼女は答えた。「今年はご遠慮します」

「どうして？　ここにいたって寂しいじゃないか。飛行機代はぼくがもつから心配しないで。クリスマスの特別ボーナスだと思えばいい」

「それは本当にありがたいんですけど、でも、ほかの予定があるんです」トルーディは両手に皿をかかえたまま、戸口でためらっている。顔には恥ずかしげな表情が浮かんでいた。

「ほかの予定って？」

「二週間ほどまえの、ワン・アンド・オンリー・クラブのダンスパーティであるひとに出会ったんです」きまりが悪そうにトルーディは語りはじめた。「とってもいいひとなんですよ。市内で理容店を経営してたんですけど、数年まえに引退して、いまはあちこち旅をしているんです」

ジムの目がみるみる丸くなっていく。

「クリスマスにはカリブ海のクルーズにいく予定なんです」トルーディは部屋のなかにもどってきて、窓から山羊の様子に目をやった。「それで……私に一緒にいかないかって」頬をピンクに染めながら言った。

「トルーディ！」ジムは喜びのあまり大声で叫んだ。「きみにもロマンスが訪れたんだね！」

トルーディの頬がピンクから赤になった。「ちょっと待ってください。そんなに大騒ぎすることですか」重ねた皿をもつ手に力がこもる。「ジム様は、私みたいなでぶの中年女にはロマンスなんかあるわけがないと思ってたんですね？」

機嫌をそこねたトルーディを見て、ジムは自分の無神経さを心から悔やんだ。「ちがうよ、トルーディ」やさしく言った。「全然ちがう。きみは本当にすばらしい女性だ。きみと一緒にクルーズにいける男は幸せ者だよ」

トルーディはこくりとうなずいた。怒りは消え、しおらしい女の顔になった。「そういうことって、私、これまで経験がないんです。ただの一度も。だから、なんだか緊張しちゃって」

「緊張することなんかないさ。きっと楽しい旅行になるよ」ジムは立ちあがって、食器棚の銀のコーヒーポットからマグカップにおかわりをついだ。「すわって一緒にコーヒーを飲まないか。隣の家はその後どんな様子だい？」

トルーディは重ねた皿をテーブルの上に置き、ジムの正面に腰をおろした。コーヒーをついでもらうと、声をひそめて話しはじめた。

「退院して二週間近くになるのに、リーザ様の容態は少しもよくならないそうです。フィラミーナもまえもって話をきいてはいましたけど、あれほどひどいとは思ってなかったんですって。本当におかしいらしいですよ」

「おかしいって？」

「頭ですよ」トルーディは意味ありげな目つきをした。「まえにもお話ししたでしょう。リーザ様は頭がおかしくなったんです。頭のたががはずれてしまったんですよ」

ジムは黙ってコーヒーをすすった。

「病院で何かの感染症にかかって、それがまたぶりかえして寝込んでるんですけど、問題はそっちじゃないんですよ。すっかり人間が変わってしまったそうです」

「どんなふうに？」

「話し方も態度もちがうし……」ぐっと声を落として、トルーディはつづけた。「それに、自分はリーザではないと言ってるんですって」

ジムは思わずマグカップを下に置いた。「まさか」

「自分の名前はメグだと言ってるんです」

「それは、たしかに変わってる」

「ビクター様は腹をたてて、いまではほとんど口もきかないそうです。そしてフィラミーナは、ご存じのとおり、リーザ様を嫌ってるでしょう。だから、あの方はひとりで部屋に閉じこもって、窓から外をながめてるだけなんです」

「ああ、知ってる。見たことがあるよ」ジムは口ごもりながら言った。「あまり楽しくはないだろうね。あんな大きな屋敷に閉じこめられて、口をきかない夫と、自分のことを嫌っている家政婦と暮らすのは」

「でも、いつもひとりぼっちというわけじゃありません」トルーディはめくばせをした。

「お客さんが見えますもの」

「お客さん？」

「いとことという触れ込みの男です」

いつもなら、ジムはこのようなゴシップには興味がないし、時間をとられたくもない。今日にかぎって自分から話題にしたのは、軽率な発言の埋めあわせをしたかったからだ。ところが、いつのまにか話に引きこまれていた。

「触れ込みとは、どういう意味だい？」

「今年の夏、フィラミーナが医者にいっているあいだドミーのお守りをしていたら、男がやってきたんです。リーザ様はいとこだと言いましたけど」

「でも、きみは信じなかった」

「信じるもんですか。第一、ビクター様が家にいるときは決してあらわれないし、それにいとこにしてはべたべたしすぎですよ」

「その男について、フィラミーナはなんと言ってる？」

「何も言いません。私があの男のことを話すと、黙りこんでしまうか、話題を変えてしまうんです。まあ、もともとおしゃべりなほうじゃありませんけどね」

ジムは、リーザの誘うようなまなざしと、プールサイドでの半裸の姿を思い浮かべた。同時に、小さな子供をいとも簡単にひっぱたいた冷たい表情が記憶によみがえった。

「まあ、ぼくたちには関係のないことだ」唐突に言うと、立ちあがって椅子をもとの位置にもどした。そしてドアのほうにむかって歩きながら言った。「今日は遅くなるよ。夕食はいらない」

「今日はどちらへ？」

ジムは戸口で立ちどまった。「コーチースを連れてプローボまでいって、午後は投げ縄大会に出場するんだ」

トルーディは愛情のこもったまなざしをむけた。「いったいいつになったらカウボーイごっこを卒業するんでしょうね」

「いつかそのうちにね」ジムは白い歯を見せて笑った。

彼は裏口のドアの横のクロゼットから上着と帽子をとり、外にでて納屋にむかった。なかにはいると、バケツにオート麦をあけ、壁から端綱をとる。そして、その両方を手にして草地にむかい、そっと口笛を吹いた。

二頭の馬は顔をあげて耳をぴくっと動かし、うれしそうにいなきながら駆けてきた。

ジムは二頭のまえにバケツを交互にさしだして、つやつやした首を撫《な》でた。栗毛《くりげ》の去勢馬のコーチースに端綱をかけて納屋に連れていく。アンバーという名の雌馬は、すねたように下をむいてあとをついてきた。

「来週はおまえを連れていくさ」ジムはアンバーの額の毛を指で梳《す》き、ビロードのような耳を撫でてやりながら言った。「約束するよ」

ジムはふと足をとめて、広い庭のむこうに建つピンクの御影石《みかげいし》の屋敷を見あげた。

二階の窓のそばにすわって、今日も彼女がこちらを見ている。青白い顔、青い絹の部屋着、それに黒い髪がガラスごしに見てとれる。

肩を落とし、じっとすわってこっちを見ている様子には、なんとも言いがたい物悲しい雰囲気が感じられる。ジムはかすかに身震いをして顔をそむけ、そのままふりむかずに納屋にむかった。


「リーザはいる？」メグの瞳をのぞきこみながら、クララは言った。「今日はリーザと話ができるかしら」

メグは椅子のなかで体をかたくした。「いいえ、それはだめ」

クララはじっと目を見つづけている。「本当に起きていて大丈夫？」

「ええ」メグは椅子の肘《ひじ》かけを握りしめた。「もう寝ているのはうんざり。ときどき窓のそばに何時間もすわって、隣の家の馬を見ているわ」

「馬が好きなの、メグ？」

「ええ、大好き。隣には美しい馬が二頭いるの。両方とも栗毛で、一頭は去勢馬、もう一頭は体の小さな雌。世話もよく行き届いてるわ」

「隣のひとには会ったことがあるの?」

「いいえ、ここから見ているだけ。背が高くてブロンドの若いひとよ。乗馬がとても上手なの」ふと思いだしたようにメグは付け加えた。「ロデオ大会にも出場するってビクターが言っていたわ」

メグは落ち着かない様子で体を動かした。クララの往診が回を重ねるごとに、自分の意に反してリーザを呼びだされてしまうのではないかという恐怖感が大きくなっていく。

「メグ」クララはそっと言った。「どうしてリーザと話をさせてくれないの」

「怖いから」しばらくして答えた。

「何が怖いの」

「先生がリーザを呼びだしたら、私は消えてしまう」

「じゃあ、こう約束したらどうかしら。リーザを呼びだしても、そのあとであなたが必ずもどれるようにする。それならどう?」

メグは首を横にふった。「それでもだめ。リーザのことは考えたくない」

「わかったわ。今日は催眠治療をしてみましょう」クララはなにげない調子で言った。

「あなたの記憶をもう一度見なおす必要があるのよ」

メグは危険を察知したような目をした。「催眠治療？」

「私を信頼してちょうだい、メグ」クララはメグの目をまっすぐ見つめた。「私が話をするのはメグだけ。話をするのはメグの記憶についてだけ。メグが小さかったころの話をしましょう。メグがとても小さかったころの……」

単調な声と、繰りかえし呼びかけられる自分の名前をきいているうちに、メグの頭はぼんやりとしてきた。知らず知らずのうちに、遠い子供のときの記憶のなかにはいりこんでいく。

「あなたは遠い昔にもどっていく」声がきこえる。メグはその声にしたがった。その声は自分にとっての命綱だ。その声にしたがって時空を超え、ばらばらになった記憶と思い出のなかに運ばれていく。

「昔にもどって……ずっと昔。あなたは三歳よ、メグ。いまどこにいる？」

「キッチンよ。ママの膝の上」

「いま、あなたは幸せ？」

「ええ。ママが大好きだから」

「ママは何をしているの、メグ？」

「お話をしてくれているわ」

その話をきくのははじめてではなかった。メグはその話が大好きで、何度も繰りかえし話してもらった。

母のぽっちゃりした腕と、枕《まくら》のようにやわらかい胸と膝の感触がよみがえってきた。そのなかに小さく丸くなって、メグは抱かれていた。心が安らぐようなにおいも感じられる。クッキーと焼きたてのパンのにおい、オーブンで肉を焼くにおい、そして父が手綱を編むための生皮の油っぽいにおい。

「おはなしして」ふんわりした母の体に包まれて、親指をしゃぶりながらメグは言った。

「なんのお話？」

メグは親指を口から離した。「メグがこのうちの子になったときのおはなし」まわらない舌で言う。

「そのお話なら、もう百万回もきいたでしょう。シンデレラのお話のほうがいいんじゃない？」

「いや」メグはきっぱりと言った。

「わかったわ」母はやさしくほほえんだ。「九月のある日、それは真夏のように暑い日でした。パパとママはこのトレーラーハウスで暮らしていたけれど、場所はここではなくて、町の南のほうだったわ。パパは競馬場で馬に蹄鉄《ていてつ》をつける仕事、ママはその三年まえから〈フラミンゴ〉でブラックジャックの係をしていたの。パパとママは稼いだお金を全部貯金していた。いつかあなたがやってくることがわかっていたからよ」

ぎゅっと抱きしめられると、メグはうれしそうに体をくねらせた。

「いつかあなたがやってくることをパパとママは知っていたけれど、それがいつのことかはわからなかった。ある日曜日の朝、リーンと電話のベルが鳴って、男のひとが言ったの。〝もしもし、そちらはハウエルさんのお宅ですか〟」

母は男の声をまねて、低い声で言った。

「〝そうですけど、どんなご用ですか〟ときくと、男のひとは言ったわ。〝ご夫妻にお渡ししたいものがありますので、明日、リノにいらしていただけませんか〟ママはうれしくて死にそうだった」

「それがメグのことだってすぐにわかった」

母はまた娘を抱きしめた。「すぐにはわからなかったから？」

た。でもね、ラスベガスからリノまでの六百五十キロ以上の距離を、パパとママは古いトラックで走りつづけたというのに、途中のことを何ひとつ覚えていないのよ。まるで空を飛んでいるような気分だったわ」

メグがとくに好きなのは、両親がおんぼろトラックで空を飛んで自分を迎えにくるシーンだ。母が口をつぐんで、夢見るような表情で窓の外を見ると、メグは洋服の襟を引っぱって話の先をうながした。

われにかえってにっこりほほえむと、母は娘の頬にキスをした。「パパとママがいったのは弁護士さんの事務所だったの。高価な油絵のかかった豪華なお部屋だったわ。なかにはいって名前を告げると、べつの部屋からピンクの毛布の包みをかかえた女のひとがでてきて、その包みをママに渡してくれたの。それが……」

いつも、ここにくると母は胸がいっぱいになって、声を詰まらせるのだった。

「それがメグだったのね」メグは喜びで体をはずませながら言った。「そして、パパとママはメグのことが大好きになったのね」

「ええ、そうよ、大好きになったわ」母はメグの輝く黒髪に顔をうずめた。「ママはひと目であなたに夢中になってしまった。パパが体を支えてくれなかったら、あなたを抱いたまま卒倒してしまうところだったわ」

「それでメグをおうちにつれてかえったのね」

「そうよ。その瞬間から、あなたをほかのひとには触れさせたくないと思った。あなたの世話は全部自分でやらないと気がすまなかった。あなたはこんなに小さくて……」

両手を靴箱ぐらいの大きさに開いた。

「メグはまだうまれたばかりだったの？」

「そうよ。パパとママはその場でたくさんの書類にサインして、あなたを育てるために必要な品々を買いこむと、あなたをうちに連れて帰った。そして、パパのお母さんの名前をもらって、メーガンと名づけた。いちばん美しい名前だと思ったから。でも、一週間もたたないうちに、パパはあなたのことをメグと呼ぶようになった。じきにみんながそう呼ぶようになったわ」

あたたかいキッチンで、母の腕のなかにもっと抱かれていたかった。しかし、どこか遠くから呼ぶ声がきこえる。メグはその声にしたがった。

「メグ、あなたはもう少し大きくなった。いまは十一歳。ご両親に対してどんな気持を抱いているのかしら。おうちではいまもみんなで仲よく暮らしている？」

「ええ。でもパパは仕事で家をあけることが多いから、ママは寂しそう」

「あなたはいまどんなことに興味をもっているの？」

「今年の夏は野球に夢中よ。でも……」急に顔をくもらせた。

「どうかしたの？」

「男の子がいて……」

「その子のことを話して。一緒に野球をしているの？」

「いいえ。試合はまだこれから」

「いまは昼間？　太陽がでている？」

「いいえ。もう夕食はすんだわ。パパとママは野球の試合を見にこられないの。パパが仕事でラフリンにいってるから」

「あなたはいまどこにいるの、メグ？」

「これから試合にいくところ。自転車に乗ってグラウンドにむかっている」

「そう。ではもう少し時間を進めましょう。いまは試合中？」

「ええ。ここは風が強くてほこりっぽいわ。私たちのチームがリードしている。でも、そのあとで……」

「話してちょうだい、メグ」

メグはグローブとスパイクシューズをダッフルバッグにしまっていた。相手チームのピッチャーが近くにやってきた。きかん気そうな目をして、いつも肩をいからせて歩いている十三歳の大柄な少年だ。

「おまえ、けっこう打てるじゃないか」少年はにやっと笑った。「女にしては悪くない」

そういうことを言われるのは慣れっこになっている。メグは知らんぷりをして帽子を目深にかぶり、バックネットに鎖でとめておいた自転車のほうに歩いていった。少年はあとをついてきて、ダッフルバッグを自転車の後ろにくくりつけるメグを見ていた。

「それだけじゃない」少年が言った。大人っぽく、クールにきめるつもりだったのだろうが、声は裏返っていた。「おまえ、すごくきれいだ。みんなのなかでいちばんきれいだ」

メグは驚いてふりむき、不快そうな顔で相手を見ると、自転車の鎖をはずしはじめた。ところが少年はびっくりするほど素早い動きでまえにまわりこみ、メグの肩をつかんで真正面からキスをした。

メグは怒りにわれを忘れ、男の子のすねを思いきり蹴《け》った。その子が痛みで体を折り曲げると、まわりからどっと笑い声が起こった。メグは自転車に飛び乗り、体を低くして狂ったようにペダルをこいで、猛烈なスピードでその場を去った。服が風であおられ、まわりの景色がびゅんびゅん飛んでいく。しかし、男の子の言葉が耳について離れない。

きれいだ……みんなのなかでいちばんきれいだ……。

「あんなやつ、大嫌い」メグは大声で叫んだ。声は風にかき消された。涙があふれたが、頬に落ちたしずくはまたたく間に風に散った。

母はキッチンで編み物をしていた。横に置いたベビーベッドで隣の家の赤ん坊が眠っている。メグがあまりに騒々しい音をたててドアをあけたので、母は注意をうながすように首をふった。そしてしーっというように唇に指をあてて、赤ん坊を指さした。

メグはしゅんとしてダッフルバッグをポーチの隅にほうり投げると、今度は静かに部屋のなかにはいって、ミルクを飲んだ。母は編み物を膝に置いて、心配そうな目で娘を見た。

「どうしたの、メグ。試合に負けたの？」

「ううん。試合は勝った」メグはテーブルのまえにすわって足首を椅子の脚にからめ、唇についたミルクをぬぐった。「変な子がいるのよ、ママ。相手チームのピッチャーなんだけど。その子が……試合のあとで……」

「どうしたの？」

「……私にキスをしたの」メグは真っ赤な顔をして言った。「あっという間だった。それから、言ったのよ。私が……きれいだって」

母はほっとして編み物を手にとった。「でも、それは本当でしょう？　どうしてそんなに怒るの」

「私はきれいになんかなりたくない！」あまりの剣幕に、母はまた心配そうに赤ん坊をのぞきこんだ。「そんなのくだらないわよ、ママ。そんなこと、くだらない！」

驚いた目で娘を見あげ、何か言いかけた母をその場に残したまま、メグは廊下を走って自分の部屋に飛びこんだ。そしてベッドに体を投げだし、怒りを燃えたぎらせながら天井を見つめた。

しばらくしてベッドからおりると、化粧台の鏡のまえに立った。野球帽を脱いで、自分の顔を真剣に見つめる。

髪の毛は月に一度、キッチンで母に切ってもらう。男の子のように短く切りそろえて横分けにしているが、色が白いために、髪の毛の濡《ぬ》れたような黒さがなおいっそう際立って見える。一年中外にいても、肌は日に焼けるということがない。

メグは自分の容貌《ようぼう》が嫌いだった。成長し、鏡のなかの自分の姿に目がいくようになると、両親と自分とのちがいを強く意識するようになった。父は大柄でがっしりした体つきで、動作はゆったりとしている。目は淡いグレーで、髪の毛はとうもろこしの毛のような縮れたブロンドだ。母は小柄でふっくらした体に赤茶色の髪。目ははしばみ色で、顔にはそばかすがある。

両親に似た姿になれるなら、何を投げだしても惜しくないとメグは思っていた。両親のようなずんぐりした体、淡い色の髪、そして平凡な顔立ちになれたら、どんなに安心できるだろう。ときどき、鏡のなかの自分の姿にふと気づいたり、店のショーウインドーに映る姿を目にしたときなど、不安で身が凍りつくような思いがする。しかし、その不安がどこからくるのか、メグには見当もつかなかった。

「メグ、先に進みましょう」

また、どこか遠くから声がきこえる。

「あなたは十四歳よ。いまは九月。あなたはカーレース場にきている。そこで起こったことを話して」

メグは身をすくませて、かすれた声で言った。「いや。話したくない」

「大丈夫よ、メグ」やさしく、なだめるような調子で声はつづく。「ちょっとのぞくだけ。帰りたくなったらいつでも帰れるわ。さあ、話してちょうだい。あなたはだれと一緒にいるの?」

「ママとパパ」しぶしぶメグは言った。「今日は休日だから」

「あなたたちはそこで何をしているの?」

「パパと私は車を見て歩いている。ママはスタンドにいるわ」

「車のことを話して。車は好き?」

「馬ほどではないけど。でも、パパが大の車好きなの。パパは馬の仕事をしているのに、おかしいと思わない?」

「ええ、そうね。車のことを話してちょうだい」

「そこら中、いろいろな車でいっぱいよ。今日はあたたかくて天気もいいから、大勢の観客が詰めかけて、とってもにぎやか……」

メグはジーンズにスニーカー、それに野球帽という目立たない格好で、父のあとをついてピットの周辺を歩いていた。エンジンをのぞいたり、レーサーと整備士の会話に耳をすましたりして、それぞれの車のハンドル操作や、サスペンションや、馬力について、また、トラックの状況についての情報を仕入れる。

母はスタンドでふたりを待っている。車やエンジンには少しも興味がないが、休日のにぎわいが好きなのだ。レースがはじまると、メグと父は母のところにもどって、一緒に見物した。母は心から楽しんでいる。レーサーの名前や、かぶっているヘルメットの色が気にいったと言って、とても勝ち目のない車に母が金を賭《か》ける様子を、メグと父はおもしろがって見ていた。

しばらくすると母は飽きてきて、下にいってアイスクリームを買ってくると言いだした。一緒にいくと言うメグを、母は押しとどめた。

「あなたは車が好きなんだから、パパとここで見ていなさい。それから、この一ドルをあのピンクの縞《しま》の車に賭けておいてね。あのピンクの濃淡は最高にすてき」

スタンドをおりていく母の姿を、メグはほほえみを浮かべて見ていた。あざやかなブルーの木綿のサンドレスを着て、父がバージニア・シティで買ってきたトルコ石の揺れるイヤリングをつけた母は、人込みのなかでもすぐにわかった。

次のレースは、母がもどるまえにはじまった。砂漠の太陽を浴びて車体をぎらぎら輝かせながら、ものすごいスピードでレース場を走りぬける車に、メグたちはスタンドから割れるような声援を送った。とつぜん、一台の車がコントロールを失って防壁にぶつかり、もうもうと土煙をあげながら壁を突き破って、逃げまどう群衆のなかに突っこんだ。

人々は恐怖に息をのんで車の残骸《ざんがい》を見つめた。悲鳴があがり、物悲しいサイレンの音が響きわたる。救急隊員を通すために人々が場所をあけると、人形のように手足を投げだして地面に横たわっている犠牲者たちの姿が見えた。

そのなかに、血に染まったあざやかなブルーのドレスがあった。

メグは悲鳴をあげた。父は茫然《ぼうぜん》とした顔で娘の肩に手を置くと、無言でスタンドをおりていった。

周囲の人々が恐怖と同情のまじった目で見つめるなか、メグはじっとすわっていた。人々の視線など感じてさえいなかった。感じるのは、目のくらむような太陽、砂漠に降り積もる砂ぼこり、そして顔をかすめていく生あたたかい風だけだった……。

涙が頬を伝い落ちる。部屋着の袖《そで》で涙をぬぐうメグを、クララは黙って見ていた。

「どうして泣いているの、メグ。お母さんのことが悲しいの？」

「それもあるけど」メグは窓の外に目をやった。

「ほかにも何かあるのね？」

「過去の思い出は、あんなにも生き生きしていた。いまの私は、いつ消えてしまってもおかしくない。まるで私は過去にしか存在していないみたい」ぜいたくな寝室を示して、メグは言葉をつづける。「ここで起こっていることは、全部嘘《うそ》みたいに思えるわ」

「こうして目が覚めても、野球の試合のことや、あなたにキスをした男の子のことを覚えてる？」

メグはうなずいた。

「それはたいへん興味深いことだわ」クララはノートを見ながら、考えこむような顔をした。

「どうして?」

「なぜなら、いまの話をきくと、メグは自分の女性としての魅力をはっきりと意識し、養子としてもらわれてきたことに強い関心を抱いていた。どちらもこれまでは述べられてなかったことよ」

メグは警戒するような目でクララを見た。

「これまで、あなたはそのような感情を表にだしたことがなかったでしょう?」クララの口調は穏やかだった。「それに、私がメーガン・ハウエルと電話で話したとき、彼女は自分がとくべつ目立つほうではないと言っていたわ。リーザが彼女に引きつけられた理由のひとつはそこにあったと思うの。つまり、リーザが負担に感じていた美貌とは無縁だということ。もう一度彼女と話ができたらいいんだけど」

「なぜできないの?」

「メーガン・ハウエルは姿を消してしまったのよ。私が電話した数日後に、急に仕事を辞めてしまったらしいの。家には電話がないというし、まったく連絡がつかないのよ。彼女の上司はとても怒っていたわ」

メグとしては、〝本物の〟メーガン・ハウエルのことは考えたくなかった。

「あの記憶がどうしてそれほど重要な意味をもっているのかしら」メグは言った。「野球のことだけど」

「お母さんが亡くなったことを除けば、これまでのメグの記憶は楽しくて前むきなことばかりだった」

「でも……」

「メグは、自分の女性としての魅力を知って大きな不安を感じただけでなく、養子だったことに関して強い感情を抱いた。このような記憶がよみがえったのは、今日がはじめてよ」

「それはどういうことを意味しているの？」

「リーザの性格がメグの記憶に影響しはじめているのだと思うわ。催眠状態に導いてもリーザと直接話をすることはできないけれど、たとえ表にでていなくても、リーザがなんらかの影響を与えているのはあきらかだわ」

メグはクララにすばやい視線を投げた。

「いやなの、メグ？　喜ぶべきことじゃないかしら。これは人格の統合への第一歩かもしれないのよ」

「でもそうしたら、中心になるのはリーザの人格ということでしょう？」

「そんなにリーザを怖がることはないわ」いつもよりやさしい声でクララは言った。「リーザはあなたの一部にすぎないのよ。あなたたちは一枚のコインの表と裏。ひとりの人間のふたつの面と思えばいいわ。そのことを受けいれられるようになれば、いまのように自分が不完全だと感じたり、混乱したりすることはなくなるでしょう。借り物の記憶をより真実に近いものに置きかえて、ふたつの人格を融合させることができるのよ」

「あのう、先生はこう考えたことは……」メグは膝の上で両手をかたく握りしめた。

「なあに、メグ。何か言った？」

「いいえ、べつに……なんでもない」考えていることを悟られないように、メグは窓のほうに顔をむけた。

8

九月もなかばになり、ウォサッチ山脈をのぼった朝日が平野を光で満たすまでに長い時間がかかるようになった。ジムが朝食を終えて外にでたとき、あたりは真珠色がかった薄明かりにおおわれていた。美しく色づきはじめた木々のまわりには、小川からの濃い霧がたちこめている。

トラックのところまできたときには、頭はすでに仕事のことでいっぱいだった。現在ジムの会社が手がけている市北部の倉庫団地の建設は、さまざまな障害にぶつかっている。大手の電気工事労組がストにはいっているうえ、何週間もまえに注文した配管工事用の資材はいまだに届かず、カンザスのどこかでとまっているという。

ジムは魔法瓶をトラックのなかに投げこむと、上着の襟を立てて、昨夜馬をいれておいた囲いにむかった。馬は二頭とも柵《さく》の近くの水入れのところにいた。

小さな木戸をあけて囲いのなかにはいったとき、ジムはとつぜん足をとめて前方を凝視した。陰になってはっきりとは見えないが、ほっそりした人影が二頭のあいだで動いている。

　近づいてみると、それは隣の屋敷に住むリーザ・カンタリーニだった。グレーのダウンジャケットにジーンズ、それにスニーカーという格好で、コーチースの後ろから姿をあらわし、やはりびっくりしたようにジムを見つめた。

　ジムが記憶している姿とはちがう。痩《や》せて弱々しく、顔がすきとおるように青白い。そういえば、病気が長引いているらしいとトルーディが話していた。二階の窓に見える姿も病人のようだった。

　それでも、今日のリーザは以前より美しく見える。おそらく化粧をしていないせいだろう。このほうが若く見えるし、繊細な感じがする。朝靄《あさもや》のなかで、美しい瞳が深いブルーに輝き、黒い髪が風に軽く揺れていた。

　しかし、もっとも大きなちがいは、そのおずおずとした表情と物腰だ。ジムの記憶のなかにある、自分の魅力を鼻にかけた傲慢《ごうまん》な女性の面影は、目のまえの女性にはまったくない。朝早く、リーザがひとりきりで馬のそばにいるということ自体、ジムには信じがたいことだった。驚いた表情の彼女を見ていると、わけのわからない恐怖を感じて背筋が寒くなった。

「やあ、リーザ」できるだけなにげない口調で言った。「こんなところで会うなんて、驚いたよ」

「私……あなたはもうおでかけになったと思って」リーザは足もとを見つめながら、小声で言った。「いつも、この時間にはもういらっしゃらないから」

「いま、でかけるところだ。ちょっと馬の様子を見に寄ったんだ。何か用？」

「見ていて気づいたんですけど……」

小さな声をききとるために、ジムは一歩まえにでた。するとリーザは森に住む小動物のように、用心深く馬のそばにあとずさった。

「昨日、窓から見ていたら、雄馬が歩きにくそうにしてるんです」腰をかがめて大きな栗《くり》毛《げ》の馬の後ろ脚をもちあげ、脛骨《けいこつ》にそって静かに撫《な》でた。「蹄《ひづめ》の上がだいぶ腫《は》れています」

ジムはあっけにとられて、彼女の顔を言葉もなく見つめた。こともあろうに、リーザ・カンタリーニがぼくの馬をやさしい手つきで撫でている。しかし、ジムが感じたのは驚きだけではなかった。馬の後ろ脚をもちあげている彼女の姿を見ていると、遠いかすかな記憶のなかから何かが浮かびあがってくるような気がする。

それがいつ、どこでのことかは思いだせないが、黒い髪の女性がちょうどこんなふうに馬のすぐ横に立って、後ろ脚をもちあげているのを見たことがあるような気がしてならない。

ジムはあわてて言った。「失礼。きみがそんなに馬に詳しいとは知らなかった」

リーザはすばやく視線をそらして馬の脚を地面におろし、尻を軽く叩《たた》いてやりながら、腫れた部分を気づかわしげに見た。

ジムはぎごちなく咳払《せきばら》いをした。「リーザ、きみがここにいるのをビクターは知ってるのかい？」

リーザは馬を撫でながら首をふった。「ビクターは業界の集まりでラスベガスにいってます。たぶん週末までもどらないでしょう」

「そうか」ジムはリーザの近くに寄り、膝をついてコーチースの脚を指でなぞった。馬はいやがって身動きをしたが、やがておとなしくなった。「先週の末、プローボの投げ縄大会に連れていったんだ」黙って立っているリーザを肩ごしにふりかえり、くだけた口調で言った。「脚を痛めたのは競技中か、あるいは搬送中かわからないが、きちんと手当してやらないとまずいな」

「手当の方法は？　塗布剤だけで大丈夫かしら」

ジムの心のなかでふたたび警鐘が鳴った。かつて、リーザ・カンタリーニとのあいだには会話と言えるようなものは存在しなかった。何回か言葉を交わしたことはあるものの、それはリーザからの一方的な誘惑にすぎなかった。ジムの覚えているかぎり、リーザは馬にさわったこともなかった。

そのリーザがこうして朝早くやってきて、馬の脚の治療法について質問をしている。まったく信じがたいことだ。

朝靄のなかに浮かぶピンク色の豪邸に、ジムはちらっと目をやった。「一日に二回塗布剤を塗って温湿布をしてやるといいんだが、朝は時間がなくて……」時計を見ながら立ちあがった。「いけない、もういかなきゃ。いつもより遅くなってしまった」

「朝は私がやります」リーザが顔を輝かせて言った。

ジムは吸い寄せられるようにその顔を見つめた。彼女はたしかに美人だし、形のよい乳房を何度か夢に見たこともある。それでも、以前は心を引かれなかった。手をかけすぎたヘアスタイルも、念入りな化粧も、デザイナーズブランドの服も、ジムの好みではなかった。しかし、今はどうしても目を離すことができなかった。

沈黙がつづいた。リーザはきまり悪そうに頬を染めて下をむき、スニーカーの爪先で地面をつついた。

「もし、おさしつかえなければ」小さな声で言った。「あのう、私は一日中暇ですから、お留守のあいだ湿布をしてやるのはなんでもないことなんです。ぜひやらせてください」

「きみが馬の手当の仕方を知っているとは思わなかった。二年以上隣に住んでいるが、これまで馬に興味を示したことはなかったろう。それどころか、いつも馬を怖がっているように見えた」

「馬に関してなら豊富な経験があります。でも……たぶんこの町にくるまえのことだと思いますけど」リーザは顔を横にむけて、馬の背を撫でた。

美しい黒髪を見ていると、トルーディの言っていたことが思いだされた。彼女は頭がおかしくなって、自分のことをリーザではないと言っている。ジムの背中をふたたび冷たいものが走った。

「温湿布のやり方を本当に知っているんだね？」

「何百回もやりましたもの」

「わかった。きみが本当に馬に関する知識をもっていて、手当をしたいというのなら、お願いしよう。薬品がしまってある場所に案内するよ。この家の獣医になりたいのなら、必要なものの保管場所を知っておかなきゃ。ついてきて」

リーザはおとなしくあとについて納屋にむかった。

彼女の存在を強く意識しながら、ジムは自分のしていることに大きな不安を感じていた。この女性に自分の馬をまかせて、本当に獣医のまね事をさせるつもりなのか？　いくら本人が大丈夫だと言ってもリーザに馬に関する知識があるとは思えない。だが、反対にこうも言える。比較的簡単な温湿布程度なら素人がやっても馬を傷つける心配はない。それに、こんなにやりたがっているのだ。

記憶の断片がふたたび頭をよぎったが、はっきりした形をなすまえに消えた。

納屋のなかにはいると、リーザはうれしそうな顔で周囲を見まわした。なかは清潔で、きちんと整頓《せいとん》されている。壁には鞍《くら》や馬具がかかり、床には飼料の袋や干し草のはいったバケツが置かれ、棚の上には薬品が並んでいた。

「いいにおい。納屋がこんなにいいにおいだって、すっかり忘れていたわ」

壁にかけられた革で編んだ飾《かざ》り紐《ひも》を、リーザは食いいるように見つめている。

「納屋にはいるのは何年ぶり？」ジムはきいた。

顔をあげたとき、リーザの笑顔は消えていた。「覚えてないわ」そして急に話題を変えた。「塗布剤の場所は？」

「棚の上。それは新しくでたばかりの薬だ」

リーザは瓶を手にとってラベルに目をやり、うなずいて棚にもどした。「湿布の道具は？」

「きれいな布はそこにある。いつも使い終わると仕切りの上に広げて乾かすんだ」

リーザはきびきびした動作で布を腕いっぱいにかかえて運び、流し台のそばに置いた。

その様子をジムはうっとりと見つめ、彼女が自分のほうをふりむくと、はっとしてわれに返った。

「ひとりで大丈夫よ」リーザは言った。「でかけてください。お仕事でしょう？」

「そうだね」ジムはまだ立ち去りかねていた。「本当にひとりで大丈夫かい、リーザ？」

リーザは手をのばして、入口のそばのフックから端綱をとった。「ご心配なく」そう言うと、納屋の後ろの囲いにむかって歩いていった。

ジムは離れがたい思いで納屋をあとにすると、トラックに乗りこんで運転席にすわり、コーチースを引いて納屋の奥に消えていくリーザの後ろ姿を見つめた。ようやくトラックにエンジンをかけて町への道を走りはじめた。頭のなかにはリーザ・カンタリーニに関する疑問が渦巻いている。彼女にいったい何が起きたのか。

メグは注意深く作業をはじめた。まず温湿布を行い、それからあたたまった部分に塗布剤をすりこむ。はじめのうちコーチースは不安げに動きまわり、蹴《け》りあげた蹄を大きな音をたてて木の床に打ちおろしていたが、やさしく話しかけ、体を軽く叩いてやっているうちに次第におとなしくなり、やがて足もとにかがんだメグの肩先に鼻面をこすりつけるようになった。

治療がすむと、メグは棚からブラシをとって、体中を梳《す》いてやった。次に、雌馬を連れてきて、同じようにブラシをかけた。この心安らぐあたたかさにいつまでも包まれていたい。空虚な自分の部屋にはもどりたくなかった。

しかし、しばらくすると疲労感がつのってきた。額がじっとりと汗ばみ、両手から力が抜けてしまったように感じる。二頭の馬を草地に放すと、納屋を片づけて、体を引きずるようにして屋敷へ帰り、あえぎあえぎ階段をのぼった。

自分の部屋にもどったメグは、服を脱ぎ、頭からネグリジェをかぶってベッドにもぐりこんだ。暗い表情で天井を見つめる。これではいつになってもラスベガスに事情を調べにいくことなどできない。わずか数時間のあいだ起きているのがやっとの体力では、六百キロ以上も車を運転していくことなど、できるわけがない。寝返りを打って毛布のなかにくるまったが、さまざまな思いが頭のなかを駆けめぐり、なかなか寝つけなかった。

メグはまぶしい日差しで目を覚まし、自分がどこにいるのかを思いだそうとして、ぼんやりと窓を見つめた。ベッドの上に黒い影がさしている。はっとして見ると、フィラミーナがたたんだシーツをかかえて立っていた。

目があうと、フィラミーナは窓のそばのテーブルを指さした。メグは片方の肘をついて頭を起こした。ラップをかけたサンドイッチ、湯気を立てているスープ、それにミルクとくだものの食事がテーブルの上のトレイに用意されていた。

「昼食？」もうそんな時間だということが、メグには信じられなかった。

フィラミーナは視線をそらしたままうなずいて、シーツを化粧台の上に置いた。

「私、起きるわ」メグは言った。「トイレにもいきたいし、起きないとシーツが替えられないでしょう」

苦労して体を起こし、毛布を押しやってガウンに手をのばすメグの様子を、フィラミーナは無表情に見ていた。そしてメグがベッドを離れたとたん、マットレスから勢いよくシーツをはがし、床にほうり投げた。

メグはその場に立って、ふらふらしないことをたしかめてから歩きはじめた。バスルームのドアのまえで、あやうく小さな体につまずきそうになった。それは、あざやかな色の布人形で遊んでいるドミーだった。よく見ると、もっているのはセサミストリートのバートとアーニーだ。メグは床に膝をついてのぞきこんだ。

メグの顔を見ると、ドミーは二本の指をしゃぶって壁にぶつかるまであとずさりをした。メグはにっこりと笑いかけた。「こんにちは、ドミー」床にすわりながら言った。「お人形さん、見せてくれる？」

ドミーはしばらくためらってから、片方の人形をさしだした。メグが手にしたのは、黒いもじゃもじゃの髪とおちゃめな笑顔のバートだった。

「あら、これは指人形じゃないの」人形のなかに手をいれて、ドミーの顔のまえで動かした。

「やあ、ドミー」人形は小さな両手を動かしながら、甲高い声で言った。「こんにちは。ぼくはバートだよ」

ドミーはびっくりして人形を見つめ、そしてメグを見た。

「やあ、ドミー」人形がもう一度言った。「ぼくはバート。〝こんにちは〟は？」

「こんにちは」ドミーがかすれた声で言った。メグはこの子がしゃべるのをはじめて耳にした。

「ねえ、きみ。アーニーと話がしたいんだけどな」メグはバートの声で言った。もうひとつの人形を小さな手にかぶせてやる。

ドミーはアーニーの声をまねて言った。「やあ、バート」

「アーニー!」バートは大げさに言ってアーニーを熱烈に抱きしめた。

ドミーは大喜びして、子供らしい笑い声をあげた。

にっこり笑ってバートの声で何か言おうとしたとき、メグはフィラミーナの視線を感じた。

枕《まくら》カバーを両手で握りしめ、燃えるような目でメグをにらみつけている。浅黒い顔に浮かんだ激しい怒りに、メグは度を失ってよろけるように立ちあがり、まだ遊びたそうにしているドミーに人形をかえしてバスルームのなかに駆けこんだ。

部屋にもどると、ベッドはきれいになっていた。フィラミーナはテーブルや化粧台の上のものを動かしながら、部屋中を手際よく掃除している。

メグがそばを通ると、ドミーは手にはめたアーニーの人形をかかげて、低い声で言った。

「やあ、アーニー」メグはささやき声で答えた。

「やあ」

彼女はいったんその場で立ちどまったが、フィラミーナのほうをうかがうように見てから、窓のそばにいって椅子に腰をおろした。

しばらくして昼食のトレイを引き寄せて食べはじめた。「このスープ、おいしいわ」スプーンを置いて、ミルクをひと口飲みながら言った。「どうやってつくるの？　味つけは何かしら」

いつものように、質問は無視された。職務上どうしても必要なこと以外、フィラミーナは決してメグに口をきこうとしない。メグがおずおずと話しかけても、いつも何もきこえていないかのようにふるまう。

「私はちゃんとお料理を習ったことがないの」メグはもう一度話しかけてみた。「習ってみたいわ。とくに、クッキーがつくれるようになりたい」窓の外に顔をむけて、小川ぞいの色あざやかな紅葉をながめた。「母はいつもクッキーを焼いてくれたのよ」前回の治療でドクター・ワッサーマンによって呼び起こされた生々しい記憶が、頭のなかによみがえる。

近ごろでは、催眠中でなければ母のことを思いだせなくなってきた。記憶が混乱して無秩序に入りまじり、ひとの顔もはっきりとは思いだせない。そのなかで母の顔も次第に不鮮明になっていく。

黙々と掃除をつづけていたフィラミーナは、ベッドからはがしたシーツをもってバスルームに消えた。バスケットの蓋《ふた》がしまる音につづいて、キャビネットのあく音と水の流れる音がきこえる。

メグはバナナをとって皮をむくと、さっきから同じ場所で遊んでいるドミーのほうをそっと見た。「食べる?」バナナをもちあげて、小声できいた。

ドミーは興味を引かれたように立ちあがり、窓のほうにやってきた。

メグがバナナを少し折ってさしだすと、ドミーはそれをまじめな顔で口に運び、立ったまま大きな黒い瞳でメグを見つめた。その小さな体を胸に抱きしめたいという強い衝動がわき起こった。それは、おさえるのが苦しいほどの強烈な思いだった。「ドミー」メグはやさしく話しかけた。「私ね、もう長いあいだ、だれにも抱きしめてもらってないの。思いだせないほど長いあいだよ」

ドミーは不思議そうな顔をして近づいてきた。メグは半開きになったバスルームのドアをちらっと見てから、そっと手をのばしてドミーの頭に触れた。黒い髪はしなやかであたたかく、絹のような感触だった。

「ドミー、いい子ね……」

「いったいどういう風の吹きまわしだい?」

ドアのところからきこえてきた声に、メグとドミーは飛びあがるほど驚いた。

見あげると、クレイ・マローンが戸口に寄りかかって、笑顔でふたりを見ていた。彼はジーンズに黒い革のジャケットという格好で、美しくリボンがかけられた包みと、セロファンにくるんだ黄色い薔薇《ばら》の花束を両手にかかえていた。

9

　クレイはゆったりした足どりで近づいた。

「おいおい、リーザ。きみが男好きだってことは知ってるが、この子はまだちょっと若すぎるんじゃないか」ドミーの頭に手を置いて、彼はほほえみかけた。

　メグが何も言えずに黙っていると、フィラミーナがバスルームからでてきた。クレイに気づくと顔をこわばらせ、駆け寄ってドミーを抱きあげて部屋をでていった。

「やあ、フィラミーナ。元気かい」クレイはにやっと笑い、急ぎ足で去っていく後ろ姿を見ながら言った。「まったく愛想のいい女だよ。おしゃべりで気が狂いそうになるだろう?」

「ほとんど口をきいてもらえないわ。何を言っても無視されるの。観葉植物だってもう少し話しかけてもらえるんじゃないかしら」

「まあ、はじめからきみは好かれてなかったからな。それに、彼女はもともと人間嫌いなんだよ。唯一の例外は気高いポーリーン様だけだ」

「ポーリーンって?」

クレイはバスルームにいって黄色い薔薇《ばら》を花瓶にさしてきた。それを化粧台の上に置くと、メグのむかいに腰をおろした。

「どうもありがとう」メグは言った。「きれいだわ。ポーリーンってだれなの?」

クレイは心配そうな目でメグを見た。「きみはやっぱり記憶喪失なんだね。何も覚えてないんだ」

「あら、覚えていることならたくさんあるわ」メグはわずかに気分を害したように言った。「問題は、だれもそれを信じてくれないことよ」

「医者はなんて言ってるんだい。いつになったらきみが現実の世界にもどるって?」

「もうそのきざしは見えているんですって。ドクターいわく、私の〝借り物の記憶〟はリーザの性格の影響を受けて変化しつつあり、やがてはすべてがまじりあって、ひとつの人格に統合されるだろうって」

「それはすごい」クレイは長い脚を投げだし、腕を椅子の背にまわした。トレイの上に目をとめる。「エッグサンドじゃないか! 昔からきみの大好物だった。さあ、全部食べなきゃだめだよ。力をつけなきゃ」

「エッグサンドが好きなことをなぜ知ってるの?」

クレイはため息をついた。「リーザ、きみのことは赤ん坊のときから知ってるんだよ。

きみの好物ならなんだって知ってるさ。さあ、食べて」

ラップをはがしてすすめてくれるクレイにさからわず、メグは用心深い目で相手を見ながら食べはじめた。

クレイ・マローンは二、三日おきにオートバイであらわれ、いつも一時間ほど話をして帰っていく。やってくるのはいつも午後だ。いまではメグにとってただひとりの話し相手だ。もちろんドクター・ワッサーマンとも話はするが、報酬をもらって治療を行う医師を話し相手とは言わない。

「お昼はもうすんだの?」自分だけ食事をしていることが気になって、メグは尋ねた。

「なんなら……」

「フィラミーナに頼んで何かつくってもらう、か?　いや、砒素《ひそ》をいれられたら困る」

「私が自分でつくれたらいいんだけど。キッチンの場所も覚えていないの」

「いいんだよ。もともときみはキッチンの場所なんか知らなかった」

「ドクター・ワッサーマンが言っていたわ。あなたと話をすることによってリーザの記憶を呼びもどすことができるかどうか、試してみたほうがいいって」

クレイは一瞬はっとした表情を浮かべた。「おれのことを医者に話したのか」

「もちろんよ。私が接するすべてのひとにドクターは関心をもっているの。とくに、あなたのようにリーザの子供時代を知っているひとに」

「それはわかるよ」クレイは椅子のなかでぎごちなく体を動かした。「ただ、おれがここにきてることをビクターに知られるとまずいからさ。ビクターは、おれがユタにきたことはないと思ってる。そう思わせておいたほうがいいんだ。わかるだろう?」

メグはこれまでにも幾度か味わったことのある困惑を感じた。サンドイッチをひとつ食べ終え、ナプキンに手をのばした。

「だめだよ。もうひとつあるじゃないか。全部食べなきゃ」

「もうおなかいっぱい。あまり食欲がないの」

「でも、具合はよくなってるんだろう? 今日は元気そうに見えるよ」

「今日は早起きをしてちょっと外にでてみたの。とても気持がよかった」メグは両手に視線を落とした。「なんだか、この家に一生閉じこめられていたみたいな気がしたわ」

「一生といえば」クレイは気軽な調子で言った。「きみは自分の一生について何か思いだした? つまり、ラスベガスの話なんかじゃなくて、おれたちが小さかったころの本物の記憶をとりもどしたかということだけど」

「ほんの少し」しばらくしてメグは言った。「でも、とてもぼんやりしているの。大昔のサイレント映画を見ているみたいな感じ」

「それは普通の症状だと医者は言ってるのかい?」

「多重人格症の症例は数少なくて、何が普通か判断するのはむずかしいんですって。それに、私の場合は、これまでに発表されたどの症例ともちがっているし」

「でも、あえて言うなら?」

「あえて言うなら――」メグはドクターの言葉を思い起こした。「私が独自の人格をもっている以上、リーザの記憶をぼんやりとしか思いだせないのは自然なことだろうって。リーザの記憶をとりもどしたとしても、私はそれを別人の目で見ることになる。リーザの言動を、自分とは関係のないものとして見ることになるの」

「そうか。つまり、きみの半分はもう半分のすることを、一歩距離を置いて見るというわけか」

「ドクターはそう言ってるわ。でも、それはあまり珍しいことではないんですって。だれでもある程度はそういうところがあるんだそうよ。人間はいろいろな面をもっているものだから、多重人格症の症状がもっと広く知れわたれば、患者の数も増えるだろうって」

「だが、きみのように、人格がふたつに分裂して、その一方が消えてしまうというのは、何が原因で起こるのかな」

メグは肩をすくめた。「ドクターから本をたくさん貸してもらったけど、どの本にも私のような症例はでていなかった。私の病気は、何か耐えがたいストレスによって引き起こされた記憶喪失症のようなものだと思う。リーザの記憶をのぞくことはできないので、それがどんなストレスだったかはわからないけど。ドクターの話では、ふたつの人格を統合させるためには、私がリーザの痛みを受けいれて、真剣に彼女を助けようと思わなければいけないんですって」

「できるかい?」

メグは考えこんだ。自分のなかからあらわれ、自分とは正反対の性格のリーザは、メグにとって恐ろしい存在だ。あるいは、クレイとドクターが言うように、リーザのなかから自分が生まれたという可能性もないわけではないが……。

「わからない。できるときもあるけど、いつもはリーザのことが大嫌い。以前のように表にでてくる機会をねらっているような気がして」

小刻みに震える肩を、クレイは励ますようにやさしく叩《たた》いた。「そんなに深刻な顔するなよ。リーザはそれほど悪い人間じゃない。おれは昔から大好きだ。それに、きみをメグと呼ぶのは、おれには抵抗がある。きみがもう一度リーザにもどってくれれば、何もかももとどおりになるんだ。もうこんなことうんざりだよ」

メグは急に恐怖を感じた。「もとどおりになりたいのなら協力してちょうだい。ドクターに言われたように、私の記憶の空白の部分を埋めるのを手伝って」

「いいよ。何が知りたい? なんでもきいてくれ」

メグは考えこんだ。「私たちはプローボで育ったのね」

クレイはうなずいた。「母親どうしが姉妹だった。ふたりはノース・カロライナの出身で、名前はテリーとゲリー。テレッサとジェラルディンの略だ。きみは両親と暮らしていたが、きみが四つぐらいのときに父親はでていった。おれの親父《おやじ》はそれよりまだ悪い」苦々しい口調でつづける。「本当言うと、おれの両親は結婚してないんだ。おふくろは結婚指輪をはめて、夫はベトナムで戦死したと言っていた。そんな過去を忘れることができて、いまはせいせいしてるはずだ」

「お母様は――私の伯母さんは、まだお元気なの？」

「ぴんぴんしてるさ。十年ほどまえに保険のセールスマンと結婚して、その男にくっついてフロリダにいった。おれもまだそこにいるとビクターは思ってるはずだ。いまもマイアミ市警に勤めてるってな」

「あなたは警官なの？」

「元警官だ。六年ほどまえにマイアミ市警にはいり、二年後にやめて私立探偵になった。だが、おれが警察をやめたことをビクターは知らない。おれが何千キロも離れたところにいると思っているほうが、やつは安心できるんだ。きみは覚えてないだろうが、ビクターはきみに言ったことがあるそうだ。ユタに姿をあらわしたら、おれはきっと後悔することになるってな」

「どうしてそんなこと……」

「まえにも言っただろう。ビクターはおれたちにやきもちを焼いてるんだ。一度なんか、もしおれがここにあらわれたら殺し屋を雇って始末させると言ったらしい。見かけは紳士だが、ビクターは何をするかわからない男だ」

「それが本当なら、どうしてあなたはこの家にくるの？　もしも見つかったらどうするつもり？」

「どうして見つかるんだ？」クレイは余裕たっぷりに言った。「フィラミーナが告げ口をするか？　その心配はない」

「もしもビクターが昼間とつぜん帰ってきたら？」

「いったいなんのために帰ってくるんだ？」クレイは笑った。「昼日中からベッドで楽しむためかい？　いまのところ、きみたちの関係はそれほど親密なものじゃないだろう？」

メグは顔を赤らめて横をむいた。

「ほかに知りたいことは？」

メグはテーブルの上の昼食の残りにぼんやりと目をやった。この男は本当はどういう人間なのだろう。もしかしたら、とんでもない大嘘《おおうそ》つきなのかもしれない。

しかし、話には妙に説得力がある。もし彼が本当のことを言っているのなら、メグは出口のない悪夢に迷いこんでしまったということになる。

「私が美人コンテストにでていたときのことを、あなたは覚えてる？　自分では想像もできないけど、ドクターの話だと、私は三歳になるまえから全部で四十三のコンテストに出場して、しかも、そのほとんどに優勝したんですって。でも、何ひとつ覚えてないわ」

「ああ、きみはじつにかわいかったからね、リーザ」遠くを見るような目でクレイは言った。「だが、おふくろがいつも言ってたよ。テリーはコンテストに夢中になりすぎるって。だからグレッグに捨てられたんだ」

「グレッグって？」

「きみの親父さんさ。テリーがきみにかかりっきりだから、グレッグは我慢できなくなったんだろう。テリーにはきみがすべてだった。きれいなドレスにダンスシューズ、王冠に花束……。きみが家にきてから、テリーの目的はそれだけになった」クレイは探るような目でメグを見た。「そこのところは覚えてるんだろう？」腫《は》れ物《もの》にさわるような口調できく。「養子だったことは？」

メグはうなずいた。「私がはっきり覚えているのはそのことだけ。ドクターは、それが私の病気の原因を解く鍵《かぎ》になるんじゃないかと考えているわ」

「それはよかった」クレイはほっとした声で言った。「それも記憶からしめだしてるのかと思ったよ。きみはいつもそのことには触れたがらなかったからね。養子だったことをはじめて知ったとき、きみはひどく荒れた。母親からきかされてなかったために、ひどく傷ついたんだろう」

メグの心に鮮明な記憶がよみがえった。養子としてもらわれてきたその日からメグが両親の宝ものになったことを、母はトレーラーハウスの質素なキッチンで繰りかえし語ってくれた。愛されていることを信じて、自分は育った。

「ポーリーンってだれなの？」唐突にメグはきいた。

クレイはすばやい視線を投げかけた。「なんでいきなりそんなことをきくんだ？」

「さっき、フィラミーナが好きだったのはポーリーンだけだって言ったでしょう。だから、どういうひとなのかと思って」

クレイは顔をそむけて、黄色い薔薇の光沢のある葉を指でもてあそんだ。「ビクターのまえの妻だ」

「そのひと、どうかしたの？」

「死んだ」

メグはすわったまま背筋をのばして、手にもっていたサンドイッチをトレイにもどした。

「なんで死んだの？　それはいつのこと？」

クレイはため息をついて椅子の背にもたれた。整った顔立ちと鍛えあげた肉体を、メグはあらためて意識した。

「そんなにまえのことじゃない」しばしの沈黙ののち、クレイは言った。「二、三年まえだ。きみとビクターが結婚した年の春だった」

「どうして亡くなったの？」

「階段から落ちたんだ」

「あの階段？」メグは廊下のほうを指さして、恐ろしそうに言った。「玄関につづく、大きなカーブした階段？」

クレイはうなずいた。「ガウンの裾《すそ》を踏んで、二階からまっさかさまだ。どうやら泥酔していたらしい。転落の瞬間をフィラミーナが目撃していて、審問で証言をした。検屍官《けんしかん》の報告によると、血液中に大量のアルコールが発見されたそうだ」

「泥酔？　さっきは気高い女性だって言わなかった？」

クレイはにやりと笑った。「どんなに気高い女性でも、アルコール中毒になることはある。まあ、ポーリーンはキッチンドリンカーみたいなものだったんだろう。ひとりきりになると、ジンで悩みをまぎらす主婦ってわけだ。それに……ビクターは一緒に暮らす相手としては、あまり愉快なほうじゃない。とくに――」ふいに口をつぐんだ。

「なに？　何を言いかけたの？」

「なんでもない。さあ、サンドイッチを全部食べるんだよ」

「もう食べられない」メグは窓の外に顔をむけた。「どんなひとだったの、ポーリーンは？　フィラミーナが慕っていたのなら、きっといいひとだったはずだわ」

クレイはいらだった様子を見せた。「おれにきいたってわからないよ。会ったこともないんだから。おれはずっとマイアミにいたんだよ」

「それなら、どうしてそんなに詳しく知ってるの？」

クレイは薄笑いを浮かべて低い声で言った。「きみが話してくれたんだよ、リーザ。すべてきみが話してくれた」

メグはふいにわけのわからない恐怖を感じ、必死に気持を落ち着けようとした。「ポーリーンはビクターよりずっと若かったの？　私みたいに？」

クレイは笑った。「いやいや。ふたりは高校生のころから恋人どうしだった。ポーリーンのほうは、すっかり老けこんでいたらしい」笑ったまま顔を窓の外にむけ、すぐにもどした。「きみがおもしろい話をしてくれたよ。はじめてポーリーンに会ったとき、きみはまだビクターと寝てもいなかったのに、愛人だとほのめかして彼女に死ぬほどやきもちを焼かせたんだ」

「ちっともおもしろくないわ」メグは冷ややかに言った。「そんなこと、少しもおもしろくない」

クレイは肩をすくめて乱暴に脚を投げだし、メグの視線を避けるように薔薇の花びらをもてあそんだ。

「でも、彼女は……」

「もういいじゃないか」クレイは低い声で言った。「もうそのことは忘れたらどうだ」

「どうして？」

「理由を知りたいか」メグの瞳をクレイはまっすぐ見つめた。「そんなに根掘り葉掘りきいていると、あんなに忘れたがっていたことまで思いだしてしまうことになる」

クレイは立ちあがって部屋のなかを歩きまわった。メグの化粧品をながめ、アクセサリーを手にとってまたもとの場所にもどし、ベッドの上方の大きな油絵に見入った。

「なんてきれいなんだ。また髪をのばさないのかい、リーザ」

「わからないわ。ポーリーンは……フィラミーナはどうして彼女をそんなに慕っていたのかしら」

クレイは口をかたく結び、メグをにらみつけた。「いい加減にしないか」

「私はただ――」

「ああ、彼女はいいひとだったよ」懸命にいらだちをおさえているのが見てとれる。「捨て猫がいれば拾ってきて飼ってやるし、恵まれない子には金をやった。顔もスタイルも悪いし退屈な女だったが、性格はよかった。フィラミーナが妊娠したことがわかると、それは親切にしてやった。英語を習わせてやって、市民権をとらせ、医者にも通わせてやった。赤ん坊が生まれると、何もかも援助してやった。フィラミーナはそのときの親切が忘れられないのさ。これで満足かい？」

すさまじい剣幕に恐れをなして、メグはしばらくのあいだ何も言わなかった。だが、勇気をだして何日もまえから気になっていたことを尋ねた。

「クレイ……ドミーの父親はだれなの」

「ドミーの父親？　フィラミーナの子供の？　なんでそんなことききくんだ」

「もしかして……ビクターなの？」

クレイは頭をのけぞらせて笑った。「まさか。そんなはずはない」

ビクターとはときどき食事をともにするが、彼のメグへの態度は、無関心と、ためらいがちな好意とのあいだを揺れ動いている。彼が本当にくつろいで幸せそうな顔を見せるのは、ドミーと遊んでいるときだけだ。

「あの子を本当にかわいがってるから、もしかしてそうなのかと思って……」

「そんな考えは忘れることだ」クレイはきっぱりと言った。「記憶がもどれば、それがどれほどばかげた考えか、きみにもわかるはずだ」

「なぜ？」

クレイはため息をついた。「なぜなら、おれの知っているかぎり、ビクターはフィラミーナには指一本触れていない。ポーリーンが死ぬまえ、ビクターの頭のなかにはひとりの女のことしかなかった。それはフィラミーナではない」

「じゃあ、だれなの？」

「きみだよ」

メグは膝の上で両手を強く握った。急に疲れを感じ、みじめな気分になった。

「ほら」クレイがメグの肩を叩いた。「そんな顔しないで元気をだせよ。見てごらん」立ちあがって、花瓶の後ろから包みをとりだした。「プレゼントだよ」

金色の包装紙とサテンのリボンで包まれた箱が目のまえにさしだされた。

「なんのプレゼント？」

「あててごらん。どうして今日プレゼントをもってきたか」

メグははっとして瞳を輝かせた。「誕生日だわ。今日は私の誕生日ね」

「正解。九月十五日。ほら、ちゃんと覚えてることもあるじゃないか。きみの誕生パーティを覚えてるかい。テリーはいつも派手なお祝いをした。有名な菓子店にケーキを特注して、専門家に飾りつけを依頼して、高価なプレゼントを買って……」

包装紙のなかからでてきたのは、サテンのケース入りの香水だった。

「きみのお気にいりのホルストンだ。けっこうな値段だったよ」

「ありがとう」メグにはわけがわからなかった。エッグサンドが好きなことは覚えているのに、香水に関しては何も覚えていないのは、どういうわけだろう。

クレイは身をかがめてメグをやさしく抱きしめた。力強い男の体に包まれて、メグは柔らかい革のジャケットのなかの筋肉のかたさと、少しのびた髭《ひげ》の感触を強く意識した。

「あれ」クレイは頭を後ろに引いて、驚いた目でメグを見た。「このにおいは、いったいなんだ？」

「さあ……何もつけてないけど」

「これは……」クレイは驚きの表情で鼻にしわを寄せた。「これは馬のにおいじゃないか」

メグはもじもじしながら言った。「今日、隣の家にいったの。馬の脚が腫れていたので、留守のあいだ私が湿布をしますって言ってきたのよ」

「……だれに？」

「隣のひと。ジム・レガットというひとよ」

「名前はきいたことがある。リーザ、きみはいつから馬に興味をもつようになったんだ。それとも、興味の対象は人間のほうか？」

「どういう意味かわからないわ」メグは言った。「窓から見ていたら、馬の歩き方がおかしかったから納屋まで見にいったの。そしたら隣のひとが……ジムが、そこにきたのよ。それで、朝の忙しい時間には私が湿布をしますって申しでたの。それだけよ」

「そんなこと、信じられないね」クレイはにべもなく言った。「きみはこれまで馬にさわったこともないはずだ。馬を怖がっていただろう」

「馬を怖がっていたのはリーザでしょう。私はちがう。私はメグよ。動物が大好きなの」

クレイは肩をすくめて視線をそらした。「わかったよ。そんなに言うのなら好きなようにすればいい。だけど、隣の男には注意しろよ」

「ジム・レガットのこと？」メグは彼の明るいブロンドと感じのよい笑顔を思いだした。

「どうして？」

「あいつは危険人物だ」プレゼントの包み紙を拾い集めてバスルームにもっていきながら、クレイは言った。「去年、市内のホテルで女を殺しかけた」

メグは信じられない思いでバスルームの入口を見つめた。ジム・レガットの自然な笑顔と、カウボーイらしい気どらない態度がふたたび目に浮かんだ。「嘘でしょう？」彼女は声を張りあげた。

「いや、本当だ。喧嘩《けんか》かなんかしたらしい」バスルームからもどってくると、クレイはメグを正面から見つめた。「あいつには暴力をふるう癖がある。おれみたいな仕事をしてると、そういう話はすぐに伝わってくるんだ。どうしてもというなら馬の世話をするのはかまわないが、あの男とふたりきりになったり、長話をしたりするのはやめたほうがいい。わかったかい」

何がなんだかわからずに、メグは首をふった。

「リーザ。危ないことはしないと約束してくれ」

「わかったわ」メグは窓の外に顔をむけて、静かに草を食《は》んでいる二頭の馬を見つめた。

10

次の日メグは朝早く目が覚めた。馬のことを考えると胸がわくわくしてきて、のんびり眠ってなどいられない。クレイの言葉が気にならないわけではないが、一刻も早く馬に会いにいきたかった。

ベッドからでると、これまでになく体がしっかりしているように思えた。色褪《いろあ》せたジーンズとスエットシャツを手早く身につけ、髪にブラシをあてて、階下におりていく。玄関のまえでふと上を見あげた。たったいま自分がおりてきた瀟洒《しょうしゃ》な階段から、ポーリーンは墜落したのだ。

その瞬間、ポーリーンは状況を理解していたのだろうか。落ちていく途中、自分が死ぬことがわかっていたのだろうか。

そんな余裕はなかっただろう。メグは恐ろしい映像を頭から追い払った。自分自身、車で崖《がけ》から落ちたときのことを何ひとつ覚えていないのだ。それどころか、車に乗りこんだ記憶さえない。

見たくないと思いながらも、メグは吸い寄せられるように足もとの絨毯《じゅうたん》を見つめた。血痕《けっこん》か、あるいは恐ろしい事故の痕跡が残っているのではないか。しかし、屋敷のなかはどこもかしこも清潔で豪華で美しかった。

あたりまえだ。悲劇の跡が残っているわけはない。結婚後、リーザがこの家の内装をすっかり変えたことは、クレイやビクターから何度もきかされている。

色づかいから調度品の選択にいたるまで、この屋敷の内装はメグの趣味そのものだ。問題は、自分がそれを行ったという記憶がまったくないことだ。

ふいにメグは長いあいだ忘れていた感覚がよみがえるのを感じた。空腹感だ。馬の手当をしにいくまえに何か軽く食べたい。

ほんの少しためらってから、おいしそうなにおいをたよりに屋敷の奥にむかって廊下を進んだ。

部屋のドアを軽くノックしてあけると、そこは白いタイルと薄茶色のオーク材で統一された広々とした美しいキッチンだった。なかから六つの瞳がびっくりしてメグを見つめている。

テーブルのまえにすわり、ベーコンとスクランブルエッグのたっぷりとした朝食を食べているビクター。その隣の子供用の椅子で、あたたかいシリアルに顔をしかめている、黄色いよだれかけ姿のドミー。カウンターのまえに立って、流し台に皿を重ねようとしているフィラミーナ。三人は驚きのあまりひと言も発せずにいる。

ようやくビクターがわざとらしい陽気な口調で言った。「おやおや。こんなに朝早く、だれかと思ったよ。ドミー、ミセス・カンタリーニにご挨拶《あいさつ》は？」

ドミーは顔を輝かせて椅子の隅から指人形をとりだし、メグのまえにさしだした。

メグはドミーにほほえみかけ、その笑顔を人形にもむけた。「おはよう、バート。おはよう、ドミー」

テーブルにつくと、フィラミーナがランチョンマットとコーヒーカップを目のまえに置いた。

「ありがとう、フィラミーナ。ちょっと何か食べたかったの。自分でトーストをつくるわ。パンがどこにあるか教えてもらえれば……」メグはそう言って立ちあがりかけた。

「スクランブルエッグをおつくりします」フィラミーナはボウルのなかに卵を割りいれながら、メグのほうを見ないで言った。「それに、ベーコンもまだありますから」

「うれしいわ」メグはふたたび椅子に腰をおろした。「面倒をかけてごめんなさいね」

「気にすることはない、仕事なんだから」ビクターはくつろいだ様子で椅子の背にもたれ、ドミーの髪を撫《な》でた。「だが、きみがフィラミーナに朝食をつくってもらったことはこれまで一度もないんじゃないか。早起きは苦手だったからね」

退院してこの屋敷で暮らすようになってから、ビクターとはほとんど口をきいていない。

屋敷のなかでもふたりの寝室は遠く離れ、ビクターがメグの部屋を訪れることはめったになかった。そのような状態が長くつづくうちに、メグは自分に夫がいることをほとんど忘れかけていた。今日のように予期しないときにビクターに出会うと、思わずどきっとする。

メグは見知らぬ男を見る目でビクターを見た。精悍《せいかん》で身だしなみがよく、落ち着いた魅力の持ち主だ。ふたりのあいだのことは何も覚えていないが、どうして自分よりはるかに年上のこの男に引きつけられたのか、その理由は理解できる気がした。

ビクターにはゆったりとした自信と、男らしい力強さが備わっている。頼りがいを感じさせると同時に、かすかに威圧感を与えるところもあるが、ドミーのような小さな子供に示すやさしさは心からのものだ。おそらく最初のうちは、妻にも同じように接していたのだろう。妻の奇妙な言動に生活をかき乱されるようになるまでは。

メグはぎごちなくほほえんだ。「お帰りは……お帰りは週末かと思っていたわ」

大きな手にスプーンを握ってドミーにシリアルを食べさせていたビクターは、不思議そうな顔でメグを見た。「きみがそんなことを言うなんて珍しいこともあるものだね、リーザ。私がいなくて寂しかったのかい？」

「いらっしゃるなんて思わなかったから、ちょっとびっくりしただけ」

メグの目のまえに朝食が並べられた。「ありがとう、フィラミーナ。おいしそうね」顔をあげて言ったが、フィラミーナはすでに背中をむけていた。

ビクターは席を立って自分でコーヒーのおかわりをついでくると、機嫌よく言った。

「業界の集まりのお祭り騒ぎにうんざりして、予定より早く引きあげてきたんだ。ホテルの窓から水のはいった袋を落とすようないたずらは、私のような古い人間にはついていけないよ」

メグはうなずいて、熱心に朝食を口に運びながら言った。「少しでも常識のあるひとなら、だれだってそう思うはずだわ」

ビクターは眉を動かしただけで、何も言わずにコーヒーをすすった。そして目を輝かせてメグのまえに指人形をさしだすドミーの様子に目をとめた。「ドミーと仲良しになったんだね」

「ドミーと私は指人形友だちなの」メグはフィラミーナの冷たい視線を意識しながら言った。「私がバートで、ドミーがアーニーよ」

「きみはアーニーかい」ビクターはドミーの頭の上にかがみこんだ。「どっちがバートかな」

ドミーは黒い髪の人形をさしだした。

「そうか。さあ、ドミー、シリアルを食べてしまおう」ビクターはそう言って、流しのほうに顔をむけた。「フィラミーナ、ドミーにこの量はちょっと多すぎるんじゃないか？」

フィラミーナが厳しい口調で答える。「まわりでかまうから食べないんです」

ビクターとメグは首をすくめて、いたずらが見つかった子供のようにこっそりと笑いあった。メグはこれまでにない親近感をビクターに感じた。

「お人形さんはしまって、ちゃんと食べなさい、ドミー。全部食べたら遊んであげるから」

ドミーはがっかりした顔をしたが、おとなしくシリアルを食べはじめた。

「このスクランブルエッグは本当においしいわ。どんな調味料を使ってるのか、フィラミーナが教えてくれたらうれしいんだけど」

ビクターはあっけにとられて妻を見た。「以前は料理にはまったく興味を示さなかったのに」

「ええ、でもいまはちがうわ」メグは静かな口調で応じた。「ちがう人間ですもの」

あらためてそのことを指摘されると、ビクターは不機嫌な顔で黙りこんだ。

「それで、今日は何か予定でもあるのかい。こんなに朝早く起きて、本当に大丈夫?」ややあって彼は言った。

「本当は、あまり自信はないの。昨日はとても元気になった気がしたんだけど、結局お昼まで起きていることもできなかった」

「私がでかけていたあいだ、電話か来客はなかったかい?」

メグは無意識にフィラミーナの顔を見た。先に視線をそらしたのはフィラミーナのほうだった。

「いいえ、べつに」そう答えてから、メグは衝動的に付け加えた。「でも、隣の家のひとに会ったわ。そこの白い家のひとに」

「トルーディのことかい？」

メグはとまどった表情を浮かべた。

「ジムの家の家政婦のトルーディを覚えてないのかい？　灰色の髪をした小柄で太めの陽気な女性だ。山羊《やぎ》を二匹飼ってたじゃないか」

メグは首をふった。「そのひとじゃなくて、ジム・レガットよ。窓から見ていたら馬が歩きにくそうにしていたので、昨日の朝、様子を見にいったの。それでジムと顔をあわせたのよ」

ビクターはコーヒーを飲みほして、空になったマグカップを見つめた。「きみは何も覚えてないんだね。ひとも、場所も、何ひとつ覚えていない」

「そんなことないわ。覚えていることもたくさんある」

「だが、それはみんな借り物の記憶だろう。ラスベガスにいる女性から借りたものだろう」

「私が自分で体験したものだわ」

「それはともかく、ジムはどうだった。以前はひどく嫌っていたが」

「いいひとに見えたわ。昨日はジムが仕事にいくまえに、湿布薬や何かの場所を教えてもらっただけだけど」

「湿布薬だって？　いったいなんの話だ」

メグは頬を染めて言った。「朝は時間がないと言うから、私が馬の湿布をしますって申しでたの。朝食がすんだらさっそくいってくるわ」

「信じられない」ビクターはあんぐりと口をあけた。「きみはこれまで馬にさわったこともなかっただろう、リーザ」

メグは大きく息を吸って、しっかりと目を見て言った。「私はリーザじゃないわ。私はメグよ」

ビクターは唐突に立ちあがって椅子をテーブルのなかにもどすと、機嫌のよい表情をとりつくろった。「さあ、もうでかけないと。ドミー、いい子にしてるんだよ」そしてフィラミーナに顔をむける。「今日は遅くなる。夕食はいらないよ」

フィラミーナは背中をむけたままうなずいた。ブリーフケースをもってキッチンをでていくビクターの後ろ姿をメグは黙って見ていたが、フォークを置くと、自分も立ちあがってあとを追った。

クロゼットから黒いナイロン製のスポーツバッグをとりだしたビクターは、メグに気づくと意外そうな顔をした。

「昼休みにラケットボールをする予定でね。相手は市内の販売代理店の連中だ」

「あなたの腕前は？」

ビクターの笑顔は獰猛《どうもう》さを感じさせた。「まああだろう。この年にしては」

「でも、殺人本能は備わっている？」

ビクターの目が細まり、相手をうかがうような目つきになった。「なんだって？」

「殺人本能よ。ラケットボールはとても激しい競技だから、それがなければ勝てないってきいたことがあるわ」

ビクターの表情がゆるみ、顔中に笑みが広がった。「もちろん私には殺人本能があるよ。なんと言っても、車のセールスマンだからね」

メグは笑顔をかえして、ためらいがちに言った。「ビクター……お隣の、ジム・レガットのことだけど……」

ビクターは口のなかで何やらつぶやきながらポケットのなかをかきまわしていたが、顔をあげると大声で叫んだ。「フィラミーナ、車のキーを見なかったかい」

風のようにあらわれたフィラミーナは、大きなキャビネットのいちばん上の引き出しのなかから無言で鍵束《かぎたば》をとりだし、ビクターに渡すとすばやくキッチンに引きあげた。

ビクターはまだ何かつぶやきながら、上着のポケットに鍵束をしまった。「ジム・レガット？　彼がどうかしたのかい？」

メグは柔らかい絨毯の上で落ち着きなく足を動かした。「よくわからないんだけど……だれかが彼の悪口を言っていたようなの。暴力的なところがあるとか、何かそんなようなこと。だから、ちょっと気になって――」

「だれがきみにそんなことを言ったんだね」ビクターは真剣な顔でメグを見つめた。「フィラミーナ？　それともクララかい？　ほかに話をする相手はいないだろう？」

「いいえ、そうじゃなくて……」メグは口ごもった。「ただ……そんな話がきこえたような気がしただけ。彼は危険な男だとか、そんなようなこと」

ビクターは一歩まえにでると、いきなりメグの体に腕をまわした。階段をのぼるときに体を支えたり、儀礼的に頬にキスをしたりするのを除けばビクターに触れられるのはこれがはじめてだった。

「男はだれでも危険なものだ。よく覚えておいたほうがいい」

首筋に熱い息がかかる。かたく引きしまった力強い体と高価なオーデコロンの芳香を間近に感じて、メグは小さく身震いした。

体を引き離し、彼女は顔を見あげて言った。「でも、彼は……」

ビクターは身をかがめて妻の唇にキスをすると、もう一度強く抱きしめた。「なんてきれいなんだ、リーザ。事故のまえよりきれいだ。きみは化粧をしないほうが美しい。そんな女はめったにいない」

メグは腕をふりほどいて叫びだしたい気持を必死にこらえた。見知らぬ男ではない。夫なのだ。抱きしめられたからといって、逃げだすわけにはいかない。

でも、私にはどうしても思いだせない……。

「男はだれでも危険なものだ」ビクターはもう一度言うと、頭を後ろに引いてメグの顔を見た。「隣の男が危険だと本能的に感じるのなら、それにしたがったほうがいい。まえはあれほど嫌っていたじゃないか。それには何か理由があったのだろう？」

「でも、彼は……」

そのときキッチンのほうで物音がした。ふりむくと、ドミーがふたりのほうにむかって駆けてくる。後ろには、けわしい表情のフィラミーナの姿があった。

ビクターはドミーを抱きあげると、愛情をこめてキスをして、高くかかげた。喜んではしゃぐドミーの様子を、フィラミーナは両手をかたく握りしめて見ている。

「じゃあいってくるよ」ビクターは言った。「妻と小さな子供が玄関で見送りをしてくれるとは、私は果報者だ」意味ありげな目つきでメグに笑いかけ、薔薇色《ばらいろ》の石が敷き詰められたテラスを屋敷の裏にむかって歩いていった。

メグがドアをしめてふりむくと、フィラミーナが階段の下に立っていた。

彼女の目のまえで、ポーリーンはこの階段から落ちたのだ。

メグは、期待に満ちたまなざしで指人形をさしだしているドミーの柔らかい髪を撫でた。

「そうだったわね」そう言って、フィラミーナに顔をむける。「ドミーは馬を見たら喜ぶかしら」

「いいえ」フィラミーナはにべもなく答え、キッチンにもどろうとした。

「でも、雌馬は体も小さいし、とてもおとなしいのよ」メグはフィラミーナのあとを追った。「湿布とブラッシングが終わったら迎えにくるから、ドミーを馬に乗せてあげましょうよ。心配だったら、あなたも一緒に歩いて体を支えていればいいわ」

「おうまさんにのる！」ドミーは大喜びで、小躍りしながら大声で叫んだ。「ママ、おうまさん！」

ドミーのはしゃぎぶりがメグには意外でもあり、うれしくもあった。いつもおとなしく聞きわけがよくて、大声で騒ぐところをこれまで見たことがなかった。

フィラミーナも息子の様子を見ていたが、そのあとメグにむけられたのは冷たく射るような視線だった。「いったいどういうおつもりですか？」

「私はただ……」あまりにもあからさまな憎しみの表情に、メグは口ごもった。「ただ、馬に乗せてあげたらドミーが喜ぶんじゃないかと思っただけ。でも、もしあなたが――」

「ママ！」ドミーは顔を真っ赤にしてわめいている。

フィラミーナは両手をふりあげて、キッチンにはいっていった。

「フィラミーナ。どうしてもだめ？」キッチンの戸口まで追って、メグはくいさがった。

「わかりました」フィラミーナはしぶしぶといった調子で言った。「でも、私もいきます。この子だけ連れていったりしないでください」

「もちろんよ。あなたも一緒にきてちょうだい」

ドミーは歓声をあげて飛び跳ねながらメグの脚に抱きついた。その手をそっと離してキスをすると、メグはキッチンをあとにした。そしてクロゼットから上着をとり、身の引きしまるような外気のなかを隣家の納屋にむかって歩きはじめた。

ジム・レガットはメグが約束どおりあらわれることを予期していたらしい。納屋のなかは、彼女が使いやすいようにきれいに整頓《せいとん》されていた。メグを見ると、二頭の馬はドミーに負けないくらい熱狂的に迎えてくれた。

土のにおいのするあたたかな納屋のなかで、メグはひとの心の不思議さに思いをはせた。ドクター・ワッサーマンやクレイの言うことが正しいとしたら、私はこのような場所に身を置いたことはないはずだ。だが、このにおいをかぐと、ほっとするようななつかしさを覚える。

馬の体の感触や重さを、この手が覚えている。馬の脚をもちあげて動かすときには、鍛えられた背中が力を発揮する。干し草と馬のにおいも、快く鼻孔をくすぐる。これまで馬にさわったことがないなんて、そんなことはありえない。

おそらく、記憶を失っているあいだに馬にかかわる仕事をしたのだろう。そのときのことをドクター・ワッサーマンに執拗《しつよう》に尋ねられたことがある。しかし、リーザの記憶をまったくもたないメグにとって、リーザが一時的な記憶喪失に陥っていたかどうかを知るすべはなかった。

「一時的な記憶喪失？」メグはきいた。

「以前にもリーザが姿を消して、あなたが表にでていたときがあったと思うの。事故のまえのかなり長い期間はあなたがあらわれていたのに、リーザはそのことを知らなかった。それは、リーザがあなたの存在を認めようとしなかったからだわ。それは多重人格症の一般的な症状と言えるのよ」

「つまり、リーザが意識を失っていたあいだ、私が表にでて活動していたということ？」

メグになって、馬の世話をしたり、ほかにも私のやりたいことをしていたということ？」

「その可能性はあるわ。でも、その仮説にはあきらかな欠陥がある。何かわかる？」

「まわりのひとが気づいたはずね」しばらく考えて、メグは言った。「もしもリーザの様子がとつぜん変わったりしたら、だれかが気がついたはずだわ」

「だれにも気づかれないとしたら、それはどんな場合かしら」ドクター・ワッサーマンは優秀な生徒をまえにした教師のような口調でメグに問いかけた。

メグはバーラップ布を絞る手に力をこめた。そして、バケツのなかで湯気を立てている布をぼんやりと見ながら、そのときの会話のつづきを思い起こした。

「ラスベガスにいっているあいだなら、だれも気づかない」メグは答えた。「リーザはしょっちゅうラスベガスへでかけていたし、とくに最後の六カ月は頻繁に通っていた。長いあいだ帰ってこないこともあった。彼女がそこで何をしていたか、だれも知らない。ビクターでさえ知らない」

「ビクターでさえ知らない」ドクター・ワッサーマンは満足そうに繰りかえした。

メグは憂鬱《ゆううつ》な気持でバケツをもちあげた。

自分の過去が混沌《こんとん》としていることがいやでたまらない。ここ数年の記憶がはっきりしないだけでなく、長いあいだこの体をふたつの正反対の人格が共有していたと思うと胸が苦しくなる。

メグは湯気の立っているバケツを馬のそばに運んで、足もとに膝をついた。落ち着きなく足踏みする馬にやさしく話しかけながら、塗布剤の瓶を手にとって腫《は》れた足首に薬をすりこむ。

ビクターと相談して治療をやめることにしようか。メグの病気についてはっきりしたことは何もわからず、これまでの治療は記憶をとりもどす助けにはなっていない。

何よりも、ドクター・ワッサーマンには自分の考えを正直に話す気になれない。いつでも次にどんなことを知らされるか、それが不安でならない。

もしかしたら、リーザがふたたび姿をあらわすかもしれない……。

そのときふいに床が暗くなり、メグの背中を人影がおおった。メグは恐怖に息をのみ、胸の鼓動が速まるのを感じながら後ろをふりむいた。

11

入口に立っていたのは、制服の上に古びた緑色のコートを着たフィラミーナだった。赤いジャケットを着て毛糸の帽子をかぶったドミーは、母親の腕のなかで目を丸くして馬に見とれている。

「おうまさん!」大声で言うと、腕のなかでもがいた。「ママ、おんり」

フィラミーナは息子を下におろした。

メグは立ちあがってジーンズの膝をはたき、ドミーを抱きあげた。

「このお馬さんはコーチースっていうのよ。言えるかな」

ドミーはまわらない舌でまねをした。おかしな発音に、メグは思わず笑って頬にキスをした。フィラミーナは胸のまえで腕組みをしながら苦々しい表情で見ている。

「コーチースは脚を痛めているの。ほら、見てごらんなさい。足首が腫《は》れてるでしょ。だから、包帯をしてあげるのよ」馬の大きな体のそばにドミーをおろし、蹄《ひづめ》の上の腫れた部分がよく見えるように手をつないで体を支えた。ドミーの黒い瞳は心配そうにくもった。

「おうまさん、いたい？」

メグはうなずいた。「ひどく腫れてしまったのよ。でも、だんだんよくなっているわ。さあ、抱っこしてあげるから頭を撫《な》でてごらんなさい」

小さな体を抱きあげてコーチースの頭のそばにもっていき、広い額を撫でたり、ビロードのような耳の後ろをかいたりするやり方を教えた。馬が低くいななき、小さな手を軽く突くたびに、ドミーはうれしそうに笑って体をはずませた。

「おうまさん、ぼくすき！」メグの腕のなかで、ドミーは母親のほうをふりむいて誇らしげに言った。「おうまさん、ぼくすき！」

フィラミーナは何も言わず、ただ黙ってうなずいた。

メグはドミーを母親にかえすと、壁から革の端綱をとった。

「アンバーを連れてくるわ。体の小さな雌馬よ。とってもおとなしいの。ドミー、お馬さんに乗りたい？」

ドミーは興奮のあまりものも言えずに、がむしゃらに母の手を引っぱって入口まで歩いていった。メグは囲いのなかにいる雌馬に端綱をかけると、やさしく話しかけて背中を撫でてやり、納屋に連れてきた。

「用意はいい？」

ドミーは期待に息を詰まらせて、じっとしていられずにその場で足踏みをしている。

フィラミーナはドミーの背中をおさえ、怖そうな目で馬を見あげた。「危険はないんですか？」

「大丈夫よ」メグは言った。「ドミーをアンバーの背中に乗せたら、あなたはその横を一緒に歩いてちょうだい。端綱は私がしっかり握っているから」

小さな体を抱きあげてアンバーの背中に乗せると、フィラミーナはそばに寄った。ドミーはごわごわしたたてがみを両手でつかんで、息をはずませている。

「いい、蹴《け》ってはだめよ」メグは注意を与えた。「お馬さんは、蹴られたら走るように教えられているの」

納屋から囲いにでて、柵《さく》のなかをゆっくりひとまわりしてもどってくるあいだ、フィラミーナは小さな赤いスニーカーを片手で握り、もう一方の手で子供の腰を支えていた。ドミーは頬を真っ赤に染めて笑い声をあげている。

ふいにメグの頭に記憶の断片がよみがえった。そのあまりに鮮明な映像に、思わず足をとめてすみきった秋空を見あげた。

まえにもこれと同じことをした記憶がある。それほど遠い昔ではない。小さな子供を馬の背に乗せ、かたわらに母親を付き添わせて、端綱を引いて歩いたことがある。今日のような秋の日に、どこかべつの場所で……。

「さあ、終わりよ」納屋にもどってきたところでメグは言った。「おもしろかった？」

ドミーがまだおりたくなさそうに口をとがらせていると、納屋の入口から声がきこえた。「ドミンゴ・ハーヴェア・モラーレスじゃないの。久しぶりね」その声は陽気な調子で言った。「そんなに大きなお馬さんに乗るなんて、すごいじゃない」

「ぼく、カウボーイ。ジムおじちゃん、とおんなじ！」ドミーは体をはずませながら叫んだ。

「本当にかっこいいカウボーイだこと」

納屋から姿をあらわしたのは小柄でふっくらとした女性だった。左右の腕を腰にあて、三人を見て愛想よく笑っている。その姿を見ただけで、メグは親近感を覚えた。その体つきと、丸い顔のなかできらきら輝く瞳が母を思いださせる。髪は灰色で、頭のてっぺんでふんわりと丸められている。

彼女は黒地に白のまだら模様の山羊《やぎ》を連れていた。山羊は乱暴な動作で彼女の脚を突き、首につけられた赤い紐《ひも》を引っぱっている。

「クリスタル」ドミーは友だちに話しかけるように山羊に言った。「おうまさん！」

「こら、やめなさい、クリスタル」女性は山羊に言って、紐をぐいと引いた。「お行儀よくしないと、みなさんに笑われるわよ」

メグは馬の背からドミーを抱きあげると、山羊のそばにそっとおろした。山羊は暴れるのをやめて、小さな子供を興味深く見つめた。

「こんにちは、リーザ様」女性が言った。「ジム様の馬のお世話をなさっているそうですね」

「あなたが……トルーディ？」メグはきいた。

女性は賢そうな目でメグを見た。「ええ、私がトルーディ・ウェスタビーです。お体のほうはいかがですか？」

「おかげさまで、毎日少しずつよくなっているみたい」

「それはよかったですね。だって、ジム様のかわりに獣医さんの仕事をなさるんでしょう？　馬のことはどこで覚えられたんですか？」

「私にもわからないわ」

家政婦たちはちらっと目を見あわせたが、トルーディはすぐに愛想よく言った。「ひょっとして山羊のこともご存じかしら。この子ったら最近ちっともじっとしてなくて、こっちはノイローゼになりそうですよ」

メグは膝をついて、絹のような山羊の毛に手を走らせた。あざやかな記憶がふたたび頭によみがえる。

母は乳をしぼるために山羊を一匹飼っていた。だが乱暴な性格で、なんでも壊してしまうために、父に文句を言われて手放したのだった。山羊の名前を思いだそうとしたが、その記憶はあらわれたときと同じようにすばやく消えた。

メグの手の動きにこたえてクリスタルはうれしそうにめーめー鳴き、もっと撫でてほしいというように身をくねらせた。

メグはトルーディを見あげた。「発情期かしら。山羊のことはあまり詳しくなくて」

「そうじゃないと思いますけどねえ。ええと、あれは……」トルーディは丸い顔にしわを寄せて考えこんだ。

メグは立ちあがってアンバーの頭から端綱をはずし、囲いのなかに放した。

「昨日は物干し用のロープにかかっていたジム様のお気にいりのジーンズを食べてしまったんです。ジム様はかんかんだったわ」トルーディが言った。

「クリスタル、悪い子ね」

メグの言葉に、山羊はいたずらっぽい目をして、ぴょんぴょん跳ねた。

「みなさん、ちょっと寄ってコーヒーを飲んでいく時間はあるかしら」トルーディが言った。

フィラミーナは首をふった。「今日はちょっと」メグのほうをちらっと見て、すぐに視線をもどした。

自分がひどく嫌われていることをメグはあらためて感じた。フィラミーナがトルーディに対して心を許している様子をまのあたりにすると、なおさら打ちのめされる気がする。これまでは、フィラミーナがだれかと親しく話したり、お茶を飲んだりすることはないと思っていたのだ。彼女が心から嫌っているのは、あの屋敷に住む者にかぎられるらしい。

「まあ、そんなこと言わないで」トルーディは引きとめた。「大きなシナモンロールを焼いたのよ。ドミー、ママにシナモンロールが食べたいって言いなさい。リーザ様、お疲れでなければぜひご一緒にどうぞ。昨日はあまり調子がよくなかったとうかがいましたが」

「長い時間起きていたのは昨日がはじめてだったので、ちょっと無理をしてしまったみたい。家に帰ったら疲れがでて、ベッドに直行よ。お昼を食べに階下《した》におりていく体力もなくなってしまったほど」

「無理をしてはいけませんよ」トルーディは山羊の紐を引っぱった。「長いあいだ寝ていたんですからね。今日はどんな具合ですか」

「ええ、とても調子がいいわ」

「よかった。それなら家へきてコーヒーとケーキをめしあがってください。フィラミーナ、ドミーを連れて一緒にいらっしゃい。せっかく私がシナモンロールを焼いたというのに、だれもいない屋敷にもどってお昼を食べることはないでしょ？」

ドミーに手を引かれて、フィラミーナは仕方なしに母屋にむかって歩きはじめた。

「コーチースの手当をすませて外に放したら、すぐにうかがうわ」メグは言った。

「なるべく早くいらしてくださいね」トルーディの口調は山羊を叱《しか》るのと同じ調子だった。

「シナモンロールが冷めてしまいますよ」

「ええ、そうするわ」母に似たトルーディのあたたかさが胸にしみる。メグは数週間ぶりで明るい気持になり、うきうきしてきた。

　馬の脚に塗布剤をさらにすりこんで余分な液を拭《ふ》きとり、二頭とも草地に放してから、大きな白い家にむかった。ベランダの手前で一瞬躊躇《ちゅうちょ》して立ちどまったが、なかからきこえてくる楽しそうな笑い声に勇気づけられ、階段をあがって網戸をノックした。

　ドミーに迎えられてなかにはいると、そこは子供のころのなつかしいキッチンと同じにおいに満ちていた。メグは戸口に立ってうっとりとそのにおいをかいだ。ところがジム・レガットがそこにいることに気づき、驚いて彼を見つめる。ジムはフィラミーナの隣の席でトルーディのおしゃべりに耳を傾けながら、愉快そうに笑っている。

　ジムがいかにハンサムな男か、メグはこのときはじめて意識した。とうもろこしの毛のようにつやのよいブロンドの髪。メグ同様、濃いブルーの瞳。日に焼けた頰に刻まれた深い笑いじわ。そこはかとなくにじみでる心のあたたかさと人柄のよさのせいで、彼のそばではフィラミーナでさえどこかくつろいだ表情を見せている。

「やあ、リーザ」ジムは言った。

「こんにちは」とつぜん気後れを感じて、メグは小声で言った。

　ジムは挨拶《あいさつ》のしるしにマグカップをもちあげた。「今日は焼きたてのシナモンロールがあるというから、お昼を食べにもどってきたんだ。馬の様子はどうだい？」

「昨日よりはよくなったわ。腫れが少し引いたから」

「きみのおかげだ。ありがとう、リーザ」

メグは頬を赤らめてうなずいた。

「クリスタルね」ドミーがかすれた声で言った。「パイたべて、ぽんぽんいたいって」

「あの子がそれくらいで腹痛を起こすなんて思ってもみなかったわ」トルーディは話しながら、手をふってメグに椅子をすすめた。「でも、それは自業自得だからいいのよ。困るのは、大食いをしたせいで二日は乳がでなくなってしまうことだわ」

メグはジムの正面にすわった。青い瞳がじっと自分に注がれているのがわかる。クレイの言葉が頭のどこかにひっかかってはいるが、日のあたるキッチンで女たちに囲まれて楽しそうにくつろぎ、小さな子供にほほえみかけている姿を見ていると、この男が暴力をふるうとはどうしても思えなかった。

しかし、人間には往々にして暗く、隠された面があるものだ。メグはあらためてそのことを自分に言いきかせた。だが、それを身をもって理解するときがくるとは、このときは思っていなかった。

その日の晩、ジムは書斎の机にむかって、最近請け負ったばかりの工事に関する商品価格表や仕入書に目を通していた。少しすると書類を押しやり、ウイスキーのグラスを口に運びながら、窓の外に目をやった。銀色に輝く草地に立つ二頭の馬のシルエットが、月明かりのなかに黒く浮かびあがっている。

やがて、コンピュータデスクの上に重ねられた本のなかから医学書を手にとり、目次を調べて読みはじめた。しばらくすると、むずかしい顔をして立ちあがり、医学書を脇《わき》にかかえてキッチンに歩いていった。

トルーディは七リットルほどの山羊の乳からバターをつくっているところだった。テレビのクイズ番組を見ながら、テーブルのまえにすわって小さな銀の攪乳器《かくにゅうき》を規則正しく動かしている。

「アシデス山脈」大声で彼女は言った。

「質問の形のとおりに答えなきゃいけないんだよ」ジムはテレビの画面をのぞいて、むかいの席に腰をおろした。

「いいんですよ。今度のも簡単。サルバドール・ダリ」

「本当だ。やっぱりきみはただ者じゃない。きみの恋人がそのことをちゃんと理解してくれるといいんだが」

「ちゃんと理解してますよ」トルーディは自信たっぷりに言うと、攪乳器の蓋《ふた》をあけてなかの状態を調べた。「かたまりはじめてるわ。ここまでくれば、あとはもうちょっと」

そのとき、ジムがかかえている本に目をとめて、トルーディは問いかけるように眉をあげた。

「今日の午後、図書館に寄って精神障害に関する本を借りてきたんだ」

トルーディは手を休めずに言った。「転職するんですか」

ジムはにやりと笑った。「ぼくに精神科医が似合うと思うかい？　パイプを吸って、革の肘《ひじ》あてがついたやぼったいツイードのジャケットを着て……」

トルーディも笑った。「似合いそうもありませんね」立ちあがり、食器戸棚からプラスチック製のボウルをとってくると、乳白色にかたまったバターを攪乳器からそのなかに移しはじめる。「リーザ様のことが気になってるんでしょう？」

ボウルのなかでこねられているうちに、バターは次第につやがでてくる。ジムはその様子を見つめながら言った。「すべてがとても奇妙だとは思わないかい？」

「ええ、奇妙ですとも。リーザ様はまったく別人みたいですし、名前もリーザではないとおっしゃるんですから」

「それなら、どうしてみんな平気な顔をしてるんだろう」

「どういう意味です？」

「つまりぼくが言いたいのは、みんなそれを当然のことのように受けとめているってことだ。ひと月まえには、彼女は派手な身なりをして遊び歩き、小さな子供を叩《たた》くような自己中心的で浅薄な女だった。それがいまはジーンズ姿でやってきて、同じ子供を遊ばせたり、馬の手当をしたりしている。そのことをみんな疑問にも思っていないらしい。もしぼくが彼女の夫だったら……」

トルーディは顔をあげた。「どうするんですか。もしもビクター様の立場だったら」

「わからない。ただ……」

「正直にお言いなさい。部屋に閉じこめるんですか。それとも、施設にいれてしまうんですか。どうなんです?」

ジムはもぞもぞと体を動かした。「そういう意味じゃない。ただ、ぼくだったら……彼女の症状にもっと興味をもつよ。なんとかして原因をつきとめようとするだろう」

「原因ならわかってますよ。多重人格症です。治療だってちゃんと受けてますよ。精神科の医者がビクター様に経過を逐一報告してるんですから」

「でも、信じられないような話だと思わないか。これは非常に珍しい病気なんだよ」

トルーディは肩をすくめて、スプーン二杯の塩をバターのなかにいれ、小さなかたまりに分けはじめた。ジムはトルーディの多彩な才能にいつものように感嘆しながら、きびきびとした手の動きに見とれた。

しばらくしてトルーディは言った。「最近ではそれほど珍しくもないんですよ。多重人格症の患者は毎日のようにテレビにでてますもの。殺人事件の裁判で無罪申し立ての理由にさえ使われたんですよ」

「本当かい?」

「ええ。先週テレビでそんな放送を見たばかりです。その女性は、殺人を犯したのはもうひとつの人格のほうだって主張したんです。それでみごとに無罪放免ですよ」

パラフィン紙の上にバターのかたまりを置いて、ひとつひとつ包んでいく。

「まあ、テレビはなんでもセンセーショナルにとりあげるからね。だが、リーザの場合は本当に奇妙だ。どうしても信じられないんだよ」

「何がです？　何が信じられないんですか？」

「わからない」ジムは立ちあがると、落ち着かない様子で窓のそばに歩いていった。

「演技だと思ってるんですか。あれは全部嘘《うそ》だと？」

「その可能性もないとは思わない。リーザ・カンタリーニは、その気になればどんなことでもできる女だ」

トルーディはできたてのバターを冷蔵庫にしまった。「どうなんでしょうねえ。リーザ様なら、珍しい心の病にかかってもそれほど驚くことはないような気がしますけど。でも、フィラミーナは演技だと思ってますよ。はなから信用してませんから」

ジムは興味を引かれたようにトルーディを見つめた。「演技だとしたら、それはなぜだろう。どういう理由で、ある日とつぜん子供や動物が好きな平凡な女性のふりをしはじめたんだろう」

「フィラミーナの話から想像すると、ビクター様とのあいだをやりなおしたかったんじゃないでしょうか。事故にあうまえ、ふたりの夫婦仲は冷えきっていたそうですから。でもリーザ様の様子が変わったので、いまではビクター様もやさしくなったらしいですよ」

ジムはふたたび銀色に輝く草地に目をやり、考えをめぐらせた。

「新鮮なバターミルクはいかがです？」

ジムは首をふった。「いや、いいよ。ウイスキーのグラスがまだ書斎にある。そんなに冷えきっていたのかい、あのふたりのあいだは？」

「さあ、よくわかりません。フィラミーナはあの家のことをあまりしゃべりたがりませんから。リーザ様のことを心から嫌っているんですよ」

「フィラミーナがきみに口をきくということだけでも驚きだよ。ぼくは彼女の声をほとんどきいたことがない」

「あら、ちゃんと話しますよ、彼女は。ただ、いつも何かに……」

「なんだい？」

「よくわからないんですけど、何かに怯《おび》えているみたいなんです。何に怯えてるのかわからないけれど、おそらくリーザ様でしょうね。仕える身としては、苦労が絶えないんじゃないかしら」

ジムは医学書をとりあげてページをめくり、声にだして読んだ。

「〝多重人格症は、子供のときに体験した精神的外傷によって引き起こされる病気である。

耐えがたいつらい現実を本人にかわってのり越えるために、べつの人格が生まれる。交代人格はしばしば平均より優れた知能指数をもち、芸術的才能に恵まれていることが多い。主人格は交代人格の存在を当初は認識していないが、交代人格のほうは主人格の行動をすべて把握している。しかしながら、それらの人格には当初いかなる関連も認められず、たがいにまったく異なる趣味や背景や記憶をもつこともある〟」

「本当ですか。異なる記憶をもつだなんて」

「ひとつ、おもしろい臨床調査例がでているよ。ニューヨークのバレエ団で踊っていた若い女性の話だ。ペンシルベニア州で育ち、幼いころからバレエに夢中で、大学には進まなかった。彼女のなかには六人の人間がいた。ひとりは上流階級の言葉を話すイギリス人の女性で、ロンドンで過ごした子供時代の記憶をもち、オックスフォード大学で学んだと言っているそうだ」

「そんなこと、嘘にきまってるわ」

「だが、精神科の医師たちが真実だと認めたんだ」

トルーディは疑わしそうな顔をした。「でも、いったいどうやって大学で学んだんです。片方が知らないうちに、もう一方がしょっちゅうイギリスにいってたんですか？」

「どうやら、バレリーナのほうが意識を失っているあいだに、図書館に通って書物で知識を得ていたらしい。そもそも医師に通うようになったきっかけは、ときおり意識を失うせいだった」ジムは医学書をほうりだして、冷蔵庫から氷水をだしてきた。「だが、それだけじゃないいんだ……」口をつぐんで、彼はグラスのなかを見つめた。

「なんですか?」

ジムは顔をあげて、眉間《みけん》にしわを寄せた。「何かが記憶のどこかにひっかかっているときの感じ、わかるだろう?」

「頭をかきむしりたくなります」トルーディはバターミルクをガラスの水差しに注いだ。

「それなんだよ。馬のそばにいるリーザをはじめて見たとき、それを感じた。はっきりとは思いだせないが、ぼくはまえにも彼女を見たことがある」

「あたりまえじゃないですか。もう二年も隣の家に住んでるんですから」

「いや、ここではなく、どこかほかの場所で何年もまえに見たような気がするんだ。何か馬と関係のある場所で」

「リーザ・カンタリーニをですか」トルーディはジムの顔をまじまじと見つめた。「ビクター様と結婚して、ここに引っ越してくるまえの彼女を?」

ジムはうなずいた。

「それって、既視感《デジャビュ》というやつですよ。このあいだ『オプラ・ウィンフリー・ショー』でやってました。これと同じことをまえにもしたと非常に強く感じても、それは錯覚にすぎないんですって」

ジムは水を飲みほすと、グラスをゆすいで流しに置き、医学書をとりあげた。「きみはテレビの見すぎだよ、トルーディ」

「ほうっておいてください」トルーディは揺り椅子にどっしりと腰をおろして、テレビのリモコンを手にした。「さあ、お待ちかねの番組がはじまるわ」

ジムは笑ってキッチンをあとにした。書斎にもどる途中で玄関のドアをあけ、秋の夜の空気を胸いっぱいに吸いこんだ。湿った土が芳醇《ほうじゅん》な香りを放つ。庭のむこうに見える隣の屋敷の明かりのついた窓に目をこらして、リーザ・カンタリーニのエキゾチックな瞳となめらかな肌を思い浮かべた。囲いのなかで馬の蹄を両手でかかえながら、やさしくほほえんだ彼女。その姿は、以前のお高くとまったリーザとはあまりにもかけ離れていた。

とつぜん、たしかな記憶がよみがえった。ジムは彼女をどこで見たか、その場所を思いだした。

12

ビクターは腕時計に目をやって咳払《せきばら》いをすると、大きなテーブルの反対側にむかって軽く頭をさげた。「もうすぐ八時になる。デザートのまえにちょっと失礼して、ドミーにおやすみを言ってきてもかまわないかな」

メグはうなずいて、席を立つ夫の姿を目で追った。夕食の席でも、ビクターは外出用の仕立てのよいスーツを身につけていた。肩幅の広さがいちだんと強調されるスタイルだ。

フィラミーナは食器棚のところでケーキを切りわけ、上からホイップクリームをかけている。ふりむいてメグのほうをすばやく見たが、すぐに顔をもどした。

「ビクターはドミーのことがかわいくてたまらないのね」メグは声をかけてみた。

フィラミーナはそっけなくうなずいて目を伏せた。「ホイップクリームをもっとのせましょうか」

「いいえ、それで充分よ。ありがとう、フィラミーナ」

メグは所在なくコーヒーをすすった。ビクターがもどると、ほっと救われるような気がした。シャンデリアの光が男らしい顔を柔らかく見せている。ビクターはどんな青春時代を送ったのだろう。荒っぽい生活をしていたのだろうか……。

ショートケーキの皿がビクターのまえに置かれた。「ありがとう、フィラミーナ」

フィラミーナは無言でうなずくと、ホイップクリームのはいったガラス製のボウルをテーブルに置いて、静かにダイニングルームをでていった。

ふたりきりになると、メグは落ち着かない気分でケーキを口に運んだ。今夜はネックラインにドレープがはいった淡いブルーのロングドレスを着ている。豪華なダイニングルームでビクターと夕食をともにするのははじめてのことなので、ジーンズではふさわしくないと判断したのだ。

しかし、巨大な鏡張りのクロゼットにずらりと並んだドレスのなかから一着を選ぶのは至難のわざだった。ドレスはどれもため息がでるほど美しいが、その多くはあまりにも豪華で、気軽に着られるようなものではない。迷った末に選んだこのドレスは、メグのセンスにぴったりで、サイズもちょうどだった。しかし、その服を買ったことも着たことも、メグの記憶にはない。

「おいしいね」ビクターが言った。「フィラミーナの苺《いちご》のケーキは最高だ」

「ええ。本当においしいわ」

「今日はとても元気そうじゃないか」

「ええ。長いあいだ起きているとまだ少しふらつくけど、もうそれほどひどくなくなったわ」

ビクターはワイングラスを軽くかかげた。「私はそのドレスがまえから好きだった。それを着たときのきみはじつに魅力的だ。すばらしいよ」

あからさまな感嘆のまなざしに、メグは頬を染めてうつむいた。

「ドミーが、今日はお馬さんに乗ったって言っていたよ。どうも話がよくわからなかったが、みんなで隣まででかけたみたいにきこえた。あの子の想像だろうか」

メグは首をふった。「ドミーの姿を見せたかったわ、ビクター。もう大はしゃぎだったの」

「しかし、なんでまた隣の家の納屋に、みんなでいくことになったんだい」

メグはワイングラスを握りしめた。「今朝、お話したでしょう。雄馬の足首が腫《は》れているので、私が湿布することを申しでたの。私にはほかにすることもないし。そしたら、ジムがお願いしますって――」

ビクターは心底驚いたようにメグを見つめた。「やっぱり本気だったのか。私はてっきり冗談だと思っていたよ」

「かまわないでしょう?」ジムに関するクレイの不気味な警告を、メグは思いだしていた。

「もちろんさ。ただ少しばかり驚いただけだ。リーザ、まえにも言ったと思うが、以前のきみはジム・レガットのことを嫌っていた。馬にもまったく興味を示さなかった」

メグは黙ってワインを口に含んだ。

「これも、多重人格とかのせいなんだろう」ビクターは重い口ぶりで言った。「きみはもうリーザではない。以前とはまったく異なる人間で、いまのきみは馬が好きだ。私はそのことをすぐに忘れてしまう」

「以前とどれほどちがうのか、私にはわからないわ。そのときの記憶がないのだから」

「まったく？　私と出会って結婚したことも覚えてないのかい？」

「なんだかすべてがぼんやりとして……それは、だれかほかのひとの話みたいな気がするの」

「じゃあ、ラスベガスで暮らしていたという話は？」

「覚えてはいるけど、それも次第に薄れていくわ。まえほど鮮明でなくなっている」

「それは、きみが快方にむかっているということなのだろうか」

「わからないけど、ドクターはそう考えているみたい」

「それじゃあ、この夏のことはどうなんだね。事故のまえのことだ。この屋敷の記憶がないのなら、ラスベガスでウエイトレスをしていた記憶はあるのかい」

「ある程度は」

「きみがむこうで何をしているのか、私はいつも不思議に思っていた」ビクターはうっすらと笑みを浮かべた。「だが、まさかカジノホテルの調理場で働いているなんて思いもしなかったよ。どんな仕事をしていたんだ?」

「そこで働いていたのはたしかだけど、細かいことは思いだせないの」メグはデザートの皿に目をやった。ショートケーキの残りが赤と白の縞模様《しまもよう》を描いている。ひとの肌に流れた血のようだ……。

メグは身震いして目をそむけた。「子供時代のことならいろいろ覚えているわ。メーガン・ハウエルの子供時代だけど。でも、この一、二年の記憶は本当にあやふやで、どちらの生活もはっきりとは思いだせないの」

「あるいは第三の人格が存在するのかもしれないね。今年の夏は、ふたりが知らないあいだにその人格があらわれていたのかもしれない。だから記憶がないんじゃないかな?」メグの凝視にたじろいで、神経質に体を動かした。「今朝クララと話をしたんだが」グラスをあけて、ボトルに手をのばす。「その可能性も否定できないということだった」

メグはフォークを握りしめた。「第三の人格ですって?　ドクターは私にはそんなこと言わなかったわ」やがてその言葉の意味を完全に理解した彼女は、両手に顔をうずめて絞りだすような声で言った。「そんな、ひどい。もうこんなこと耐えられない」

「ああ、リーザ」ビクターは立ちあがってテーブルをまわりこんでくると、メグの肩に手を置いた。「さあ、そんな顔をしないで元気をだしなさい。きてごらん。見せたいものがあるんだ」

うながされるままに、メグは絨毯《じゅうたん》敷きの廊下をつきあたりのドアのまえまで歩いていった。ドアのむこうは三台の車を収容できる大きなガレージになっている。

「見てごらん」ビクターはドアをあけて、明かりをつけた。

メグはなかをのぞいた。黒の四輪駆動車はまえにも見たことがある。ビクターが週末のドライブに使用する車だ。濃紺のリンカーンは見あたらない。ガレージ内に置かれたもう一台の車は、豪華な白のサンダーバードだ。赤い革張りの内装が見えるように、幌《ほろ》はたたまれている。蛍光灯の明るすぎる照明の下で、塗りなおされたばかりの車体がまぶしく輝いている。

ビクターは子供のように瞳を輝かせてメグの反応を見守った。メグの表情が変わらないことに気づくと、不機嫌な顔をしてガレージのドアを閉める。「自分の車も覚えてないのか。整備工場では何週間もこの車にかかりきりで、昨日やっと塗装を仕上げたというのに」

「ごめんなさい、ビクター。きっと……たいへんな費用がかかったんでしょうね」ダイニングルームにむかって歩きながら、メグは夫のけわしい横顔を盗み見た。

「かまわんさ。どうせ私の会社だ」

「でも、あれは本物のクラシックカーでしょう。一九五七年型であんなにきれいな車はめったにお目にかかれないわ」

ビクターはダイニングルームの戸口で足をとめた。「車の年式は覚えてるんだね」

「それは……」メグは一瞬言葉に詰まったが、にこやかな表情で言いなおした。「そうみたいね。あなたのおかげよ、ビクター」

ビクターは口もとをほころばせてポケットのなかを探り、鍵束《かぎたば》を手渡した。「その気になったら使うといい。でも、運転はドクターの許可がでてからにするんだよ」

メグはずしりと重い鍵束をてのひらで受けとめた。車以外の鍵はどこのものなのだろう。「こういう鍵束を、だれかがくれないかしら」ため息をつきながら言った。「心のなかのすべての扉を開く鍵を」

ビクターはふたたびほほえみ、メグの肩に腕をまわしてやさしく抱きしめた。そして、そこにやさしさ以上の力をこめようとした。その瞬間メグは身をかわして、逃げるようにダイニングルームのなかに身をすべりこませた。

「デザートを片づけてしまいましょう」ビクターの顔を見ずに彼女は言った。「残したら、おいしくなかったのかと思われるわ」

ふたりはテーブルにむかいあって、ショートケーキの残りを黙々と口に運んだ。窓の外からきこえる木の葉のさらさらいう音と、小川のそばの背の高いヒマラヤ杉をねぐらにしているふくろうの甲高い鳴き声のほかには、何ひとつきこえなかった。

それから数時間ののち、メグはバスルームの鏡のまえで髪にブラシをあてながら自分の姿を見つめていた。この夏に表にでていたのは、メグでもリーザでもない第三の人格ではないかというビクターの言葉に、心はまだ動揺している。

みんなにはわかっていない。こんなふうに自分がだれかわからず、心のなかで何が起きているのか、また自分が実際どこにいたのか見当もつかない状態がどれほどつらいものか、みんなには理解できないのだ。自分の存在になんの疑いももっていない普通の人たちがうらやましい。トルーディ、クレイ、ドクター・ワッサーマン、ジム・レガット、ビクター、みんなそうだ。

あの無口で陰気なフィラミーナでさえ、自分がだれかということに関してはなんの疑問も抱いていない。

私だけが見知らぬ土地をさまよい歩き、自分ではどうすることもできない自分の心に裏切られる恐怖に絶えずさらされているのだ。部屋着をはおってバスルームをでると、豪華な寝室を見まわした。この部屋にも次第に違和感を感じなくなってきた。全体の色調が心を落ち着かせ、美しい調度品が居心地のよい空間をつくりだしてくれる。

このときはじめて、メグの心のなかで強い好奇心が頭をもたげた。自分の一部でもあるリーザについてもっとよく知りたい。これまでは、彼女に関することはすべて頭からしめだしてきた。自分の存在があやうくなることを恐れていたからだ。

しかし、ビクターとドクター・ワッサーマンが言うように、もしも第三の人格がいるのだとしたら、メグもリーザもともに存在をおびやかされているということになる。

今日こそリーザのことをもっとよく知ろう。

メグがここにきたとき、机と衣装だんすには鍵がかかっていた。ビクターからもらった鍵束のなかに、それらの鍵はあった。引き出しをあけて大量の紙の山を目にしたとき、メグの胸は期待にはずんだ。

一見してわかるのは、リーザがメグのようなきちょうめんな性格ではないということだ。買い物のレシートや、新聞の切りぬきや、ファッション雑誌から破りとったページが、すべてごちゃまぜになっている。

紙の山をよりわけていくうちに、メグの困惑は次第にふくらんでいった。自分が何を探しているのかも判然としない。おそらく、ふたりの子供時代に共通する何か、記憶をとりもどすためのきっかけとなるような何かを探すべきなのだろう。

なぜなら、メグとリーザの関係においては、一方が表にでて活動しているあいだ、もう一方もなんらかの形で存在していたはずだ。メグは長いあいだ表にでることはできなかったが、子供時代からリーザの言動を観察していたとドクター・ワッサーマンは考えている。催眠療法を行って、そのころの埋もれた記憶を掘りかえした結果、ある程度の進展が見られたと言っていた。

その考えは正しいかもしれないし、リーザの子供時代についてクレイが言ったことも真実かもしれない。だが、もしそうなら、リーザの養父母の写真か、住んでいた家の写真、あるいは幼いクレイと自分が一緒に写っている写真があってもいいはずだ。そういうものを実際に目にすれば、何か思いだすことができるかもしれない。

しかし、リーザの子供時代を示すものや、メグの記憶を刺激するようなものは何もなかった。乱雑な引き出しを調べれば調べるほど何もないことがあきらかになっていく。メグは捜索の場所を化粧台の引き出しや、クロゼットの奥に積まれた箱にまでひろげ、数冊の革装のアルバムを見つけた。

どのアルバムもリーザの写真ばかりだが、それらはすべてここ数年のものだ。カリブ海のリゾート地での写真もある。浜辺でたわむれるリーザ。グラスをもちあげて、カメラにむかってほほえんでいるリーザ。なかにはトップレス姿で日光浴をしているところや、ホテルの部屋でビクターが撮ったものと思われる、より大胆な写真もあった。

ほっそりした体をくねらせて淫《みだ》らなポーズをとり、悩ましげな表情を浮かべている自分の写真を見ると、メグは恥ずかしさで耳のつけ根まで赤くなった。

その写真を箱のいちばん下にしまうと、今度はスクラップブックに目を通した。ほとんどがこの屋敷の改装に関するものだ。カーテンや壁紙のサンプルをはじめとして、配管用品から窓のブラインドにいたるまで、あらゆる品物の価格表が残っている。改装に要した金額は、ざっと計算しただけでもメグの想像をはるかに超えていた。

靴の棚の後ろに置かれた箱の底から、リーザや屋敷の改装とは関係のない新聞の切りぬきがでてきた。

〝実業家夫人、五十三歳で不慮の死〟という見だしの下に、ポーリーン・カンタリーニの死亡に関する記事がつづいている。〝家政婦のフィラミーナ・モラーレスが屋敷の階段の下で死体を発見し、警察に通報した。死亡の状況に疑わしい点はないが、死因審問が行われることが発表された〟

胸がしめつけられるような思いで、メグは記事を読んだ。

〝妻の死に打ちひしがれるカンタリーニ氏〟という見だしの下には、やさしそうな丸顔に穏やかな笑みを浮かべたポーリーン・カンタリーニの写真が載っている。記事には、夫妻の三十年にわたる結婚生活が愛に満ちていたこと、また、子供に恵まれないことを夫妻が残念に思っていたことが記されていた。しかし、ポーリーン・カンタリーニは母性本能をべつの場所で役立てていたらしい。

〝恵まれない子供たちのために惜しみない援助と献身を与えつづけたポーリーン・カンタリーニの死を、当地の慈善孤児院は心より悼んでいる〟ひとつの記事は、こんな出だしではじまっていた。

最後の記事は、彼女の死が事故によるものであるとの決定をくだした死因審問の様子を簡単に伝えていた。今後はいかなる捜査も行われないと、その記事は報じている。

メグが古い新聞記事を夢中になって読んだのは、それをとっておいたリーザの気持をはかりかねたからだ。いったいどういう理由で夫の先妻の死亡に関する記事をしまっておいたりするのだろう。

審問の際、リーザはすでにビクターと関係をもっていたはずだ。ふたりはその直後に結婚したのだから。

「あなたはいったいどういうひとなの」メグは心のなかの闇《やみ》の部分にひそんでいるリーザにささやきかけた。「あなたはだれ?」

答えはかえってこなかった。

催眠療法をもちいてもリーザを呼びだすことができないのは、メグが怖がって非協力的な態度をとるせいだとドクター・ワッサーマンは言う。しかし、メグとしては、いくつかの疑問に対する答えが得られるなら、いくらでも協力したいくらいの気持だった。もの言わぬリーザを自分のなかにかかえているのは、危険な動物と一緒に暗闇に閉じこめられているようなものだ。

ポーリーンの死亡に関する記事をもとどおりにしまうと、メグは部屋中を見まわして、闇に埋もれた子供時代を照らしだす何かがないかと探しはじめた。

リーザはコンテストで優勝したときの王冠やたすきをとっておかなかったのだろうか。歌やスピーチで得たトロフィーは？　彼女の栄誉を報じる新聞記事は？　しかし、どこを探しても、この二、三年よりまえのものは見あたらない。

メグはスクラップブックと新聞の切りぬきをひとまとめにすると、アルバムを閉じて、すべてをもとの場所にしまった。そして、化粧台のそばにぼんやりと立って、額にはいった結婚式の写真を手にとった。メグが着ているのは、飾りボタンのついた肩パッド入りのジャケットとぴっちりしたスカートの、高価そうなデザイナーズブランドの白いスーツだ。頭にはベールのついた小さな縁なしの帽子。ビクターはタキシードに黒いネクタイという格好で、メグがこれまで見たこともないような幸せそうな表情を浮かべている。

メグは写真のなかの自分の顔を見つめ、表情を読みとろうと努めた。ビクターと結婚して、本当に幸せだったのか。彼のことを本当に愛していたのか。それとも、この結婚は単に生活の保障と安楽を意味していたのか。

落ち着きはらって、余裕のある笑みを浮かべたその顔からは何も読みとれない。トレンディな結婚衣装に身を包んでモデルのように背筋をのばし、顎をつんとあげてほほえんでいるリーザの表情は、ビクターの手放しの喜びようとは対照的だ。

メグは写真を置くと、部屋着を脱いでベッドにもぐりこんだ。枕《まくら》もとの明かりを消して冷たい絹のシーツの上に体をのばすと、ふいに信じられないほどの疲労感におそわれた。

それでもすぐには寝つけなかった。二頭の馬、ドミーの笑顔、やんちゃな山羊《やぎ》を連れたトルーディ、ジム・レガットのさわやかな笑顔、まぶたの裏にそれらがあらわれては消え……そして秘密めいたヌードの写真があらわれては消える。

メグはとつぜんはっとして目を覚まし、恐怖に息をのんだ。闇のなかでだれかがベッドのなかに身をすべりこませ、荒い息を吐きながら体を近づけてくる。

メグはもがきながら体を起こし、侵入者にむかって腕をふりまわした。

「しーっ、私だ」手首をつかんでささやいたのはビクターだった。「落ち着きなさい、リーザ。怖がらせるつもりはなかった」

メグは茫然《ぼうぜん》としてビクターを見つめた。暗闇に目が慣れてくると、豊かな白髪や、顎と鼻の線、それに引きしまった口もとが見てとれた。体には何もまとっていないらしい。月明かりのなかで、むきだしの厚みのある肩がぼんやりと浮かびあがっている。

「ビクター」メグはかすれた声で言った。「お願い。私、まだ……」

「まだその段階ではないというのなら、無理は言わない。何もしなくていいから、しばらく私の腕のなかにいてくれ。さあ、おいで」

どうすればいいのだろう。メグは懸命に頭を働かせた。自分にとってこの男はまったくの他人だが、同時に夫でもある。そして、彼は彼なりに思いやりを示そうとしているのだ。配慮に欠けたやり方ではあるが、その好意に背をむけるのはあまりにも心ない仕打ちだと思われた。

嫌悪感を必死におさえて、メグはおとなしくビクターの腕に抱かれた。その腕は力強く、年齢を感じさせないたくましい体は胸から脚まで濃い体毛におおわれている。

ビクターはさらに体を引き寄せて、満足そうな吐息とともに、体中に手を這わせはじめた。ネグリジェの裾《すそ》をたくしあげて、腿や腰にも愛撫《あいぶ》の手を走らせる。

「ああ、リーザ……ああ、この体だ。こんなすばらしい体をしているのはきみだけだ」

彼の手が乳房を包み、愛撫する。ネグリジェを開き、すばやい動作で乳首を口に含もうとした。メグは我慢できずに彼をふりはらった。恐ろしい記憶が頭の奥でぱちぱちと弾《はじ》け、頭痛がしてくる。

「お願いよ、ビクター。私は……まだ無理だわ」

「いい加減にしろ」熱い息が彼女の顔にかかる。「おまえはいつだってオーケーのくせに。家でおとなしくしていることのできない尻軽《しりがる》のくせに。少しは夫にもいい目を見させてくれたらどうだ。みんなにやさしくなったというのなら、私にもやさしくしてくれてもいいだろう」

そう言うなり、ネグリジェをつかんで腿のあいだに乱暴に手をさしいれた。メグは悲鳴をあげて、両方のこぶしを打ちつけた。

ビクターは笑った。「乱暴なのがいいのか、リーザ。よくこうやって遊んだよな、覚えてるか。レスリングごっこは楽しかったじゃないか」

おさえきれない男の衝動を感じて、メグは胸が悪くなった。ビクターはベッドの上によつんばいになって、メグの肩をマットレスに押しつけた。

「でていって！」メグは泣きながら言った。「でていかないと殺すわ。本当よ。あなたを殺すわ、トラッパー」

ビクターは身をこわばらせて手を放した。「トラッパーってだれのことだ？」月明かりに照らされたメグの顔を凝視する。

「わからない」

ビクターは一糸まとわぬ姿でベッドをおりた。その体はまだ高ぶりを見せているが、顔は不快そうにゆがんでいる。「きみは少しも変わっていない。表むきはやさしくなったかもしれないが、中身はまえと同じだ。信用のならないわがままな女だ」

メグは横たわったままビクターを見あげた。もう怖くはなかった。「私を非難してもどうにもならないわ。私はあなたを覚えていないのよ。記憶がもどるまでは、二度とベッドにこないで」

ビクターは憤懣《ふんまん》やる方ない表情で椅子の背からバスローブをつかみあげ、足音も荒く部屋をでていった。

13

ジムは一週間近くリーザと顔をあわせていなかったが、そのあいだずっと、よみがえった記憶をどうすべきか頭を悩ませていた。できるなら、かかわりあいになりたくはない。だが、彼女の控えめなほほえみややさしい態度、それに馬を扱う際のみごとな手並みを思いだすと、心は揺れた。

朝食後、野球帽と上着をとって納屋へむかった。空は気持よく晴れわたり、あたりにはヒマラヤ杉のあたたかな香りがただよっている。ジムは東の小高い丘に目をやった。馬に乗ってそのへんをひとまわりしてくる時間があるだろうか。コーチースの脚の具合はすっかりよくなったが、二週間じっとしていたせいで余分な肉がつき、体がなまってきている。このへんで少し遠くまで走らせてやったらきっと喜ぶだろう。ジム自身も久しぶりに遠乗りをしたい気分だ。

納屋のなかにはいると、ほっそりした人影が奥の大きな扉からすばやく姿を消した。

「待ちなさい」ジムは声をかけた。「そこにいるのはだれだい」

リーザ・カンタリーニがためらいがちに姿をあらわした。「ちょっと……馬の様子を見にきただけだから、すぐに失礼するわ」

その顔は青ざめ、目もとには疲労がにじみでている。やつれた表情を見ると、ジムはほうっておけない気持になった。

「コーチースの具合はどう？」そう言って、戸口に立っている彼女のところにいった。

「もう大丈夫。腫《は》れはすっかり引いたわ」

「そろそろ走らせてやったほうがいいと思うんだ。じつは、今日の午前中は仕事を休んで、丘まで二時間ほど遠乗りをしようと思っていたところだ。きみも一緒にどうだい？」朝の遠乗りがふたりの日課であるかのように、ジムはなにげない調子で言った。

リーザは目を丸くした。「遠乗りですって？　本当に？」

その瞳を、ジムは熱心に見つめた。「もちろんさ。乗馬はできるだろう？」

「ええ、もちろんできるわ。以前は……」

黙りこんで、馬のほうをなつかしそうに見た。ジムは納屋から馬具を二組みとってきて、ひとつをリーザにむかってほうった。彼女はしばらく躊躇《ちゆうちよ》していたが、やがてアンバーを連れにいった。

「どの鞍《くら》を使えばいいの？」

「納屋のいちばん奥に小さなやつがある。あぶみの長さは適当に調節してくれ」

コーチースに鞍をのせながら、ジムはひそかにリーザを観察した。彼女は鞍下毛布を見つけ、手慣れた様子で馬の背にそれを敷いて鞍をのせた。その上にあぶみを渡し、張り具合をたしかめながら両方の腹帯をしめる。そのあいだ絶え間なく馬に話しかけている。ジムはいまにも感嘆の言葉を発しそうになったが、馬上での姿を目にするまで待つことにした。

テキストを読めば、だれでも馬の脚の湿布ぐらいはできるし、鞍をのせて腹帯を締めることもできる。しかし、乗馬の技術は経験を積まないかぎり習得できない。

ジムは体をふりあげてコーチースに乗り、リーザの様子を見守った。あぶみの長さを二段階ほど短くした彼女は、手綱を握ってアンバーにまたがった。

馬上のリーザは背筋をぴんとのばして、瞳をきらきら輝かせている。黒い髪を風に軽くなびかせて、こぼれるような笑顔をジムにむけた。「ああ、なんていい気持。私、いつから……」

アンバーが頭をさげて神経質に小さく跳ねた。リーザは余裕のある表情で手綱を握りながら、小声で話しかけてやっている。

ほっそりした体を優雅に上下させながら、囲いのなかを速足で走らせる彼女の姿を、ジムは称賛の目で見守った。そして草地の先にある丘をめざして出発した。

並んで馬を走らせながら、リーザは医者のような目でコーチースの脚を見た。「大丈夫そうね。痛めたほうの脚をいたわる様子はまったくないわ」

ジムはうなずいて、いったん馬からおりてゲートをあけ、彼女が通り過ぎたあとふたたびしめた。

しばらくのあいだ、ふたりは黙って馬を走らせた。しかしそのあいだも、ジムはリーザの美しさと無邪気な笑顔をときおり盗み見ずにはいられなかった。

「きみの名前は？」そっと彼はきいた。

彼女は頬を赤らめて顔をそむけ、低い声で答える。「メグ」

「でも、以前はリーザだった？」

うなずいた顔に内心の困惑がにじみでる。「それは……多重人格症のせいなの。自分でもどういうことかよく理解できないけど」

「それは無理ないと思うよ。ぼくも関連の書物を読んでみた」

「あなたが？」

ジムはうなずいて、野球帽の下で目を細め、山よもぎや柏槇《びゃくしん》の茂みのあいだを曲がりくねって丘までつづいている砂まじりの小道を見つめた。「かなり珍しい病気だ」

「ええ。これまで生きてきた人生の記憶が私にはないの。私はリーザだと言われるけど、彼女は他人としか思えない」

「ビクターのことは？　彼に関する記憶はあるのかい？」

手綱の上でメグの手がこわばった。「いいえ。だれのことも覚えてないわ。ここのひとはだれも」

「それなら、ここ以外のひとは？」ジムは内心緊張しながらきいた。「ほかの生活なら覚えているのかい」

「なんだかとても混乱しているの。リーザはラスベガスのカジノホテルで働いている女性と知りあって、そのひとの生い立ちをききだし、それを……借りたのだとドクターは考えているわ」

「だれの生い立ちだって？」

「メグ……ラスベガスの女性よ。彼女の名前はメーガン・ハウエルというの。ドクターの説によると、子供のころから私の人格はリーザの心のなかに存在していたのだけど、リーザがその女性に会ったことによって、私の人格は名前と生い立ちを得て力を強め、リーザがコントロールできないほどになったんですって」

「それはどんな生い立ちなんだい？」

「リーザのとはまったくちがうわ。私はネバダ州の小さな農場で育ち、そこで馬の世話を手伝ったり、野球をして遊んだりしていたの」

「美人コンテストやひらひらしたドレス、テレビ局の仕事とは無縁の世界？」

メグは苦笑した。「いっさい無縁よ」

「それなら、きみはいつあらわれたの」

「自動車事故の直後。リーザが怪我《けが》をして弱っていたときに、私がでてきた。それがドクターの説よ」

「きみはそれを信じてないんだね」

メグは首をふった。「わからないわ」

ジムはさっとメグを見て、あのことを言うべきかどうか考えた。本人に言うよりもビクターか医師に伝えて、あとは彼らの判断にまかせたほうがいいのかもしれない。しばらく何も言わずに、鞍のきしる音や、馬の軽快な足音に耳をすました。近くの林からは野ねずみを狙《ねら》う鷹《たか》の甲高い鳴き声がきこえる。

「メグ」ジムが静かに声をかけた。「リーザはどこで乗馬を覚えたんだろう?」

メグはとつぜん警戒するようなまなざしをむけた。

「自分の姿を見てごらん。きみはだれよりも上手に馬を乗りこなしている。馬具についても、餌《えさ》についても、手当の仕方についても、よく知っている。リーザにそんな知識があったろうか」

「いいえ。リーザは馬のことは何も知らないと思うわ。私たちはまったく異なる人格だから」

「それなら、彼女はいつのまにそんなに乗馬がうまくなったんだろう」

「たぶんリーザが消えて、私があらわれていた時期があったのだろうとドクターは言っているわ。私にはよくわからないけど」

「そんなふうに馬に乗れるようになるには何年もかかるものだ。何百時間もの練習が必要だ」

「何が言いたいの」

「ぼくはきみを見たことがあるんだよ、メグ」急激なショックを与えないように、ジムはゆっくりと言った。「何年もまえのことだ。はじめは全然気づかなかった……きみがリーザだったときは。でも、馬のそばにいるきみを見たとき、頭の隅にひっかかるものを感じた。そのときのことをはっきり思いだすまでに一週間近くかかったよ」

　メグは身をこわばらせて話のつづきを待った。

「六、七年まえのことだと思う」ジムは小道の脇《わき》にはえているまばらな木々に目をやった。「ロデオ大会に参加するためにアリゾナにいったときのことだ。あれは、ラスベガスの南を流れるコロラド川に面したパーカーという小さな町だった」

「そこなら知ってるわ」

「ロデオの会場に、特別注文の蹄鉄《ていてつ》をつくる男がいた。背が高くて、動きのゆったりした感じのいい男で、じつに腕がよかった」

　メグは顔面蒼白《そうはく》になった。ジムの顔を食いいるように見つめたが、ひと言も発しなかった。

「その男は娘を連れていた」ジムはメグにむかってほほえんだ。「信じられないような光景だったよ。せいぜい十六歳くらいの痩《や》せっぽちの少女が、プロのような手つきで蹄鉄をつけるんだからね。ぼくは午後中見とれていたのを覚えているよ」

「それが……？」メグの声はかすれていた。

「それがきみだ。いまならきみがどこにいようとわかる。ビクターの妻としてあらわれたときはわからなかったが、こうしているのを見るとはっきりと思いだすよ」

「でも……」メグはショックに体を震わせ、唐突に手綱を引いた。ジムはすばやく馬からおり、駆け寄って鞍の上からメグを抱きおろした。

朝日のなかに、メグは茫然《ぼうぜん》と立ちつくしている。ジムは彼女を抱きしめたいという衝動にかられた。その姿はあまりにも美しく、あまりにもはかなげだ。

しかし、彼女は隣家の人妻なのだ。

ジムは大きく息をついて後ろをふりむくと、小道のそばの大きな平たい岩にむかった。馬を引いて、手綱をゆるく手にしたまますわると、メグも隣に腰をおろした。

「それは私だったの？　本当に？」ささやくような声で彼女は問いかけた。

「命を賭《か》けてもいいよ。きみはあまり平凡なほうじゃないからね」

メグは空高くそびえるヒマラヤ杉を見あげた。「それなら、私の考えが正しかったんだわ」ゆっくりと言う。「私が思ったとおりだった」

「なんの話だい？」

「もともとの人格はメグだったのよ。私は記憶しているとおりの子供時代を実際に過ごしたんだわ。数年まえにとつぜんリーザがあらわれたのよ」

「その考えをドクターはなんて言ってる？」

「ドクターには話してないの。話しても、たぶん耳を貸さないと思うわ。彼女は自分の説を証明することに夢中だから」

「自分の説って？」

「さっき話したように、もともとの人格はリーザで、私は心のなかにだけ存在していた。でも、リーザがある女性に出会って、その女性の名前と生い立ちを知ったとき、私が外にあらわれた」

「それはちょっと信じられないな。どうしてドクターはそれほど強く確信しているんだろう。たとえば、リーザが子供のときの写真とかはあるのかい？　彼女が出場したコンテストの記念品は？」

メグは首をふった。「このあいだ探してみたけど、リーザの子供のころのものは何ひとつなかった。母親の写真もなければ、美人コンテストの記事の切りぬきも、何もなかったわ」

「そういえば、一年ほどまえトルーディも同じようなことを言っていたよ。トロフィーや写真を見せてほしいと言ったら、きみはそういうものはいっさいとっていないと答えたそうだ。ずいぶん奇妙な話だと彼女は言っていた。ドクターはそのことをなんて言ってる?」

「昨日その話をしたら、ドクターはこう説明してくれたわ。リーザは母親に対して否定的な感情を抱いていた。そのために、子供時代を消し去ってしまいたいという無意識の欲求が起こって、すべてを破棄してしまったのではないかって。ドクターは私があらわれたのも、リーザが子供時代に抱いた怒りの気持がもとになっていると考えているの」

ジムは足をのばして、岩に背中をもたせかけた。「ぼくには、きみの考えのほうが正しいように思える。どうしてドクターは自分の説にそれほどこだわるんだろう」

「たぶん、そのほうが刺激的だからでしょう」メグは静かな口調で答えた。「ときどき、ドクターにとって大事なのは珍しい症例のほうだという気がするの」

ジムは眉をつりあげた。「きみを助けることよりも?」

「わからないけど。それに――」あまり言いたくなさそうに彼女は付け加える。「その女性は実在しているのよ。ドクターは実際に話をしたの」

「その女性って?」

「メーガン・ハウエルと名のっている女性。事故のあと、私は自分の名前とラスベガスのカジノホテルの電話番号をドクターに言ったの。ドクターが電話をすると、メグ・ハウエルという女性はそこで働いていたのよ。そのためにドクターは自分の説が正しいと信じるようになったの。女性は実在しているんだから」

ジムはわけがわからずにメグを見た。「その女性はだれなんだ。きみの知っているひと？」

「わからない。思いだそうとしても、この数年の記憶ははっきりしないの。そのひとは以前に私を知っていて、私がラスベガスをでたときに私になりすましたんだわ。でも、わけがわからないのは、そのひとが最近また私に会ったと言っていること。リーザになったあとの私と会って、メーガン・ハウエルになりすました自分のことをいろいろ語ったんですって。そのひとのことが気になって仕方ないわ」

「当然だよ。自分になりすました人間のことが気にならないわけがない」

「でも、私には見当もつかない。そんなひとと話をした覚えはまったくないもの」

「だが、もしもそれが事実とすれば、その女は法を犯しているだけでなく、信じられないくらい大胆だ。ドクターがだまされるのも無理はないかもしれないな」

「そうね。それからまだほかにも……」

「なんだい？」

「なんでもない」メグはジムのほうをむいた。「私がパパと一緒にいたことを思いだしてくれて本当によかった。おかげで、私の記憶が本物で、私が本当に存在することがわかったわ」

「もっと頭を絞れば、きみのパパの名前も思いだせるかもしれない」

「ハンクよ」メグは小声で言った。「パパの名前はハンク・ハウエル」

ジムは眉を寄せて、考えこむように顎を撫《な》でまわした。「ハンク・ハウエルか。きいたことがあるような気がする。いまはどこに？」

メグは顔をくもらせた。「わからない。たぶんパパの身に何かあったんだわ。でも、思いだせなくて……」

遠くの空を見つめるメグの顔から、ジムは目を離すことができなかった。

「話してくれて本当にうれしいわ」しばらくしてメグは言った。「みんなが私の人生を奪い去ろうとしているみたいに感じていたけど、あなたはそれをかえしてくれた」

「ぼくは何もしていない。ただ、アリゾナできみを見たことを思いだしただけだ」

「でも……」メグはとまどったように口をつぐんだ。「もし私が記憶にあるとおりの暮らしをしていたのなら、どうしてリーザがとつぜん姿をあらわしたのかしら。そこが私にはわからない」

「人生のどこかの時点で、きみの記憶はぷつりと中断したにちがいない。おそらく、何かとてもつらい出来事とか、直視できないような事態に出会ったために」

メグはうなずいて、考えに集中した。「子供のころの記憶ははっきりしているの。それからママが死んで、パパとふたりであちこち旅をするようになってからのことも、ある程度は覚えてる。でも、そのあとのことはすべてぼんやりしているの」ジムの顔を見つめる。「とくに、この数年の記憶はとても混乱しているわ。しばらくのあいだ観光牧場でパパと一緒に馬の世話をしていたこと、それからカジノホテルの調理場で働いていたことは多少覚えているけれど、どれもみんなぼんやりとしているの」

「医学書によると、ほとんどの多重人格症患者はそのような曖昧《あいまい》な記憶をもつらしい。というのは、べつの人格があらわれているあいだ、本人はそれを知らずにいるからだ。多くの場合、精神科医による治療を長いあいだつづけてはじめて知ることになる」

「つまり、この数年はふたつの人格がたびたびいれかわっていたということ？」

「それが一般的な症状らしいね」

「でも、ソルトレーク・シティにやってきてビクターと出会い、あの屋敷に住むようになった前後の数年は、ずっとリーザだったはずだわ。私にはこの土地の記憶がまったくないのよ」

「それは、きみの人生がどこかの時点でさえぎられたからだ。自分がメグであるという意識がそこでとまってしまったんじゃないだろうか」

「私にはそうは思えないわ。もっとなんていうか……」膝の上で握りしめた両手を見おろし、メグは顔をあげた。「ぼうっとかすんでいるの。まるで人生のまんなかをカーテンで仕切られたみたいで、どちらの側もぼんやりとしか見えない」

ジムは彼女の青白い頬を見つめた。「以前、きみはよくラスベガスにひとりででかけていた。そのときにリーザが消えてメグがあらわれたと考えているのかい？　だとしたら、ラスベガスにいるあいだ、きみの意識はメグになっていた。そのために記憶が混乱しているのかもしれない」

メグはゆっくりとうなずいて、小道のそばで草を食《は》みながらのんびりと尻尾《しっぽ》を動かしている二頭の馬に目をやった。「でも、ほかにも……」

「なんだい」

「私には……いとこがいるの。クレイ・マローンといって、ときどき訪ねてくるのよ」

「それで？」

「彼はリーザのいとこなの。プローボで育った幼いころの出来事や、それぞれの母親のことなどをいろいろ覚えていると言うんだけど、でも、私たちの言っていることが正しいとしたら、リーザには子供時代はなかったはずでしょう？」

「そうだね。十六歳のきみがアリゾナで馬に蹄鉄をつけているところを、ぼくはこの目で見ているんだから」

「でも、わからないわ。どうしてクレイはそんな作り話をするのかしら」

「さあ。きみはその男のことをどの程度知っているんだい？」

「私が知っているのは……」メグは両手を力なくあげ、ふたたび膝の上に落とした。「クレイが言うには、私たちの母親は姉妹だったんですって。彼は以前はマイアミ市警の警官だったけれど、いまは私立探偵をしているそうよ。屋敷に訪ねてくることを、ビクターには知らせないようにと言われてるの」そう言って、ジムの顔をちらっと見る。

「それはなぜ？」

「私たちふたりがとても仲がいいから、ビクターがやきもちを焼くんですって」

「でも、きみはいとこのことを何も覚えていないんだろう？」

「ええ、全然」

ジムはうなずき、野球帽をとって髪をかきあげながら、どう切りだそうか考えた。「その男は……かなり以前からきみに会いにきていたよ」

「ええ、私が退院してからね」

「いや。ぼくが言ってるのはもっとまえのことだ。きみがリーザだったときの」

「そう」

「トルーディは、彼がきみのいとこだとは思っていない」静かな口調で彼は言った。

メグは一瞬はっとして、かたい表情でジムを見た。「それはどういう意味？」

ジムは言いにくそうに肩をすくめた。「トルーディの考えでは、きみとその男が……」

メグの頬は火がついたように赤くなった。「そんな話、ききたくないわ」立ちあがり、馬のところに歩いていく。

ジムはあとを追った。「わかった。それならいい。でも、これだけは覚えておいてくれ。あの男には何か魂胆があるのかもしれない。きみの過去について嘘《うそ》をついているとしたら、なおさらあやしい」

「ときどき、みんなが嘘をついているような気がするわ」

ジムは肩に腕をまわしてなぐさめようとしたが、メグは身をこわばらせて離れた。

「私、ラスベガスにいくわ」

ジムは手綱を手にしたまま動きをとめた。「いってどうするんだい？」

「自分の目でたしかめてみたいの。育った農場を見てみたいし、両親の知りあいに会って、私を覚えているかどうかきいてみたいの」

「それはあまりいい考えとは思えないな」ジムは言った。「きみになりすましている女は、きみがあらわれて名のりをあげるのを喜ばないだろう」

「彼女はもういないわ。ドクターがそのあと電話をしたら、姿を消していたの。きっとだれかにあやしまれて怖くなったんでしょう」手綱をつかみ、メグは馬の背にひらりと乗った。「私は真実を知りたいの。こんな悪夢のような生活をつづけることはできないわ」

ジムも馬に乗り、体をまっすぐに起こした。「出発はいつ？」

「できるだけ早く。運転できそうなら明日にでも」

「ビクターはなんて言うだろうか」

　メグの顔がきつくなった。ほんの一瞬、以前のリーザのように見えた。「ビクターがなんと言おうと関係ないわ」

「ドクターは？」

「今度の診察は来週の後半だから、それまでにはもどれるわ」攻撃的な表情が消えて、ふたたびいつもの穏やかなメグにもどった。「ジム、このことはだれにも言わないで。黙っていかせてちょうだい。私は自分の人生をとりもどしたいの」

　ジムはうなずいて、並んで馬を走らせながら屋敷への小道をたどった。「だれにも言わないよ。でも、ひとつ約束してくれないか」

「何を？」

「危ないまねをしないこと。相手がだれでも、ふたりきりにはならないこと。きみの記憶にはまだ多くの空白があることを忘れないこと。ひとが言うことをうのみにしてはいけないよ。いいね」

「いいわ」

「それからもうひとつ」

「何？」

「ラスベガスにいくことは、いとこには言わないほうがいい」

メグは推し量るような目をジムにむけた。「どうして？」

「そのほうがいいと思うんだ。少なくとも、いまのところは」

「わかったわ。クレイには言わない」

ジムはコーチースのよく動く耳を見ながら考えていた。どうしてこんなに不安がつのるのか。メグはおとなしい性格だが、常識のある一人前の女性だ。もしもラスベガスにいってリーザの人格があらわれたとしても、何も問題はない。リーザはなんでも自分でできる人間じゃないか……。

ジムは言った。「ぼくは、あさって旅行にでかける。毎年秋には三週間かけて、ネバダとアリゾナのロデオ大会をできるだけ数多くまわるんだ。ぼくにとって年に一度のお祭りだよ」

「それは楽しいでしょうね」

「今度の週末にはラスベガスを通るから、きみに連絡するよ。きみが無事なことをたしかめたいからね。いつものマンションに滞在するのかい？」

メグは首をふった。「それがどこにあるのかも知らないわ。ラスベガスのことは多少は覚えているけど、マンションについてはまったく記憶がないの」

「じゃあ、どこに滞在するつもり？」

「わからないわ。〈ウィローズ〉に泊まろうかしら」皮肉っぽくメグは笑った。「私には地下の調理場の記憶しかないから、こんどは豪華な客室に泊まってみたいわ」

「とにかく用心するんだよ。約束してくれ」

メグはアンバーをせきたて、ジムのまえをギャロップで駆けぬけていった。

14

メグは夜明けまえに起きだして、音をたてないように部屋のなかを歩きまわりながら、クロゼットの奥で見つけた大小の柔らかい革のスーツケースに洗面道具や着替えを詰めこんだ。

クロゼットのなかの絹のブラウスやタックのはいったパンツ、それに胸の大きくあいたサンドレスや華奢《きゃしゃ》なサンダルは、どれもメグの体にぴったりとフィットして、瞳や髪の色を引き立たせてくれるが、それらの服や靴に触れていると不安感がつのってくる。

リーザがこの部屋のどこかでじっと見ているような気配を感じた。

メグは大きいほうのスーツケースを閉じると、ドアをあけて廊下をのぞいた。ビクターの太い声とドミーの笑い声が階下からかすかにきこえ、それにつづいてドアのしまる音がした。

部屋にもどってカーテンの陰からのぞくと、ビクターのリンカーンがガレージをでて屋敷の正面にまわりこみ、緑に囲まれた私道をハイウェイのほうにむかって進んでいくのが見えた。メグはそのまま数分間じっとしていた。忘れ物をとりにもどってくるかもしれないからだ。しばらくしてようやく窓のそばを離れると、クロゼットからセーターをとりだし、スーツケース二個とショルダーバッグをもって急ぎ足で階段をおりた。

フィラミーナとドミーの姿はなかった。メグは荷物をガレージまで運び、サンダーバードのトランクにいれた。運転席の外でわずかにためらったのち、ドアをあけて乗りこんだ。

乗ったとたんに目にはいったのはぜいたくな内装だった。きらきらと輝くクローム製のドアの把手《とって》、クラシックなデザインのダッシュボード。メグはシフトレバーに触れた。ギア操作は通常の車と変わらないらしい。自分がこの車を運転できることはわかるが、いつ運転を覚えたのか、それは思いだせない。

深呼吸をしてハンドルを握り、フロントガラスごしにガレージの壁を見つめた。運転席と助手席のシートは張りかえられ、車内には新しい革のにおいが満ちている。メグはビクターがくれた鍵《かぎ》のなかからイグニッション・キーを探した。

はじめのふたつの鍵はあわなかった。もしかしたらビクターにだまされたのかもしれない。はじめから、このなかに車のキーはないのかもしれない。私はこの屋敷に閉じこめられたのでは？　そう思うと、恐怖心がじわじわとひろがってくる。

ようやく鍵が見つかり、メグはほっとため息をついた。鍵束をハンドバッグにしまって車をおり、足音を忍ばせて屋敷のなかにもどる。廊下を通ってキッチンにむかった。

ドミーは朝食を終え、キッチンの隅にすわりこんでおもちゃのトラックで遊んでいた。フィラミーナはテーブルの上の食器を皿洗い機のなかにいれているところだ。

彼女は驚いた表情でメグを見た。「ダイニングルームに朝食をご用意します。まだおやすみかと思っていました」

「いいのよ」メグはキッチンの奥にいき、赤いカップをとってコーヒーをついだ。「自分でトーストをつくって、ここで食べるから。おはよう、ドミー。トラックを見せてちょうだい」

ドミーは両手をついて立ちあがると、メグのところにやってきて、うやうやしくトラックをさしだした。メグはしゃがんで、エンジンの轟音《ごうおん》をまねながらトラックを二、三周させた。荷台にシリアルをひとつかみのせて小さな靴の上をそっと走らせると、ドミーは歓声をあげた。

メグは立ちあがり、カウンターに寄りかかってコーヒーを口に運びながら笑った。「トラックのドライバーが荷物を食べたらおかしいわ」そう言って腰をかがめ、ドミーの髪をくしゃくしゃにした。

冷蔵庫から食パンをだして、二枚をトースターにセットした。その様子をフィラミーナは非難するような目で見ている。

「ピーナッツバターはどこかしら」メグはきいた。

フィラミーナは戸棚を示すと、流しでフライパンを洗う作業にもどった。

「フィラミーナ」戸棚をあけながら、メグは言った。

「はい」

「今日、ラスベガスにでかけるわ。一週間ぐらい帰らないと思うから」

「ミスター・カンタリーニは何もおっしゃっていませんでしたが」フィラミーナはふりむいてメグの顔を見た。

「ビクターには言ってないの」メグはできるだけ軽い調子をつくった。「きっと大騒ぎして、その体では無理だとか言いだすにきまっているから」

「マンションにご滞在ですか？」

メグは目を伏せてトースターを見た。「わからないわ。たぶん友人のところに泊まると思うけど。ビクターには心配しないように言ってちょうだい。むこうに着いたら連絡しますからって。あ、それから……」

「はい？」

「いとこにきかれても、どこにいったか言わないでね。心配して捜しにくると困るから。ただ、数日でかけたとだけ伝えて」

フィラミーナはうなずいて流しに顔をもどした。だが彼女の顔に一瞬浮かんだ嫌悪感を、メグは見逃さなかった。

ジムの言葉が頭をよぎる。おそらくフィラミーナも、クレイ・マローンがメグのいとこではなく愛人だと思っているのだろう。本当はラスベガスでクレイと会うつもりなのに、わざとこんな嘘《うそ》をついていると考えているのだ。

メグはため息をついて、トーストをテーブルに運んだ。ドミーはシリアルを積んだトラックをカウンターのそばに置くと、メグのそばにやってきて椅子に寄りかかった。

「ぼく、おうまさんにのる？」ドミーが小さな声できいた。

メグは小さな体を膝の上に抱きあげ、つやつやした黒髪の上に顎をのせて、パンにバターを塗った。

「今日は乗れないのよ。おでかけしなきゃならないの。でも、帰ってきたらきっと乗せてあげるわ」

フィラミーナがそっと近づいてきてドミーをとりかえし、キッチンの外に連れていった。ドミーは母親の腕のなかで体をひねり、名残惜しそうにメグに笑いかけた。

数時間後、ソルトレーク・シティとラスベガスを結ぶフリーウェイを南にむかって走りながら、メグの気分は次第に高揚してきた。車は派手だが性能がよくて運転しやすく、空からは秋の日差しがさんさんと降り注いでいる。閉じこめられたような生活が一カ月以上つづいたあとだけに、その解放感は口では言いあらわせないほどだ。

幌《ほろ》をたたもうかと思ったが、やめておいた。太陽はあたたかくても、高地のために空気はひんやりとしている。

正午近く、シーダー・シティのそばにさしかかると、なんだか落ち着かなくなってきた。一カ月ほどまえ、車で崖《がけ》に突っこんだのは、どこかこのあたりだったはずだ。しかし、風景に見覚えはなく、この道を自分が運転したことがあるとは思えなかった。おなかがすいてきたが、シーダー・シティに立ち寄る気はしなかった。もっと南にいってから、メスキートあたりで昼食にしよう。メグは気分が浮き立つままに、アクセルをいっぱいに踏みこんだ。

メスキートのことなら覚えていた。ネバダ州のはしにある小さな町で、そこでは一年中ロデオ大会が開かれている。ほかの土地で蹄鉄《ていてつ》打ちの仕事が少なくなると、メグと父は商売道具をもってこの町にやってくるのだった。

フリーウェイを飛ばしながら、メグはジム・レガットの言葉を思いだしていた。自分の考えが正しかったことが証明されたのは、ある意味ではうれしいが、真実はドクター・ワッサーマンの説よりさらに恐ろしいものだった。

人格がとつぜん分裂した原因はなんだったのか。自分の心の一部から、なぜリーザ・カンタリーニのような人格があらわれたのか。

まわりの人たちの様子を見れば、リーザがどんな人間だったかわかる。フィラミーナの瞳に浮かんだ強い憎しみ、ビクターのよそよそしい態度、それに、退院してはじめて屋敷に帰ったときにドミーが見せた怯《おび》えた表情。みんなリーザのことがあまり好きではなかったことを裏づけている。

唯一の例外がいとこのクレイ・マローンだ。

メグは不愉快そうに顔をしかめた。ジム・レガットの言葉やフィラミーナの表情から推察される自分とクレイとの関係は、いまは考えたくない。

メグは自分の人生に力ずくで割りこんできたリーザについて思いをめぐらせた。クロゼットいっぱいの高価なドレス、自分の写真が部屋中いたるところに置かれた豪華な寝室。そのあまりにも露骨なナルシシズムは、メグには気恥ずかしく不快なものでしかなかった。自分自身の記憶によれば、メグは子供のころからはにかみ屋で、両親とちがう自分の外見を嫌っていた。容姿をほめられると激しく反発し、母や父のような姿になりたいと心から願っていた。

それなら、リーザはいったいどこからあらわれたのだろう。自分に自信をもてずに不安定な精神状態にあったメグを守るためにあらわれたのか。そうだとしたら、あまりにも耐えがたいような事実に直面したとき、いつまたあらわれるかもしれない。

しかし、自分の過去をある程度にせよとりもどした以上、今度はおとなしく消えてしまうつもりはない。しっかりと踏みとどまって、リーザを心の奥に閉じこめておくつもりだった。そのためには、過去の秘密を見つけだし、記憶を妨げている恐怖に直面しなくてはならない。たとえそれがどんなに恐ろしいものであっても。

そして、クレイ・マローンのこともある。考えるのもいやだが、リーザが表にでていたあいだ、ふたりは実際に恋人どうしだったのかもしれない。彼がメグに作り話をするのは、リーザをふたたび呼びもどそうとしてのことなのかもしれない。

それが事実だとしたら、クレイは一流の詐欺師だ。

そのとき、メグははっと気づいた。もしそうだとしたら、ジム・レガットについて彼が語ったことも作り話かもしれない。自分がいかにクレイの言葉に心を乱されていたか、メグはこのときはじめて理解した。

ジム・レガットが暴力的で情緒不安定な人間だとは思えない。頬にしわを寄せて笑うところも、馬上で見せる自信に満ちた態度も、ジムのすべてがメグには好ましく見えた。物静かな話し方も、頭のよさも、あたたかい人柄も、彼女はすべてが好きだった。

クレイ・マローンとジム・レガットのふたりはまったく正反対のタイプだが、それぞれに魅力的な男性だ。しかし、どちらかひとりは嘘をついている。

それはどちらなのか。

考えすぎて頭が痛くなってきた。周囲に目をやると、ユタ州南部のけわしい山々とともに、セント・ジョージの町がすでに後方に姿を消していた。フリーウェイは午後の日差しにあふれる峡谷地帯をくねくねと走りぬけ、アリゾナ州北西部のはしを数キロだけ通ってネバダ州にはいる。垂直に切り立った岩壁は、金色と深紅と焦茶色に美しく輝いている。

唐突に峡谷地帯が終わりを告げ、車は乾燥した平原を走ってメスキートへの入口にさしかかった。メグはフリーウェイをおりて町にむかい、にぎやかな大通りに車をとめて、小さなレストランにはいった。

その店には以前父親と一緒にきたことがあった。メグがまだ十代のころだ。店の様子は少しも変わっていなかった。ボックス席はあいかわらず色褪《いろあ》せた赤いビニール張りで、プラスチックのナプキン立てのなかには、ロデオの派手な広告が黄ばんだまましこまれている。各テーブルに据えつけられた小型のジュークボックスは、レバーを引けば自分の好きなカントリーミュージックをきくことができた。

これは借り物の記憶ではない。メグは確信していた。顔をあげれば、いまにも父が店にはいってくるような気がする。噛《か》み煙草《たばこ》を口に含み、ゆっくりした口調でしゃべるカウボーイたちと連れだった父が……。

パパ！　思わず気持がくじけそうになる。メグは父の、日に焼けた肌と穏やかな笑顔、それにたこのできた手を思い浮かべた。

父はどこにいるのだろう。ドクターかだれかが父は死んだと言った。しかし、メグには信じられなかった。父の思い出をたどっていくと、何か恐ろしい事実に直面するような気がして、おぼろげな恐怖心がわいてくる。

その気持はどこからくるのだろう。過去に父が何か危険な目にあい、その運命がメグの不可解な人生となんらかの形で結びついているのか。父はいまごろ……。

「ご注文は？」伝票を手にしたウエイトレスがきいた。

年は五十歳くらいで、けばけばしい金色に染めた髪を大きくふくらませ、ぴっちりした制服の左胸のポケットにレースのハンカチを扇形に飾っている。ビーズのイヤリングは肩に届きそうだ。

「おすすめ料理は何かしら」メグはきいた。

「ベーコンとトマトのサンドイッチ、ポテトのフライ、スープ、それに飲み物がついて四ドルよ」

「じゃあ、それをいただくわ。飲み物はアイスティをお願い」メグは注文を書きこんでいるウエイトレスを見あげた。「こちらにはもう長いの？」

「今度の一月で二十二年になるわ」

そのすべてを見てきたような目に、メグは尋ねたかった。

私のことを知っている？　まだ少女だった私が父と一緒にここにきたときのことを覚えていない？

私の父を知らないかしら？

「ほかにも何か?」

「いいえ」メグはジュークボックスのレバーをもてあそんだ。「それでけっこうよ」

「そう。じゃあすぐにもってくるわね」

「あの……」メグは立ち去ろうとするウエイトレスに呼びかけた。

「何?」

「今日の午後、ロデオはあるの?」

「今週は夜だけなのよ」ウエイトレスは言って、腕時計を見た。「最初の回がはじまるのは五時からだから、それまでゆっくり食事でもしていたら?」

「わかったわ。ありがとう」メグは笑顔で礼を言った。

サンドイッチを食べおわると、彼女はレストランをでてロデオ会場にむかった。出場者用のゲートからなかにはいり、グラウンドのそばの草地に車をとめる。

敷地のなかはトラックやトレーラーが無秩序に置かれ、にわかづくりの集落のようなにぎわいを見せていた。トレーラーのあいだに渡された洗濯ロープ。トラックの後ろにたらいを置いて汚れたジーンズを洗濯するロデオ出場者の若妻たち。そのまわりを子供たちが騒々しく走りまわっている。

近くの囲いのなかでは暴れ馬が跳ねまわり、青い空にむかってもうもうと土煙をあげている。ブラーマ種の雄牛は塀にそってのっそり歩き、ときおり立ちどまっては大きな角を下にむけて恐ろしげな声をとどろかせている。

メグにはすべてがなつかしく、ふるさとに帰ったような思いだった。体中に力がみなぎり、記憶がよみがえってくるのが感じられる。はやる思いでグラウンドにむかい、柵《さく》のむこうにいるカウボーイハットにブーツといった姿の男たちを熱心に見つめた。男たちは投げ縄の練習をしたり、馬の調子を見たりしながら、気楽な様子で競技がはじまるのを待っている。このなかに、私のことを知っている人間がいるかもしれない。

何人かがメグに目をとめて熱い視線を送ってきたが、そこには若い女性に対する称賛以上のものは認められなかった。見知らぬ男たちから品定めするようなまなざしを受けているうちに、メグはふいに恐怖心を感じてあとずさりした。しばらくためらったが、やがてくるりと後ろをむき、走って車にもどった。


一時間ほどメグはメスキートの周辺をドライブした。記憶がますます明瞭《めいりよう》になってくる。事故以来、はじめて自分が本当に生きているという実感がわいてきた。しかし、ロデオ会場でのカウボーイたちの表情を見るかぎり、探している答えはこの町にはないらしい。あまり気は進まないが、車をフリーウェイにもどしてラスベガスにむかうことにした。

砂漠を横断してギャンブルのメッカに近づくころには、日は西に沈みはじめていた。〈ルクソール〉の黒いガラスのピラミッドのてっぺんから発する光線がすでに空を射抜いている。その大規模な明るい光線は、晴れた夜には遠くロサンゼルスからも見ることができるのだ。

メグはふいにパニックにおそわれそうになった。しかし、同時になつかしいような気分もふくらんでくる。街の中心へむかう道路を難なく走りぬけて、ストリップという名で知られる大通りにむかい、夕刻の混雑した車の流れのなかにはいった。

あたりが刻々と薄暗くなっていくなかで、まばゆく光り輝くネオンにいろどられたカジノホテルが次々に姿をあらわす。巨大な滝の流れ落ちる〈ミラージュ〉、屋外で夢のような海戦シーンを見せる〈トレジャー・アイランド〉、大きなピンクのネオンで有名な〈フラミンゴ〉、豪華な金色の〈シーザーズ・パレス〉、見あげるような青い目のライオンのいる〈MGMグランド〉。ライオンの脚のあいだを何百人もの観光客が歩きまわっている。〈ウィローズ〉に着くと、メグは車を屋外駐車場にとめて、何千というネオンの葉でいろどられた巨大な人工の木を見あげた。

心臓の鼓動が激しくなり、メグはハンドルを握りしめた。恐怖心がうねるように押し寄せてくる。できることなら、この場所をいますぐ逃げだして、北にむかって車を駆り、ソルトレーク・シティの静かで安全な屋敷にもどりたい。

やがてメグは大きく深呼吸をした。車をおりてドアをロックする。そしてスーツケースを手に、彼女はホテルのロビーにむかった。

15

〈ウィローズ〉はラスベガスでもっとも新しいカジノホテルだ。豪華でけばけばしい建物を見慣れた人々も、その壮大な外観には目を見張る。

大通り《ザ・ストリップ》の南のはずれの広大な敷地に建てられた建物は、天然の石灰岩でおおわれ、夜ともなれば高さ三十メートルのまばゆい人工の木によって明るく照らしだされる。この人工の木には、何千枚ものネオンの葉がついている。ネバダの暗い空を背景に、それらの葉の一枚一枚がそれぞれ微妙に異なる緑の濃淡に光り輝いているさまは、みごととしか言いようがない。

しかし〈ウィローズ〉の真のすばらしさは建物のなかにある。それは〈シーザーズ・パレス〉の巨大な動く歩道、〈ミラージュ〉のガラスの檻《おり》のなかのホワイト・タイガー、〈サーカス・サーカス〉の大規模な屋内ドームと並び称される大がかりな設備だ。

〈ウィローズ〉では、建物全体のなかを本物の川が流れ、川にそって植えられた背の高い木々には小鳥が巣をつくっている。川は大きな中央ロビーからサロンのほうに蛇行し、きらびやかなカジノルームやショーラウンジを通って、豪華なレストランの並ぶコーナーにまで達する。

メグはチェックイン・カウンターの列に並んで、川のせせらぎに耳を傾けながらロビーの様子を観察した。砂漠の風景が描かれた巨大な壁画。緑と茶をベースに、考えだせるかぎりの色合いに織られたふかふかの絨毯《じゅうたん》。内装の目立たないところにもちいられた金の豊かで控えめな輝き。

この壮大な建物の奥のどこかで、ガスレンジの油をこすり落とし、山のような食器を洗っている人たちがいる。以前のメグはそのなかのひとりだった。しかし、この豪華で快適なロビーに身を置いていると、かつての職場のことなど思いだしたくもないという気分になってくる。

やがて自分の番がきた。カウンターの前に進みでると、メグは胸をわくわくさせて、上階の部屋をとってくれるように頼んだ。

「何日ご滞在の予定ですか」フロント係がきいた。

「はっきりわかりませんが、一週間は滞在すると思います」

フロント係はコンピュータに必要事項を打ちこんだ。「お支払いはどのようになさいますか」

メグはハンドバッグをかたく握りしめた。バッグのなかには寝室の引き出しで見つけた五百ドルの現金があるが、それはいざというときのためにとっておきたかった。そのほかに、この街の銀行に預金口座をもっていたはずだ。メーガン・ハウエル名義のその口座には、三千ドル近い預金があったと思うが、小切手帳などはもちろんもっていない。

「お客様?」キーボードの上に指を置いたまま、フロント係は目を細めてメグの顔を見あげた。「お支払い方法は?」

「クレジットカードでお願いします」仕方なく、メグは言った。

「では、カードを拝見できますか?」

メグはうなずいて、ハンドバッグのなかからリーザ・カンタリーニ名義のゴールドカードをとりだした。フロント係に渡すとき、いまにも武装警官があらわれ、詐欺罪で逮捕されるのではないかというばかげた考えが頭に浮かんだ。

リーザのサインは屋敷にいるあいだに練習しておいた。まねをするのはそれほどむずかしくなかった。メグ自身の筆跡に似た元気のいい斜めの書体で、縦の線が短く、字と字のあいだが少し離れている。

「いまサインをするんですか?」カウンターの下で手を握りしめてメグは尋ねた。

フロント係は首をふった。「いいえ、いまはけっこうです。チェックアウトの際にお願いします」

メグはほっとして笑みをもらした。「どうも」彼女は部屋の鍵《かぎ》を受けとり、スーツケースを引いてエレベーターホールにむかった。

客室のなかにはいると、メグは自分が現実の世界にいるとは思えなくなってきた。この部屋と、かつて働いていた場所が同じ建物にあるとは信じがたい。メグの記憶にあるのは埃《ほこり》だらけの通用口、汚れたコンクリートの通路、そして、生ごみがあふれそうな金属の容器が並ぶ、吹きさらしの屋外駐車場だ。

それにひきかえ、この部屋の趣味のよさはどうだろう。メグはおそるおそる歩きまわり、美しく輝く木目を撫《な》で、豪華なカーテンやベッドカバーに触れ、バスルームの真鍮《しんちゅう》の栓をひねった。そして窓のそばに立って、まぶしく輝く市内の風景に目をやりながら、かつての自分に思いをはせた。そのころの彼女は地下の調理場で奴隷のように働きながら、いつかはお金を貯《た》めて上階の客室に泊まることを夢見ていた。

そのあいだずっと、私のなかには……。

メグは身を震わせ、部屋を横切って電話のところにいった。受話器をとって、ソルトレーク・シティの屋敷の番号を押し、うつろに響く呼びだし音に耳をすます。

「カンタリーニ家でございます」フィラミーナの声だ。

「もしもし、フィラミーナ」メグはふっと口をつぐんだ。彼女に対してなんと名のるべきか、まだきめていなかった。ミセス・カンタリーニという言い方は嫌いだが、フィラミーナがそれ以外の呼び方をしてくれることは決してない。

「ミセス・カンタリーニですか？」

「ええ」メグは答えた。「あのう……ビクターはいるかしら」

「まだお帰りになっていません」

ビクターが十時か十一時前に帰宅することはほとんどない。仕事なのか遊びなのか、メグには知りようもない。外で何をしていようと、家にいるときの様子はいつもまったく同じだった。

「無事にラスベガスに到着しましたと伝えてもらえるかしら」

「連絡先の電話番号をいただけますか？」

ベッドの上の一対の油絵を見ながら、メグは躊躇《ちゅうちょ》した。居場所はだれにも教えたくない。偽りや混沌《こんとん》の地雷原をここまで慎重に歩んできたのだ。いまはさらに慎重に行動すべきときだ。

メグはとっさに頭に浮かんだことを言った。「友人のうちにきているの。名前は……デイナよ」調理場で上司だった女性の名をあげた。「ビクターは会ったことがないと思うけど」

「電話番号をお願いします」

メグはすばやく考えをめぐらせた。調理場の電話番号を教えるわけにはいかないし、ほかに知っている番号はない。とっさに口からでまかせの番号を言った。ビクターはきっとメグが勘違いしたのだと思って、またこちらからの連絡を待つだろう。

フィラミーナはでたらめの電話番号を書きとめて復唱した。用事はすんだが、メグはすぐに電話を切る気になれなかった。ホテルの高層階のよそよそしい客室から見れば、以前はあれほど近づきがたく思われたピンクの御影石《みかげいし》の屋敷がふるさとのようになつかしく感じられる。

「ドミーはどうしているの？　もう寝たかしら」メグはきいた。

「いいえ、まだです」

ドミーを思い浮かべると、口もとが自然にほころぶ。「ドミーのことが大好きだって伝えてちょうだい、フィラミーナ。そして、帰ったらまたお馬さんに乗りましょうって」

「はい、わかりました。伝えます」その声には驚きと警戒心が感じられた。

「じゃ、おやすみなさい、フィラミーナ」

「おやすみなさいませ、ミセス・カンタリーニ」

メグは受話器を置くと、バスルームにいって浴槽に湯を満たした。泡をいっぱいに立てた浴槽に体を浸し、週末にラスベガスに立ち寄ると言っていたジム・レガットのことを考えた。

目を閉じると、彼の青い瞳や広い肩幅、そしてしなやかな歩き方がまぶたに浮かぶ。そして鞍《くら》の腹帯をしめたり、ブラシを扱うときの、あの器用な手の動き。

彼がいまここにいてくれたらいいのに……。メグは泡のなかに体を沈めた。いとこからきかされたいやな話はすっかり頭から消えていた。今夜、ジムが迎えにきて食事に連れていってくれたら、どんなにすてきだろう。

翌日、メグは朝早く目を覚まし、ベッドのなかでその日の行動を考えた。理屈から言えば、最初に訪れるべき場所は調理場だろう。そこへいって、顔見知りを見つけることだ。しかし、自分の過去がもう少しはっきりするまで、調理場には近づきたくない。メグはひろい窓をおおうカーテンを見つめながら、じっと考えこんだ。

ようやく起きあがると、彼女はホテルのダイニングルームのひとつで朝食をすませた。それから駐車場にいって車に乗り、幌《ほろ》をたたんで朝のまぶしい日差しを全身に浴びながら街にでた。

きらきら谷《グリッター・ガルチ》として知られる繁華街のにぎやかな大通りを少しはずれたところに小さなアパートメントを借りていたことを、メグはぼんやりと覚えていた。記憶は定かではないが、そこに住んでいたのはまだ最近のような気がする。通りを車で流しているうちに、それらしい建物が見つかった。メグは車をとめて、汚い煉瓦造《れんがづく》りの建物を運転席から見あげた。

建物は荒れはてていた。窓枠がゆがんで、窓ガラスが割れている箇所もある。非常口には擦り切れた洗濯ロープがかかっている。メグは車をおりて建物にむかい、ペンキのはがれたドアをあけて薄暗いロビーに足を踏みいれた。

床磨き用のワックスと洗剤のまじった独特のにおいがつんと鼻をつく。その強烈なにおいは、メグの心にさまざまな記憶をよみがえらせた。

私はここに住んでいたことがある。仕事が終わるとバスに乗り、調理場のきつい仕事で棒のようになった足を引きずってここに帰ってきた。くる日もくる日も、その汚い階段をのぼって自分の小さな部屋にもどっていった。いまや、部屋の様子や、部屋の番号まで思いだすことができる。

「4C」メグは声にだして言った。「私の部屋は4Cだった」

しかし、掲示板に示された居住者名のなかにはメーガン・ハウエルの名前も、リーザ・カンタリーニの名前もなかった。4Cの欄には、みみずの這《は》ったような解読不能のサインが記されている。

なすすべもなく立ちつくしていると、掃除用具をいれたバケツとモップをもった女性が階段をおりてきた。階段の下までくると、道具を置いて背中をさすり、けげんそうな目でメグを見た。

「何か用？」

「いいえ。ただちょっと……」

頭に黄色いバンダナを巻き、汚れたジーンズをはいたその女性は、煙草《たばこ》に火をつけて深々と吸いこみ、傷だらけの柱に寄りかかった。「なんなの」煙を吐きだしながらきく。

「4Cの部屋にはだれが住んでいるのかしら。名前が判読できないんです」

「カジンスキーよ」女性は煙草の煙をもう一度吸いこんだ。「ブロンドの髪を長くのばした若い男。〈フォー・クイーンズ〉でブラックジャックの係をしてるわ」

「そのひとはここに長く住んでいるんですか？　以前の住人について、何かご存じありません？」

「私は、今月のはじめにここの管理人になったばかりだからねえ。私がきたときには、あの部屋にはカジンスキーが住んでいたよ」

「そうですか」メグはドアのほうにむかって歩きはじめた。「そのまえに住んでいたひとは……以前の住人の所有物はどうなったんでしょう？」

「引っ越しのときにもっていったにきまってるだろう」

「いいえ、そうじゃなくて、もしも住人が急に姿を消してしまったら、そのひとの所有物はどうなりますか」

「処分するわね。ここには家具の保管室なんてしゃれたものはないからね。二週間は管理人室に置いておくけど、そのあとはごみとしてだすのよ」

「すべてを？」

「ひとつ残らず」管理人は煙を長く吐きだしながら、強調するように言った。「何から何まで、私が自分でトラックに積みこむのよ」

メグはがっくりと落ちこんでうなずいた。「どうもお邪魔しました」

「いいのよ」管理人は煙草の吸殻をバケツに投げこみ、掃除用具をふたたび肩にかけて、ロビーの奥の廊下にむかって歩いていった。

それから一時間ほどして、メグは銀行の窓口で若い男の行員にむかって説明していた。

「メーガン・ハウエル名義の口座です。預金残高が千ドルを超えると日割りの利子がつく預金口座で、残高は三千ドル近くになっているはずです」

「口座番号はおわかりですか」

「覚えていません」

「口座番号がないと、お探しするのは非常に困難です」行員は言った。「通帳か、小切手か、あるいは何か口座番号の記載されているものをおもちではありませんか」

「少しまえに交通事故にあって、所持品をすべて失ってしまったんです。なんとか探していただけないかと思ってきてみたんですが」

「ハウエル様ですね」行員は目を細めてコンピュータの画面を見つめた。

「ええ、メーガン・ハウエルです」

しばらくして行員は言った。「口座はたしかにありましたが、預金は全額引きだされて口座は解約されています」

「解約？　それはいつのことですか？」

「その記録はこちらにはありません。私どもにわかるのは口座名と、口座が解約されたということを示すコード番号だけです」

「でも……そんなはずないわ！　いったいだれが私の口座を解約したというの」

「もしも何か不審な点がおありでしたら、苦情を申したてる手続きをとってください。用紙をさしあげますから」

「いいえ、そういうわけでは……口座が解約されたのがいつか、それだけでもわかりませんか？」

「こちらではわかりません」

メグは大きくため息をついた。「なんとか調べる方法はないでしょうか」

「そういった情報は本社のコンピュータに記録されているんです。調査を希望する場合は、書面で依頼しなくてはなりません」

「それには時間がかかるんでしょうね」

行員はいやけがさしたように肩をすくめた。「わかりません。一週間かかることもあります。本社のコンピュータのこみ具合によりますから。もしも正式に苦情を訴える場合は……」

「いいんです。もう一度調べて、またうかがいます」

銀行をでたところでメグは立ちどまった。あたたかい日差しにもかかわらず、体のなかは冷え冷えとしている。

だれかが私の銀行口座を解約して、預金全額を引きだした。アパートメントのなかのわずかな家具と持ち物は、すべてごみとして処分された。これまで生きてきた痕跡《こんせき》がすべてきれいに消えてしまったのだ。まるで、私という人間など存在していなかったかのように。じわじわと確実に追いつめられていく。だれが、いったいなんの目的でこんなことを……。それがわからないだけに、いっそう不気味さがつのった。

車を市の南にむけると、輝きと喧騒《けんそう》に満ちていた大通りは、サボテンと岩だらけの砂漠地帯を縫って進むハイウェイに姿をかえる。新しくできたばかりの瀟洒《しょうしゃ》な新興住宅地の隣には、貧しい小規模農家や荒れはてたトレーラーハウスが軒を並べている。付近には西部劇映画のセットが散在し、商店やしゃれた酒場とともに、風に吹かれて転がる乾燥した草のかたまりまで、本物そっくりにつくられているのが見える。

メグは何か目印になるものはないかと周囲に目をこらしたが、見覚えのあるものはなかった。車をかなり走らせてから、だれもいない野球のグラウンドを通り過ぎた。バックネットのたわんだ金網を見た瞬間、胸が高鳴った。そうだ、ここに間違いない。脇道《わきみち》をはいっていくと、農家の庭先にでた。庭には数頭の山羊《やぎ》が放し飼いにされている。トレーラーハウスを目にすると、思い出がどっと胸にあふれでてきた。

メグは正面に車をとめて、トレーラーハウスのドアをノックした。なかから犬の激しい鳴き声がきこえ、それにつづいて足音が近づいてきた。ドアをあけたのは、赤ん坊を抱いた若い母親だった。母子ともに赤い縮れ髪で、母親は愛想のよい笑みを浮かべていた。

「こんにちは」メグは笑顔をかえした。「あの……こちらにお住まいですか?」

母親はうなずいた。「主人がそこのマシュマロ工場に勤めているの。私はテッサ、この子はアシュリーよ」

「そうですか。こんにちは、アシュリー」メグは丸々と太った赤ん坊にほほえみかけた。

赤ん坊は母親の腕のなかで体をはずませ、言葉にならない音を発した。

「何かご用?」テッサと名のった女性は、赤ん坊を体の反対側に抱きなおしながら言った。

「私は……以前ここに住んでいたんです」メグは息を深く吸った。「それで、ちょっとこのあたりを見せていただけないかと思いまして。もし、おさしつかえなければ」

「あら、全然かまわないわ。散らかっているけど、好きなだけ見ていってちょうだい」テッサはうれしそうな声で言うと、メグになかにはいるよううながした。

「いいえ、おうちのなかにお邪魔するつもりはないんです。納屋と、そのあたりを見せていただければそれだけで」

「そんなこと言わないではいってちょうだい。私は一日中この子とふたりきりでいるのよ。たまには話し相手がほしいわ。はいってコーヒーでも飲んでいってよ」

メグは驚いたようにテッサを見つめ、赤ん坊に視線を移した。「見ず知らずの人間を家にいれたりして、危なくありません？」

テッサはキッチンのドアをあけた。獰猛《どうもう》そうな白いピットブルテリアが、ピンクの鼻先を震わせながら、すぐに飛びだせる体勢でメグを見ている。

「じっとしてなさい、マシュマロ」テッサは言った。「いい犬でしょ？」

見るからに恐ろしげな犬にむかって、メグは用心深く笑いかけた。犬はいったんおすわりをしてから今度はうずくまり、メグの様子をじっとうかがった。玄関をはいったところには、釣り道具や、さまざまなベビー用品がところ狭しと置かれている。

「ロンは……主人だけど、釣りに目がなくてね。以前オレゴンに住んでいたときには週末のたびにでかけていたんだけど、ここはあまり釣りにはむかないのよ。あなたはいつごろここに？」

「そうね……十年ほどまえまで。母が亡くなったあと、ここを離れたの」メグはテッサのあとについてキッチンにいき、記憶をとりもどそうと努めた。幼いメグが母親の腕に抱かれて話に耳を傾けたのは、このキッチンのはずだ。しかし、記憶につながるようなものは何も見あたらなかった。

「何も思いだせないわ」興味深く見守っているテッサに、メグは言った。

「そんなにがっかりしないで。もしかしたら、このトレーラーじゃなかったのかもしれないわ」

「どうして？」

「私たちはここに越してきてまだ二年なの」テッサは赤ん坊を子供用の椅子におろした。赤ん坊はスプーンを握って、プラスチックの皿を叩《たた》きはじめた。「あなたが住んでいたころには、ほかにもトレーラーがあったんじゃない？」

メグはうなずいて、混乱した頭のなかを整理しようと努めた。犬のマシュマロがやってきてメグの足もとに寝ころんだ。片方の耳を立ててメグを監視する姿勢はくずそうとしない。

「撫でても大丈夫？」メグはきいた。

「私ならやめておくけど」テッサはぶっきらぼうに言って、マグカップにいれたコーヒーをもってきた。話し相手ができたことを心から喜んでいるらしく、赤ん坊のことや自分のことをあれこれとしゃべった。ふたりはコーヒーを飲み、マシュマロがたっぷりはいったブラウニーをつまんだ。

「ロンが工場からただでもらってくるの。食べきれないほど」

赤ん坊のふっくらした顔は、じきに眉から顎までチョコレートだらけになった。

「なんて顔してるの」テッサは機嫌よく笑っている赤ん坊に言った。「お風呂にはいらないときれいにならないわね」

「私はこれで失礼するわ。どうもごちそうさまでした」メグは重い腰をあげた。

「いいえ、どういたしまして。またいつでも寄ってちょうだい」

メグはキッチンの戸口で足をとめた。「あの……そのへんを少しぶらぶらしてもかまわないかしら。何か見覚えのあるものが見つかるかもしれないから」

「もちろん」テッサは赤ん坊を抱きあげた。「気のすむまでゆっくり見ていってちょうだい」

メグはほほえんでキッチンをあとにした。玄関までマシュマロの見送りを受けたが、最後まで警戒心を解いてはもらえなかった。

マシュマロの鼻先でドアをしめ、メグは庭をうろつく山羊や鶏をかきわけながら、トレーラーの裏手の草地にむかって歩いていった。金網のゲートをあけ、あとをついてくる山羊たちが庭からでてしまわないように急いでしめた。野原にでると、土色の地平線に目をやって思いをめぐらせる。

きっとここだという気はするのだが、本当に自分が住んでいたことを実感できるような確たる記憶はない。もしかしたら、記憶が混乱している時期に、だれかと一緒にここを訪れただけなのかもしれない。

自分の考えが正しいことを裏づけるものが何かないだろうか。ほかのひとはだれも知らない、メーガン・ハウエルの子供時代の何かが……。

とつぜん、メグの脳裏にインディアンの岩のことがよみがえった。

メグはいきなり走りだした。砂に足をとられそうになりながら、野原のはずれにある砂利の詰まった大きなくぼみにむかって駆けていく。

それは、大雨のあとには水浸しになってしまう天然のくぼみだった。しかし、当時のメグにとっては、空想にふけったり、海賊やカウボーイのお話を考えたりするための魔法の場所だった。

くぼみの底に生えた灌木《かんぼく》のそばに、直径一メートルほどの丸い岩がある。その表面にできた模様を、かつてのメグはインディアンが描《か》いた絵だと思うことにしていた。かがみこんで指で模様をなぞりながら、そのひとつひとつを題材にしてお話を考えたものだ。

メグは深く息を吸ってくぼみをのぞきこんだ。大きな岩に寄りかかるように、平たいグレーの石が砂利のなかに半分埋もれている。膝をついて、荒い息をつきながら砂利や土を懸命にどかしていき、石を動かす。大きな岩の下にあいた暗い穴をのぞくと、きらきらと光るものが見えた。

手をのばして、なかからマヨネーズの瓶をとりだしたとき、メグの瞳から涙があふれた。

蓋《ふた》は錆《さ》びついて動かない。小さな石を打ちつけて瓶を割り、粉々になったガラスのかけらをくぼみのなかにもどした。そして瓶のなかからでてきた小さなノートを手にとり、そこに書かれたメッセージを読んだ。

〝私の名前はメーガン・エリザベス・ハウエル、十一歳です〟子供っぽい字で書かれている。〝これは、未来の世代にむけてのメッセージです。この岩は特別なインディアンの岩で、上に描かれた絵はとても大切なものです。この岩を決して動かさないでください。さもないと、インディアンの呪《のろ》いを受けることになります〟

最後に〝メーガン・ハウエル〟のサインがあり、一九八二年三月三日と記されていた。

16

　ジム・レガットは愛馬コーチースを引いてロデオ会場を横切り、トレーラーにもどってきたところだった。鞍《くら》をはずし、膝をついて馬の後ろ脚の具合を調べる。「すっかりよくなってるじゃないか」立ちあがって、彼は馬の背を軽く叩《たた》いた。「ミセス・カンタリーニのおかげだな」

　口笛を吹きながら馬のつやつやした毛並みにブラシをかけ、彼女のことをぼんやりと考える。なぜか、彼女のことが頭から離れない。すべてを忘れて大好きなロデオに集中することのできる、年に一度の貴重な休暇だというのに、陽気なロデオ仲間と一緒にいても、美しい景色を見ても、いつものように頭を空っぽにして楽しむことができない。

　ぼくはビクター・カンタリーニの妻である女性を、リーザではなくメグとして考えはじめている。そのことに気づいて、ジムはかすかな懸念を抱いた。

　子供時代の記憶がだれかほかの人間のものではなく、間違いなく彼女自身のものであることがジムの話によって裏づけられたとき、彼女はうれしそうに瞳を輝かせた。彼女には思わず手をさしのべたくなるような繊細で可憐《かれん》なところがある。リーザ・カンタリーニとは正反対だ。

ジムは目を細めて地平線を見わたした。グラウンドの上にもうもうと立ちのぼる土煙のむこうに、傾きかけた太陽が金を溶かしたようにまぶしく光り輝いている。

ここは今回の旅程のなかでもっとも南に位置する、フェニックスの西の小さなロデオ会場だ。明日は北に進路をとってラスベガスにむかい、そのあとメスキートで数日を過ごしてから帰宅するつもりだった。

ブラシをトレーラーのなかに投げいれ、分厚い革のすねあてをとりだして、コーチースの後ろ脚にあてがい、紐《ひも》で固定した。立ちあがると、ふたりのカウボーイが隣のトレーラーに寄りかかって彼のほうを見ていた。

「いい走りっぷりだったな、ジミー」噛《か》み煙草《たばこ》をくちゃくちゃやりながら、そのうちのひとりが言った。ブロンドで、子供っぽい丸顔の若い男だ。「今日の賞金を手にいれたんだろう?」

この若者は無邪気そうな顔に似合わず、気性が荒いことで知られている。ジムは笑って答えた。「まあな。明日はどれに乗るんだい、ブラッド」

ブラッドと呼ばれた若者は顔をしかめて地面に唾《つば》を吐いた。「グラスホッパーのやつに乗るつもりだ。あいつも疲れてきたらしい。以前ほど動きが激しくなくなってる」

「いやあ。油断は禁物だぞ」もうひとりの背が高くて痩《や》せたカウボーイが言った。この男は数年にわたってロデオ大会を渡り歩いてきたために、浅黒く日焼けしている。「そうだろう、ジム」

「ああ、そうだ」ジムは干し草の袋をもちあげ、コーチースのために地面に少しまいてやった。「メル、ちょっときさたいことがあるんだが」

「なんだい」浅黒い顔のカウボーイは煙草に火をつけた。

「ハンク・ハウエルという男を覚えてないか。蹄鉄《ていてつ》打ちの職人で、以前ネバダからこのあたりを旅していた」

「いつごろの話だ?」

「十年ほどまえになる」

メルは煙草の灰を地面に落とした。「大柄で、黄色っぽい縮れ髪の男か?」

「そうだ、その男だ」

「ああ、思いだしたよ。そいつがどうかしたのか?」

「彼と一緒に旅をしていた女の子がいたはずなんだが。その子としゃべった記憶はないか?」

メルは驚いたようにジムを見た。「おい、ジミー。あれはまだほんの子供だったぜ。ふたりは親子だったはずだ」

「ああ、それは知ってる。ただ、その子がどんな顔立ちをしていたか覚えてないかと思って」

「そんなによく見たこともないよ。痩せっぽちの子供で、目がやたらに大きかった。それくらいしか覚えてないな」

「でも、父親の仕事を手伝っていたんだろう?」

「ああ。なかなか筋がよかった。ハンクはかみさんに死なれてから酒浸りになってな。最後にあのふたりを見たときは、娘のほうがあらかたの仕事をこなしていた。じつに腕がよかったよ、あの子は」

「それはいつごろのことだ?」

メルは肩をすくめ、眉間《みけん》にしわを寄せて考えこんだ。「最後に見てから六年から八年くらいにはなるんじゃないか。そのあとは姿を見ていない」

「ふたりがその後どうなったか知らないか?」

「どこかの牧場に落ち着いたって話をきいたような気がするな」

「どこの牧場だ?」

「急にきかれても、思いだせないな」

「思いだしてくれ」

メルは、埃《ほこり》っぽい空を背景に重そうに回転している観覧車に目をやった。「たしか、アマルゴーサの観光牧場だったと思う。きいた話じゃ、ハンクがどうしようもなくなって、問題ばかり起こしてるってことだった」

「問題？」

ふたたびメルは肩をすくめた。「細かい話は覚えてない」

「娘がどうなったか知らないか？」

「おい、ジム。いい加減にしてくれよ。なんだってその娘のことを根掘り葉掘りききたがるんだ」

「ジミーは若い女が好きなんだよ」ブラッドが言った。

うんざりしていたメルの顔がほころんだ。「なんだ、そういうわけか。ジムは女には目がないからな」

「そうだ、いい考えがある」ブラッドが声をあげた。「ジミー、おれたちと一緒にビアガーデンにいかないか。いかした三人組がお待ちかねなんだ。こっちはひとり足りないときてる」

「三人組？」ジムは鞍をトレーラーのなかにしまい、ロープを片づけはじめた。

「ああ、かわいい三人娘だぞ。市役所に勤める娘たちで、今日は休みをとってロデオ見物にきてるんだ。カウボーイが大好きなんだぜ」カウボーイハットを目が隠れるほど低くかぶりながら、メルがうれしそうに言った。

ジムは首をふった。「遠慮しとくよ。かわいくてキュートな娘たちのお相手は、もう卒業した。それに、飲みにいきたい気分じゃない」

ブラッドが愛敬《あいきょう》のある笑顔を見せた。「気分なんてすぐに変わるよ。一緒にきて、その青い瞳をぱちぱちさせるだけでいいんだ。さあ、女の子たちが首を長くして待ってる」

ジムはさらに断ろうとしたが、あきらめてふたりのあとをついていった。ビアガーデンというのは、組立て式のテーブルが地面に置かれ、前方に厚板を敷いたダンスフロアがあるだけの場所だった。スピーカーからほとばしりでる大音響の音楽にあわせて、数人の男女がステップを踏んでいる。ほとんどの客はテーブルについてビールを飲みながら、声を張りあげて話をしていた。

ブラッドは大きく手をふって、三人の若い女性が待つテーブルにむかって草の上を走っていった。

女性たちを見ると、ジムは気が重くなった。三人とも派手な化粧をして長い髪を細かく縮らせ、チェックのシャツにぴちぴちのジーンズをはいている。それが〝ウェスタンスタイル〟だと思っているのだ。本物のカウボーイの注意を引いて有頂天になっていることが見え見えだった。

ジムは勝ち気そうなブロンドの隣にすわった。席順はブラッドとメルによってあらかじめられていたらしい。ブロンド娘は、その日の午後の競技に出場したジムを見たと告げた。「もう最高だったわ！　あなたの縄使い、目にもとまらぬ速さだった。それに、あなたの乗っていた馬、とってもきれいだったわ！」

馬のことを褒められると、ジムの口もとは自然にほころんだ。だが、彼女の熱をおびた青い瞳を見たとたんに気持は冷めた。ビールをすすって、なんとか会話を進めようと必死に努める。

この女性に問題があるわけではない。ただこの数年、カルガリーからコーパス・クリスティにいたる各地のロデオ大会で、ジムは彼女のような女性との出会いをあまりにも多く経験してきた。おしゃべりに耳を傾け、ダンスフロアでくるくる回転させ、心をとろけさせてベッドに連れていった。

もうそんなことはたくさんだった。

「さあ、踊ろう」ブラッドがお相手の黒髪の女性に言った。黒いタンクトップに包まれた彼女の豊満な胸は、まわりの男たちの注目の的だ。

ふたりは手に手をとってダンスフロアに進みでた。女性はブラッドの手を握りしめ、興奮した様子で笑っている。

フロアの人々にまじってふたりは踊りはじめた。筋肉質の体を派手なシャツとジーンズに包んだブラッドは、膝をつっぱるようにしてぎごちなくステップを踏んでいる。女性のほうは相手に体を預け、うっとりとした表情を浮かべている。男の厚い胸板に押しつけられた豊かな胸を見ると、ジムはふいに欲望を覚えた。だが、それはここにいる女性たちによっていやされるものではない。

たそがれどきの薄明かりのなかで、煙草の煙や土埃の彼方《かなた》に見えるのは、やさしい顔立ちと大きなブルーの瞳、それに自然にカールした黒髪だった。馬上で優雅に体を上下させる姿がまぶたに浮かび、柔らかな声が耳によみがえる。

「失礼、もう一度言ってくれないか」隣の女性が熱心に自分を見ていることに気づき、ジムは尋ねた。

「あなたの毎日についてきいたのよ。とても刺激に満ちているんでしょうね」

「それほどでもないさ」ジムはそっけなく答えた。「ぼくはソルトレーク・シティで建設業に携わっているんだ。会社や事業所のために倉庫やビルをつくるだけの仕事だよ」

「でも、あなたは……」女性は体を後ろに引き、値踏みするような目でジムを見た。「あなたはカウボーイなんでしょう？」

「それはそうだが」ジムはビールを長々と喉に流しこんだ。「一年中カウボーイでいることはできない。いったん大人になってしまうとね」

女性は曖昧《あいまい》な微笑を浮かべた。ジムには彼女の考えていることが手にとるようにわかった――カウボーイの言うことなど、どうせあてにならない。

ジムはふたたびひどく気持が落ちこむのを感じた。

孤独感がつのり、女性のぬくもりがほしかった。今夜、ひとりでベッドにはいりたくない。しかし、求めているのは隣にいる女性ではない。本当にそばにいてほしいのは、自分の過去を探りだすためにラスベガスに滞在している女性だ。

隣家の人妻にこんな不謹慎な考えを抱きはじめていることが、われながら恐ろしく感じられた。その考えを実行に移してしまう可能性すらあるのだ。ジムはあと数日でラスベガスにいく予定になっている。到着したら、〈ウィローズ〉にひとりで泊まっている彼女に連絡をとるつもりでいた。

そのとき彼女が拒まなければ、きっと自分をおさえきれなくなるだろう。あとでおたがいに悔いるような行動に走るにちがいない。

彼女がいかに無防備な状態でいるかを知りながら、こんなことを考えるなんて最低だ。自分をおさえることができないのなら、彼女に近づくべきではない。頭ではそう思いながらも、ジムは彼女に会いたい気持をつのらせていた。

彼はゆっくりしたペースでビールを飲み、相手の女性のおしゃべりに礼儀正しく相槌《あいづち》を打ちながら、いつになったら無礼でなくここを抜けだし、わびしいモーテルの部屋にもどることができるか、そればかりを考えていた。

メグはホテルのしんとした部屋で体を小さく丸め、窓から通りを見おろしていた。

夕闇《ゆうやみ》の訪れとともに、ラスベガスの大通りには車があふれ、カジノからカジノへと渡り歩く人々の数がふくれあがっていく。しかし、高層階のこの部屋できこえるのは、エアコンの低い運転音と、心のなかの叫び声だけだった。

メグは椅子の上に脚を引きあげ、膝をかかえてその上にあごをのせた。いまなすべきことは、推理をさし控えて、事実だけを整理することだ。

第一に、自分とジム・レガットの考えが正しかったことが明らかになった。メーガン・ハウエルは借り物の記憶による産物でもなければ、リーザの心が生みだした存在でもない。メグが本来の人格で、リーザのほうがあとからあらわれたのだ。メグは記憶にあるとおりの子供時代を送った。ラスベガスの南の小さな農場で育ち、グローリーとハンクのふたりに育てられたのだ。

ドクターに話したとおり、メグが十四歳のときに母が亡くなった。それからの数年は父とふたりで旅をしてまわった。通信教育で高校卒業の資格はとったが、大学にはいっていない。本当は獣医になる勉強をしたかったが、父が酒に溺《おぼ》れるようになり、世話をしなければならなくなった。

いつでも仕事が山のようにあった。自分の仕事、そして父の仕事。時間がいくらあっても足りなかった。

子供時代の記憶は鮮明に残っているが、現在に近づくとかすみがかかったようにぼんやりとしてくる。幼いころの出来事や、ロデオ大会をまわっていたころのことは詳細に覚えているのに、その後の牧場でのことはほとんど何も覚えていない。父の深酒によって悲しい思いをしたことも、うっすらと覚えているにすぎない。そして、そのあとに起こったことも……。

メグは眉根を寄せて、椅子の上で体を揺すった。記憶の空白部分が気になってならない。空白のはじめの部分は、リーザが最初にあらわれたときにちがいない。それにしても、リーザはどこから、なぜ生まれたのか。そして、みすぼらしいアパートメントに住み、このホテルの調理場で働いていた今年の春と夏に、いったい何が起こったのだろう。

おそらく、リーザの人格があらわれてからも、メグはときおり表にでてくることがあったのだろう。ビクターのことも、ソルトレーク・シティの屋敷のことも、メグの記憶にはないが、なんらかの形でリーザの人格に働きかけて、定期的にラスベガスに通わせていたのだ。ラスベガスにいるあいだだけ、メグは自分にもどることができたにちがいない。そして、簡単にできる仕事を見つけ、アパートメントを借り、銀行口座を開いたのだ。

ここまでは、不可解ながらも受けいれることができる。多重人格症に関する書物を読んでからは、自分の人生に起こった出来事をある程度理解できるようになった。しかし、どうしても理解できないことがある。それが、ドクター・ワッサーマンが〈ウィローズ〉の調理場にいたと語ったメーガン・ハウエルと名のる女性の存在だ。

その女性のことは、ドクター・ワッサーマンの口から電話できかされたにすぎない。そのことがなおいっそう不安をかきたてる。どうしてドクター・ワッサーマンは自分の説にそれほど固執するのだろう。真実がある程度明らかになったいま、それは不自然なこじつけとしか思えない。彼女には、珍しい症例を研究して発表したいという医師としての野心以上の何かがあるのだろうか……。

農場を訪れてから、メグは父のことが心配でたまらなくなった。ドクターが言ったように、父は亡くなったのだろうか。もしも生きているのなら、いまどこにいるのか。すべての謎《なぞ》の答えが、そこにあるような気がする。

父の居所がわかれば、すべてが明らかになるだろう。しかし、最後に父とふたりで働いていた場所さえ思いだすことができない。うっすらと覚えているのは、ネバダ州や、カリフォルニア州東部の観光牧場で働いていたこと、デス・バレーでひと冬をすごしたこと。そしてバージニア・シティをときどき訪れたことだけだ。

それ以後のことは何も覚えていない。

「パパ」こめかみをもみほぐしながら、メグはささやいた。「パパ、どこにいるの。私、怖くてたまらない……」

メグは自分の弱さが恥ずかしくなり、バスルームに駆けこんで顔を洗った。新しいTシャツに着替え、スニーカーをはいてロビーにおりていき、人工の川岸にそって植えられた柳の枝ごしに周囲を見まわす。

調理場への連絡通路がどこかにあるはずだが、見ているだけではわからなかった。しばらく考えたのち、いったん外にでて、大きな建物をぐるりとまわって裏口にいった。駐車場の隣に鉄のゲートがあり、リネン類や食料品を積んだ車が出入りしている。

ここなら見覚えがある。メグは自信をもってなかのスロープを進み、白い金属のドアの前で立ちどまった。定められた番号を押すとブザーが鳴ってドアが開く仕組みだ。神経を集中して以前の従業員番号を押し、しばらく待つとドアが開いた。

コンクリートの通路に足を踏みいれると、背後で大きな音をたててドアがしまった。黄色いカードの並ぶタイムレコーダーの先は、戦場のような騒ぎだ。

長いテーブルにずらりと並んでサラダとデザートを盛りつけている、制服にヘアネット姿の人々。ガスレンジの前で湯気や炎を盛大にあげるコックたち。調理場を忙しそうに駆けまわる助手。洗剤の液に腕を浸し、流し台におおいかぶさるような姿勢で作業をしている皿洗い係。

けたたましい騒音と、熱と、なじみのあるにおい。メグはとまどって周囲を見まわした。習慣とは恐ろしいものだ。もう少しで部屋を横切ってフックからエプロンとヘアネットをとり、受けもちの流し台の前にいってしまいそうになった。

かつての同僚の何人かがメグに気づいて、控えめにほほえみかけた。

「あらあら、いったいだれかと思えば」すぐ横でだれかが言った。

ふりむくと、大柄な女性が両手を腰にあててメグをにらみつけていた。茶色い瞳は怒りに燃え、まんなかでつながった黒い眉は高くつりあがっている。

「デイナ」メグは言った。女性はかつての上司だった。「私……ちょっと寄って――」

「まだ給料の残りがあると思っているのなら、おあいにくね。給料は全額支払いずみよ。それから、もしも推薦状にサインしてほしいというのなら、お断りするわ。あきらめたほうがいいわよ」

すさまじい剣幕にメグは度を失った。はっきりとは覚えていないが、ここで働いていたあいだ、デイナとはうまくいっていたはずだ。

「私は……体をこわしていたのよ、デイナ」おずおずとメグは言った。「車の事故にあって、ここに顔をだせなかったの。あの、もしも私が何かご迷惑を――」

「車の事故ね」デイナは意地悪く繰りかえした。「それはそれは」そう言うと口をつぐんでメグの顔をまじまじと見つめ、しばらくしてようやく口を開く。「あなたにはすっかりだまされたわ。素直でよく働くひとだと思っていたのに、最後になって本性をあらわしたものね。ウエイトレスの仕事を辞めさせて皿洗いにまわしたのが気にいらなかったんでしょう。そうなんでしょう、メグ？」

「それはどういうこと、デイナ？　私はあまりよく覚えていないの。あなたがなんのことを言ってるのか、本当にわからないのよ」

「ああ、そう」デイナは皮肉な調子を崩さなかった。「ちょっとした交通事故にあったので、私になんと言ったか覚えていないわけ？　みんなの前で私にどなり散らして、いちばん忙しい土曜の夜に仕事をほうりだしてでていったことを覚えていないというの！」

メグは茫然《ぼうぜん》として、居丈高に見おろしている相手を見つめた。「デイナ、それはいつのこと？　私はいつでていったの？」

デイナはあきれたという仕草をして立ち去ろうとした。メグはその腕をつかんだ。

「お願いよ、デイナ。どうしても知りたいの。私は本当にそのことを覚えていないのよ。お願いだから、それがいつのことだったかだけでも教えてちょうだい」

デイナは半信半疑といった顔でふりむいた。「三週間前よ。あなたがでていったのは、九月一日ごろだった」

メグは力なく手を放し、怯《おび》えた目でデイナを見つめた。

事故が起きたのはいまから一カ月以上前、八月なかばのことだ。三週間前には、メグはソルトレーク・シティの屋敷でほとんど一日中ベッドに横たわり、起きてバスルームにいくことすらできなかった。

そうであるはずなのに、まさかちがうというのだろうか？

17

眠れぬひと夜を過ごしたメグは、疲れのにじんだ目をして夜明け前に起きだした。ショルダーバッグに歯ブラシと着替えだけを詰めこみ、車で北へむかう。

インディアン・スプリングズを通過するころには、太陽が東の山のはしから顔をのぞかせていた。車窓の風景が、小川を縁どるようにつづいていたポプラ並木から、背の高いサボテンの群生へとかわる。西に顔をむけると、アマルゴーサの山々には早くも積雪が見られ、朝日を浴びた山頂が大理石のように輝いていた。アマルゴーサ渓谷に近づくにつれメグの恐怖感は高まり、吐き気さえ感じた。父がとても近くに感じられる。

この場所でメグと父に何かが起きたのだ。それが何かはわからない。頭のなかにあるのは、いますぐここから逃げだしたいという強い欲求だけだ。アクセルを強く踏みこんでアマルゴーサの荒野を飛ぶように通過し、スコッティーズ・ジャンクションからトノパーにむかって車を走らせた。

冷たい風が吹いていた。谷底から垂直に切り立った左右の高い山々は、遠くからは青みを帯びた灰色に見える。この道を以前にも通ったことのあるような奇妙な感じを、メグはどうしてもぬぐい去ることができなかった。

〝ラスベガスからリノまでの六百五十キロ以上の距離を、パパとママは古いトラックでかけたというのに、その途中のことを何も覚えてないのよ。まるで空を飛んでいるような気分だったわ〟母の声が耳もとできこえる。

メグはあふれでる涙をぬぐって運転をつづけた。

空腹を感じて車をとめたのはホーソーンだった。サービスエリアでエッグサンドを食べ、すぐに出発した。インディアンの居留地を通りぬけてファロンへむかい、それから西に折れてスパークスをめざす。リノには午後遅くに到着した。

街はにぎやかだが、見覚えのあるものや、記憶を呼び起こすようなものは何も見あたらない。商店やカジノのけばけばしいネオンは、メグの目にはまぶしいだけに感じられた。

リーザ・カンタリーニ名義のクレジットカードを使い、彼女は〈デザート・イン〉というホテルに部屋をとった。わずかな荷物を部屋に置くと、時計を見て、もう一度外にでかけた。法律事務所に到着したのは、事務所がしまる数分前だった。

「こんにちは」メグは受付係に言った。「ミスター・クリフトンにお会いできますか」

受付係の若い女性はいぶかしげな顔をした。「なんですって？」

「ミスター・クリフトンにお会いしたいんです。こちらはクリフトン・ローズ・アンド・

バーキット法律事務所でしょう?」

「ええ、そうですが、ミスター・クリフトンはもうこちらでは働いておりません」

「連絡先を教えていただけますか。ミスター・クリフトンが以前扱われた件について、おききしたいことがあるんです」

「ミスター・クリフトンは、昨年ロサンゼルスの自宅で亡くなりました」受付係は事務的な口調で言った。

「そんな……どうしてもお話をうかがいたいんです。どなたか、ほかの弁護士さんに会わせていただけませんか」

「申しわけありませんが、予約をしていただきませんと」受付係はコンピュータのスイッチを切って、机の下からハンドバッグをとりだした。

メグは机のはしを握りしめて、思わず身をのりだす。「お願いです。ラスベガスから車を飛ばしてきたんです。二、三分でけっこうですから弁護士さんに会わせてください。とても重要なことなんです」

受付係は黙ってメグを見ると、立ちあがって廊下にむかって歩きだした。「お会いできる弁護士がいるかどうか見てきます。お名前は?」肩ごしに言う。

「メーガン・ハウエルです。無理を言ってすみません」メグは革の椅子に腰をおろし、神経質に両手を握りしめながら事務所のなかを見まわした。

〝高価な油絵のかかった豪華なお部屋だった〟母がよく言っていた。

内装に関しては、四半世紀前とあまり変わっていないらしい。メグは金色のスポットライトをあてられた数点の狩猟の絵に目をとめた。母もこれらの絵を見たのだろうか。

「ミス・ハウエル、こちらにどうぞ」

廊下の先にあるオーク材の鏡板を張ったドアのなかに案内された。

「ミセス・エイブラムズがお会いします」受付係は外から静かにドアをしめた。

メグは弁護士のデスクの正面に置かれた椅子にすわった。「予約もなしに会っていただいて、本当にありがとうございます。これは、私にとって非常に重要なことなんです」

「そのようですね」弁護士は無関心な口調で言った。

黒縁の眼鏡の奥にある瞳を見つめながら、メグは大きく息を吸って話しはじめた。「私はメーガン・ハウエルと申します。私は……養子です。一九七一年九月十五日にリノで生まれました。養父母はこの法律事務所で養子の斡旋《あっせん》をしていただいたのですが、そのときに担当してくださったのがミスター・クリフトンです。母はいつも言っていました。いつか産みの親のことをもっと詳しく知りたくなったら、この事務所を訪ねなさいと」

「そうですか」弁護士はペンを置いて、黙ってメグの顔を見つめた。「あなたは何を知りたいの?」

「どんなことでも」メグはもう一度大きく息を吸った。胸がどきどきしている。「このところ、おかしなことばかり起こって、自分がだれなのかよくわからなくなってしまいました。それで、スタート地点にもどって自分のルーツを調べてみようと思ったんです」

「そうだったの……」弁護士の口調がやわらかくなった。立ちあがって机をまわってくると、メグの肩にそっと手を置いた。「古いファイルを調べてきます。コンピュータに移しかえられていないものも多いので、少し時間がかかると思いますが、お待ちになる？　それとも、明日またいらっしゃるかしら」

思いがけない親切な言葉がうれしくて、メグは相手の顔をまっすぐに見た。「待たせていただきます。ご迷惑でなければ」

弁護士はほほえんだ。「古いファイルを探すのはそれほどたいへんなことではないのよ。ただ、時間がかかるだけ。できるだけ早くもどるから、よろしければコーヒーでも飲んでいらして」

木製のキャビネットの上に、古びたコーヒーポットと色とりどりのマグカップが置かれている。メグはコーヒーをついで、気持を落ち着けようとゆっくり味わった。窓の外に目をやると、トラッキー川の両岸はすっかり秋の色に染まっている。

弁護士は十分ほどしてファイルを手にもどってきた。机のむこう側にすわると、同情するような目でメグを見た。「残念だけど、あまりお役に立てそうにないわ」

「記録は残っていなかったんですか？」

「残ってはいるのだけれど、それほど詳しくはないのよ」

「たしか、養子縁組をする際は、関係者の名前や詳細を届けでることが法律で義務づけられているんですよね？」

「七〇年代のはじめは、その法はあまり厳しく守られていなかったのよ。実際、赤ん坊を闇《やみ》で売買するブラックマーケットが横行していたし。赤ん坊を斡旋する組織があって、ひとりにつき一万から二万五千ドルで取り引きされていたの。当時としてはたいへんな金額だわ」

「そういうことは……もっと最近になってからのことだと思っていました」

「実際は昔から行われていたのよ。違法行為であるだけでなく、非常にでたらめなやり方がまかり通っていた。養子を迎える家庭の選別も、縁組後の追跡調査も行われず、もらわれていった家庭に何か問題があっても、赤ん坊をとりもどすこともできなかったわ」

「では、私もそのようにして取り引きされたのかしら」

弁護士は首をふった。「正確にはちがうわ。当時、ブラックマーケットとはべつに、グレーマーケットと呼ばれるものがあったの。そちらのほうは違法行為ではなかったのよ。現に、いまでも行われているわ。医師や、弁護士などの専門職についている人間は、養子の斡旋をして手数料を受けとることが許されているの。その場合、役所の目は届かないのよ。過去にこの事務所も何件かの斡旋を行ってきたらしいわ。その対象となるのは……」

言いにくそうに彼女は口をつぐんだ。

「どういう人たちだったんですか？」メグは身をのりだした。

弁護士は目を伏せた。「望まない妊娠をして、生まれた子供を……」

「ひそかに手放したいという人たちですね」

「ええ。そうよ」

「それで、ミスター・クリフトンは私が生まれるとすぐに養子縁組の手続きを行ったんですね」

「そのようね。彼が養子の斡旋をしていることは世間でも知られていたみたい。ファイルによると、あなたのご両親は何年もまえから斡旋希望者のリストに名前を載せていたわ」

「私の両親？」

「ラスベガスのハンクとグローリーのハウエル夫妻よ」

「ええ」メグは目を閉じて、ささやき声で言った。「私の両親です。ふたりは本当によくしてくれました」

「でも、あなたが知りたいのは、そのおふたりのことではないのね」

「私は実の両親のことを知りたいんです。実の母がどんなひとかを」

「力になってさしあげたいけど、できそうもないわ」

「どうしてです？　資料に載っている情報を教えてはいただけませんの？」

「ほとんど情報はないのよ」弁護士は静かに言った。

「でも……ファイルはそこにあるのでは？」

弁護士はむずかしい顔で書類に目をやると、ファイルを閉じた。「この件は特別扱いだったようなの。依頼人はミスター・クリフトンにとって非常に重要な人物だったのね。あなたの実のご両親に関する記載はひとつ残らず消されているのよ。いまとなっては見つけるのは不可能でしょうね」

「どうしてそんなことが……私には理解できません」メグは閉ざされたファイルに視線を注いだ。

弁護士は無言でファイルをおしやった。メグはそれを手にとって、なかの書類に目を通した。ハウエル夫妻が養子の斡旋を希望した旨の書類、養子縁組がなされたことを確認する弁護士のサイン入りの書類。そのなかで、産みの母の名前が記された箇所はすべて消され、ハウエル夫妻以外のサインはすべて黒く塗りつぶされている。古びた書類を隅々まで見て、メグは顔をあげた。

「どうしたらいいのかしら……」

弁護士は黒縁の眼鏡をはずし、額をもみほぐした。「メグ、あなたは子供時代、幸せだった？　ご両親を愛していた？」彼女はやさしくきいた。

「ええ」小さな農場や、野球のグラウンドや、焼きたてのパンや、母のあたたかい腕がメグの脳裏によみがえった。「幸せな子供時代を送りました」

「それなら、そのことだけを大切にして、ほかのことは忘れたらどうかしら。永久に失われたものを追い求めて自分を苦しめても仕方がないでしょう。ハンクとグローリー・ハウエル夫妻があなたのご両親よ。これには——」弁護士はファイルを指で叩《たた》いた。「なんの意味もないわ。あなたが生まれてからずっと愛してくださった人たち、本当に大切なのはその人たちではないかしら」

メグはうつむいてファイルを見つめた。挫折感《ざせつかん》に体から力が抜けていく。「おっしゃるとおりです」小声で言って、ハンドバッグを手にもった。「お手数をおかけしました。料金はおいくらになりますか？」

弁護士は気にしなくていいというふうに手をふった。その哀れむようなまなざしを意識しながら、メグは部屋をあとにし、だれもいない受付の前をゆっくり歩いて、夕闇のせまりくる通りにでた。

数時間後、メグは落ち着いたアースカラーでまとめられた病院のロビーをきょろきょろと見まわしていた。事故直後の二週間の入院を除いて、これまで病院を訪れたことがあったろうか。あのときは怪我《けが》と発熱のために頭が朦朧《もうろう》として、周囲を見まわす余裕もなかった。

メグは子供のころから健康に恵まれていた。両親も入院したことがなく、近くには親戚《しんせき》もいなかった。そのために、これまで病院にはいっさい縁がなく、病院が実際にどういうところかほとんど知らずにいた。

漠然と、白一色で無菌状態のような場所を想像していたが、改修したばかりのリノの病院は明るい雰囲気で、面会客の笑い声やたくさんの花であふれていた。ロビーの奥に、カーブしたガラスのカウンターに囲まれた受付があった。なかにはファイルキャビネットとコンピュータが並び、その前にきれいな若い女性がすわっている。メグはカウンターの前で立ちどまった。

「ちょっとおききしたいことが……でも、あちらの方をお先にどうぞ」むずかって泣く赤ん坊を片手で抱き、もう一方の手にスーツケースをもった母親がいるのを見て、メグは脇《わき》に寄った。

受付係が入院許可証を発行すると、親子は廊下の先に消えていった。メグはカウンターの前にもどった。

「おききしたいことがあるのですが」

「私でわかることでしたら」

メグは笑みを浮かべた。「ずっと以前にこちらに入院していた可能性のある患者について調べているんです」

「ずっと以前というと？」

「二十四年前です」

受付係は目を丸くした。「しかも、ここの患者だったかどうかもたしかではないのですか？」

「そのひとはここで……出産したのではないかと思います」

受付係は思いやりのある表情でメグを見つめ、やがて言った。「そうですか。でも、この病院かどうかはわからないんですね」

「ええ、でもこの病院がいちばん古そうに見えたので、まずここからはじめようと思ったんです」

「お役に立てるかどうかわかりませんが、とりあえず生年月日を教えてください」

「一九七一年九月十五日です」

「ここは一九八六年に火事にあって、ロビーと書類保管室の大半は燃えてしまったんです。コンピュータに移しかえられていなかった古い書類も一緒に」

「いいんです。書類があっても、どうせ具体的なことはわからなかったと思います。きっと名前は消されていたでしょう。私がここにきたのは、お医者さんか看護婦さんのなかに当時のことを覚えていらっしゃる方がいるのではないかと思ったからです。私はその日にリノで生まれ、養子にだされました。実の両親のことが知りたいんです」

受付係は無言でメグを見つめた。「私の夫も養子でしたわ」しばらくして言った。

「そうですか」

受付係はうなずいて、キーボードの上に視線を落とした。「自分が本当はだれなのか、何年も調べつづけていますが、いまだにわかりません。もうそのことは忘れたほうがいいと言っても、夫にはそれができないんです」

「つらいんですわ」メグはそっと言った。「わからないというのは、とてもつらいことなんです」

「そうでしょうね」受付係は顔をあげてメグを見た。「ずいぶん昔のことですから、そのときのことは私にはわかりません。昨年開かれたパーティで何人かの看護婦が永年勤続の表彰を受けましたが、ほとんどが勤続十五年か二十年でした。あとはドクター・エヴァンズという方がいらっしゃるけれど、あの方はちょっと……」

「ドクター・エヴァンズ？　どういう方ですか」

「十年ほどまえに引退されたドクターで、もう八十歳近い方ですよ」

「その方は一九七一年九月にここで働いていた可能性があるんですね」

「働いていたのはたしかです。ドクター・エヴァンズは医師として五十年以上この病院で勤務されましたから。もちろん、そのとき休暇をとっていたかもしれないし、べつの患者にかかりきりになっていたかもしれません。ですから、事情を知っているとはかぎりませんが」

「ええ。でも、まずそこからはじめるべきだと思います。もしも何もご存じなくても、どなたかほかの方の名前を教えてくださるかもしれません」

「そうかもしれませんね……」

「ドクターのご住所を教えていただけませんか」

「申しわけありませんが、教えられないことになっています」

「電話帳に載っているかしら」

受付係はにっこりと笑った。「電話帳を見るなとは言えませんものね。でも、お会いになるのならひと言注意しておきます。ドクター・エヴァンズはアルツハイマー病に似た状態で、調子のよいときとそうでないときがあります。いまは奥様が自宅で面倒を見ていらっしゃいます」

「ありがとうございました」メグは礼を言い、電話帳と、求めている答えを探すために歩みだした。

次の日の朝、川沿いに立つ大きな家の幅の広いベランダにメグは立っていた。「ミセス・エヴァンズですか。昨夜、病院からお電話したメグ・ハウエルですが」

「さあ、どうぞ。なかにおはいりください、ミス・ハウエル」夫人は小ざっぱりとした印象の、七十代の小柄な女性だった。明るいブルーの木綿のスラックスの上に格子柄のエプロンをかけている。

「お邪魔します」メグは一歩はいったところで立ちどまり、棚に並べられた黄色い菊の鉢に目をやった。

「夫はお客さまが大好きなんですよ。いまはサンルームでお気にいりのクイズ番組を見ています」

案内されたのは、明るい花柄のソファと同じ柄の椅子が数脚置かれた日あたりのよい部屋だった。コーデュロイのズボンに茶色のカーディガン姿の老人が肘《ひじ》かけ椅子にすわっている。世話がよくいきとどいているらしく、老人の表情は生き生きとして、瞳が好奇心に輝いている。

「ようこそ、ミス・ハウエル」老人はしわだらけの手をさしだした。「グラディスからお見えになることをきいていました。すわったままで失礼しますよ。このところ左足が痛んで仕方がなくて」

「ええ、どうぞそのままで、ドクター・エヴァンズ。会っていただいてありがとうございます」

老人はメグの手を握った。驚くほど強い力がこもっている。メグの顔を見ると、大きく目を見開いた。「あんたには会ったことがある」老人は部屋を立ち去ろうとしていた妻に呼びかけた。「グラディス、この娘さんには会ったことがあるよ」

「そんなはずはないでしょう、ジョン」夫人はやさしく言うと、メグにむかってほほえみかけた。「お茶をいれてきます」

メグはうなずいて、クイズ番組が映っているテレビにちらっと目をやった。

「テレビは消してもかまわんよ」老人はコーヒーテーブルの上のリモコンを指さした。

「くだらないたわごとをきいているより、きれいな娘さんと話をするほうがいい」

「お気にいりの番組だと奥様がおっしゃっていましたけど」テレビのスイッチを切りながら、メグは言った。

「いいんだ。魅力的な人間が相手をしてくれるほうが、はるかに楽しい」そう言って、老人は恥ずかしげに笑った。「あんたをどこで見たのか思いだせるといいんだが。あんたは私の患者だったのかな」

「いいえ、ちがいます。でも……」メグはためらいがちに付け加えた。「もしかしたら……母はそうだったかもしれません」

老人はメグをまじまじと見つめた。

「私は一九七一年九月十五日に、ここリノで生まれました。生まれてすぐに養子にだされたんです。それで、そのときの事情か、あるいは私の産みの親について何かご存じの方を探しているんです」

「いつ生まれたと言ったかね？」

生年月日を繰りかえすと、老人は椅子の背にもたれて目を閉じた。あまりにも長いあいだそのままでいるので、眠ってしまったのかと心配になった。ようやくまぶたがぴくぴくして開き、うつろな目でメグを見た。

「なんの話だったかな」

メグの心は重く沈んだ。「私が生まれたときのことです」辛抱強く繰りかえす。「私は二十四年前の九月十五日に生まれました。生まれたのは、ドクターがお勤めになっていた病院かもしれません。それで、何かご存じではないかと思ってうかがったんです」

老人の瞳はメグに注がれていたが、実際はどこか遠いところを見ていた。「あんたは妊娠していた。まだとても若いのに。かわいそうに、家のひとたちはあんたにあまり思いやりを示さなかった。そうだろう？」

メグは喉がしめつけられ、口がからからになるのを感じた。「それは私の母のことですか、ドクター・エヴァンズ？」身をのりだしてきく。「私の母を診察なさったんですか？」

老人は厳しい表情で首をふった。「ちがう。あの連中はあの子を医者に連れていくことさえしなかった。愚か者めが！」怒りに燃えた目をメグにむける。「あんたみたいな若い娘をそんなふうに扱うなんて、許せんやつらだ」

夫人がトレイを運んできて、コーヒーテーブルの上にそっと置いた。「何かお役に立てそうかしら」

「ええ。私のことを……だれかほかの女性だと思っていらっしゃるようです」メグは小声で答えた。

「そうですか……ときには朝食に何を食べたか覚えていないこともあります。そうかと思うと、十年もまえのことを信じられないほど細かく思いだすこともあるんですよ。でも、そのためには話をうまく引きだしてあげないと」夫人は夫の腕にそっと触れた。「ジョン、きいてちょうだい」

老人はふりむいて、無表情な顔で妻を見た。

「ジョン、あなたの大好きなフルーツビスケットをもってきましたよ」

「バターもつけてくれるかい」老人は興味を示した。

「ええ、本物のバターよ」

老人は子供のような表情で身をのりだした。「ビスケットをおくれ」

「ええ、すぐにね。でも、そのまえにメグの質問に答えてあげてちょうだい。いい？」

老人の目がふたたびメグにむけられた。その目は最初に見たときのようにきれいにすみ、顔にはユーモアと知性が浮かんでいる。「あのときの娘は……あんたの母親ではないかね」

メグはくるくる変わる老医師の状態にとまどいながらうなずいた。夫人はそんな夫の様子に慣れているらしい。「おそらくそうだろうと思います。母のことをもっとお話ししていただけませんか」

老人はトレイの上のビスケットを物欲しげに見てから、椅子の背に寄りかかった。そして、よどみない口調で話しはじめた。「あれは九月の雨の夜だった。私はただひとりの当直医として緊急治療室に詰めていた。そこに受付の看護婦が電話をしてきたんだ」

老人は記憶を呼び起こすように、口をつぐんだ。

18

その夜、シエラ・ネバダ山脈では雨が降りだしていた。九月の冷たい雨はハコヤナギの葉を散らし、山からリノの街に注ぐトラッキー川も普段より水かさを増していた。夜中の三時には、街は豪雨のただなかにあった。濡《ぬ》れた舗道にカジノのネオンがわびしく反射し、バージニア・ストリートを通ってスパークスから砂漠地帯にむかうまばらな車もスピードを落としていた。

街の中心を少しはずれたところにある病院の緊急治療室も、いつになく静かだった。当直の医師は、三日つづいた十八時間勤務のために疲れきった体を休憩室のソファに横たえ、数分間の睡眠をとろうとしていた。そばのテーブルで内線電話が鳴った。医師はぶつぶつ言いながらなんとか体を起こし、受話器に手をのばした。

「ドクター・エヴァンズ？」受付の看護婦が甲高い声で言った。「こちらにいらしていただけませんか」

「何か問題でも？」

「患者さんが名前をおっしゃらないんです」

医師はため息をついてソファからおり、廊下を通って受付にむかった。カウンターの前に中年の男女が立ち、年若い少女が椅子にすわっている。ひと目で状況は理解できた。少女はせいぜい十六か十七といったところだが、出産間近の体だ。

「陣痛ははじまっていますか？」医師は両親に尋ねた。

母親は曖昧《あいまい》にうなずいて、顔色をうかがうように夫を見た。「一時間前に破水したんです。まだ七カ月だと思っていたんですが……」夫ににらまれ、口をつぐんだ。

「手早くすませてくれないか」父親が言った。

「あの方はお嬢さんだということですが、ご両親はお名前をおっしゃらないんです」看護婦がカウンターのなかから言った。

それとなく目をやると、父親は堂々とした体躯《たいく》の持ち主で、上等なスプリングコートの袖《そで》の先には金時計がのぞいている。

「支払いは現金でする」父親は財布をとりだして札束を見せた。「必要な処置が終わりしだい、娘は連れて帰る。名前を教える必要はない」

「生まれた子供はどうするんです？」

「手は打ってある。あとで担当の者が迎えにくることになっている」

母親は体をかたくしてハンドバッグを握りしめただけで、何も言わなかった。少女は痛みのために椅子の上で体をふたつに折っている。長い黒髪がその顔をおおっていた。医師は少女のそばにいって肩に手を置き、子宮の収縮がおさまるのを待って声をかけた。「痛みの間隔はどれぐらい?」

少女は怯《おび》えた目で医師を見あげた。その顔は、はっとするほど美しかった。優美な卵形の青白い顔に、深いブルーの大きな瞳と高い頬骨がエキゾチックな雰囲気を醸しだしている。少女は唇を噛《か》んで、とまどった表情を浮かべた。

「痛みだよ。どれぐらいの間隔かわかるかい?」

少女は首をふって、顔をそむけた。

「彼女をジェーンと呼ぶことにしよう」医師は体を起こし、皮肉な調子で看護婦に言った。「ジェーンのお父さんには、ここで必要な書類を記入してもらう。お母さん、あなたは一緒にきてください」母親に声をかけ、カウンターの後ろから車椅子を運んできて少女を乗せた。

父親は肉づきのよい顔をこわばらせて何か言いかけたが、妻の訴えるような目を見ると、しぶしぶ口をつぐんだ。

「いつもはあんなひとではないんです」車椅子を押して歩く医師に、母親は言った。「ただ……ひどく動揺しているんです。今回のことはとてもショックで……」

車椅子に乗せられた少女は、ふたたび襲ってきた激しい痛みに体を丸め、低くうめいた。

医師は力づけるように肩を叩《たた》き、車椅子をエレベーターに乗せた。産科のフロアに到着すると少女を担当の看護婦に託して簡単な指示を与え、母親をソファと椅子の置かれたコーナーに案内した。

母親はソファの隅に腰をおろし、娘が連れていかれた部屋のほうを心配そうに見た。

医師はすわって母親を観察した。細い体を仕立てのよい服に包んだ上品な女性だが、自分をおさえることが習い性となっているように見える。彼女は膝に置いたハンドバッグをかたく握りしめた。

「奥さん、お嬢さんの名前を教えてください」

母親はぎくりとした顔で医師を見た。「すみません、許してください。主人がどうしても……」

「それならけっこうです。年齢はいくつですか」

「十七歳になったばかりです」

「予定日はご存じないのですね?」

「たぶん……十二月ごろだろうと思っていました。あの子は何も言いませんので」

「しかし、妊娠したおおよその時期は、おわかりなのではないですか?」

「春のはじめごろだと思います。あの子はボーイフレンドと一緒に……」唇を噛んで下をむき、やがて顔をあげてつづける。「はじめはまったく気づきませんでした。あの子は背が高くてすらっとしていますが、それは少しも変わりませんでした。六月になると、タホ湖にある友人の家に夏休みを過ごしにいきました。その家の方は事情をご存じだったはずですが、何も知らせてはくれませんでした」

母親はつらそうに身を震わせた。高圧的な父親の態度と、口をきこうとしない少女の美しい顔が医師の胸をよぎった。

「それでは、家にもどってきたときにわかったんですか」

「もどってはきませんでした。夏休みが終わると、あの子は……家出をしました。ラスベガスで友人とアパート暮らしをはじめるつもりだったんです。私たちは……主人は、警察に頼んで行方を探してもらいました」

「そうですか。では、警察官が家に連れもどしてくれたんですね」

「いいえ。迎えにいきました」

「そのときはじめて妊娠していることに気づいたんですか？」

母親はぎごちなくうなずいた。「主人は……私たちは、敬虔《けいけん》なクリスチャンです。これまで、家でこんな問題が起きたことはありません。主人はとても動揺しているんです」

「ご主人はお嬢さんが妊娠していることを秘密に？」

母親は膝の上に視線を落とした。「あの子がもどったことはだれにも言ってません。最後の学期をカリフォルニアの寄宿学校で受けていることにしています」

「実際は自宅に隠していたんですね」

「はい。もうひと月近くになります」

「胎児検診には連れていきましたか?」ふいに疑問がわいた。

ハンドバッグの革紐《かわひも》を神経質にいじりまわしながら、母親は首をふった。

「つまり、お嬢さんは一度も診察を受けていないというわけですね」

母親は唇を舌で湿らせ、すがりつくような目を医師にむけた。「主人が……」

「けっこうです。いまさら言ってもはじまらない。生まれた子供については、どのような手配をされているんです?」

「あのう……知りあいの弁護士が養子の斡旋《あっせん》をしてくれることになっています。そのひとのところには多くの――」

「そういった弁護士や、その活動についてはよく知っています。それでも、規則を無視するわけにはいきません。出産後数日中に、承諾書にお嬢さんのサインをいただかなくてはなりません」

「そのことは弁護士からきいています。書類は家にもってきてくれるそうです。病院のほうにはいっさいご迷惑をかけないと言っていました」

「それでは出産がすみしだい、ただちにお嬢さんを家に連れて帰るおつもりですか?」

わかってほしいと訴えるようなまなざしで、母親は医師を見た。「専門の看護婦を雇いました。そのひとが全部面倒を見てくれます」

「そうですか。打つべき手はすべて打ってあるということですね」

涙があふれ、母親は頬を濡らした。「すみません。勝手なことばかり申しまして……」

医師は悔やんだ。こんなに強い言い方をすべきではなかった。この女性は家庭での発言権をほとんど与えられていない。娘のことでもう充分に苦しんでいるうえに、誕生したばかりの初孫を手放さねばならないのだ。

医師は慰めるようにその肩を叩いた。

「ドクター・エヴァンズ」看護婦が廊下から声をかけた。「産道が開いて頭が見えてきましたので、産婦を分娩台《ぶんべんだい》に移しました」

母親の顔から血の気が引いた。はじめは静かに涙を流していたが、やがてそれはすすり泣きにかわった。医師は立ちあがり、同情のこもったまなざしをむけた。

「お嬢さんの様子を見てきます。長くはかからないでしょう。処置が終わったらお知らせします」

父親が廊下をつかつかと歩いてきた。医師にそっけない会釈をして、両手に顔をうずめて泣いている妻のそばにいった。

分娩室では、台の上に寝かされた少女が激しい痛みに黙って耐えていた。美しい瞳はじっと天井に注がれている。あたふたとした周囲の動きにはまったく無関心な様子で、遠くを見つめている。

幸運なことに、それから間もなく赤ん坊は生まれた。小さいが五体満足で、絹のような黒い髪がわずかに生えていた。

「女の子だ」医師は言った。「見るかい？」

少女は首をふり、無感動な顔で天井を見つめつづけた。ところが、その目がふたたび激しい苦痛にゆがんだ。

「また収縮がはじまりました」看護婦が言った。「非常に強い収縮です」

ふたたび医師の出番となった。

またひとつ黒い頭がのぞき、小さな完璧《かんぺき》な体をした赤ん坊がでてきた。

看護婦は物珍しそうな顔で医師から分娩台の少女に視線を移した。少女は出産を終えた安堵感《あんどかん》に身を震わせながら、顔をそむけた。

「ふたりとも体は小さいが、ほとんど月満ちて生まれたらしい」医師は生まれたばかりの赤ん坊を抱きあげ、その子がはじめて肺で呼吸する様子を見守った。「奇跡のような話じゃないか。双子だというのに驚くほどの安産だった。しかも、一度も医者に見せたことがないというんだから」

看護婦は赤ん坊を受けとると、目と口をぬぐって毛布でくるみ、ベビーベッドに寝かされていたもうひとりの赤ん坊の隣に並べた。

少女は目を閉じて青い顔をしている。深い孤独感と悲しみにおおわれているような表情を見ると、医師は同情の念を禁じえなかった。少女が車椅子で運ばれていったあとには、毛布に包まれたふたりの新生児が残された。

「かわいい赤ん坊じゃないか」医師は言った。「どんな運命がこの子たちを待ち受けているのやら……」

声が次第に小さくなり、やがて消えた。老人は目を閉じて、椅子の背に頭をもたせかけた。

激しい動揺を感じながら、メグは老人を見つめた。

「双子ですって?」声にならない声で言った。「私は双子だったんですか。ドクター・エヴァンズ、そんなこと、これまでだれからもきいたことがありません。母も何も言っていませんでした。もしも知っていたら、きっと……」

老人は目をあけたが、メグを見ると混乱した表情を浮かべた。正面のソファにすわっている妻に気づくと、とまどいが消える。

「グラディス、この娘さんはどなたかね?」

「あなたを訪ねてきてくださったのよ、ジョン。ずっと昔、あなたが病院でとりあげた娘さん。さあ、ビスケットをおあがりなさい」

老人は椅子にすわったまま体を起こした。「バターつきだね？」

「ええ、バターつきですよ」

夫人がビスケットにバターを塗って夫に手渡す様子を、メグはぼんやりと見ていた。老人はうれしそうな表情でビスケットを口に運び、食べはじめた。顎に飛び散ったビスケットのかけらを、夫人が立ちあがってナプキンでぬぐう。

「ミセス・エヴァンズ、ほかにも何か思いだしていただけるでしょうか？」

「おそらく無理でしょうね。たったいまごらんになったように、かなり長いあいだ意識がはっきりもどることもあるけれど、たいていのときは……」夫人は疲れた様子で肩をすくめた。

「申しわけありません」メグは言った。「ご迷惑だとは思いますが、でも……」

「お気持はわかりますよ」夫人はやさしく言って、夫のほうに身をのりだした。「ジョン、思いだしてちょうだい。その赤ちゃんたちはそれからどうなったの？」

「赤ちゃんたち？」老人の視線はコーヒーテーブルの上のトレイにむけられている。

「ずっと昔、あなたがとりあげた双子の赤ちゃんよ。覚えているでしょう、ジョン。それは雨の夜のことで、幼い妊婦は一度も診察を受けていなかった」

老人の目に怒りの火がともった。「犯罪行為にも等しい。妊娠したからといって、無力な少女をあんなふうに扱うとは言語道断だ。グラディス、私のスリッパはどこだね。足が冷たくなった」

「椅子の下にありますよ。ご自分でさっき脱いだでしょう?」

老人は体をかがめ、革のスリッパに足を突っこんだ。顔をあげたときには、ぼんやりした表情が消えて好奇心とユーモアが浮かんでいた。「あの双子に関しては、おかしなことがある」

「どんなことでしょう、ドクター・エヴァンズ?」

「いつだったか男が訪ねてきて、双子のことを根掘り葉掘り尋ねていった」

「なんですって……」胸の鼓動が速まるのを感じ、メグは老人に怯えた目をむけた。「私たちのことを尋ねていったひとがいるんですか? だれですか、それは?」

答えはかえってこなかった。老人は身をかがめて何かべつのことに気をとられている。それを見ると、メグは絶望的な気持になった。老人はゆっくりした動作で、すでにスリッパをはいた足の上に、もう片方のスリッパを重ねてはこうとしている。

「あらあら、ジョン。そうじゃないでしょう」夫人は穏やかに言ってスリッパをとりあげ、反対側の足にはかせた。

感覚を失ったように感じつつ、メグは黙ってそれを見つめた。

「申しわけありませんが、主人は疲れたようですわ。少し休みますから」

メグはうなずき、立ちあがってドアにむかって歩きはじめた。

「あまりお役に立てなくてごめんなさいね」

玄関の手前で、メグは大きく息を吸って気持を落ち着かせた。「奥様はその男のことを何かご存じですか？　私の出生についてききにきた男のことを」

「春ごろ、だれかが訪ねてきたことは知っているけれど、水曜日だったので、私は会っていないんですよ」

「なぜです？」

「毎週水曜は、病院で面倒を見てもらう日なんです。そのあいだに私は雑用や買物を片づけて……その男性は、病院にジョンを訪ねてきたから」

「病院の職員のなかに、そのときのことを覚えている方はいないでしょうか？」

夫人は首をふった。「私もあとできいてみたんですよ。そんな昔のことを尋ねにきたひとがいたときいて、興味を引かれましたから。でも、それがどんなひとだったかはっきり覚えている職員はいなかったわ。その午後ジョンがいたのは談話室で、ひとの出入りが激しいところだから」

「そうですか」メグは震える指でドアに触れた。

「お役に立てなくて……」夫人は繰りかえした。「もうひとりの方が見つかるといいですね」

メグは返事の言葉を口のなかでつぶやいて、逃げるように車にもどった。

〝もうひとりの方が見つかるといいですね……〟

メグはラスベガスへの道をもどりはじめた。頭のなかで、まだすべてが完全に理解できていない。自分の出生にまつわる家族の悲劇は、それだけでもつらいものだった。でも、私が一卵性の双子だったなんて……。

気持を集中して、メグはその意味するところを理解しようと努めた。

まず第一に、自分は頭がおかしいわけでも、精神のバランスを崩しているわけでもなかった。多重人格でもない。はじめからメーガン・ハウエルという人間だったのだ。そして、リーザ・カンタリーニはメグの心のなかから生まれた存在ではなく、もうひとりの独立した人間だった。彼女は美人コンテストに出場し、裕福な年上の男と結婚して、ぜいたくな暮らしをしていた。

リーザとメグは双子の姉妹だったのだ。

そうなると、クレイ・マローンが嘘《うそ》をついていたとは言いきれなくなる。彼は本当にリーザのいとこで、子供のころの思い出話は実際にあったことなのかもしれない。

しかし、だれかが嘘をついている。メグとリーザに関する事実を知っている人間がひとりはいるのだ。その男は、おそらくメグと同じような方法でドクター・エヴァンズを見つけだし、九月の雨の夜に生まれた双子の赤ん坊の話をききだしたにちがいない。

男はそれをどのように利用したのか。

氷のように冷たいものが背筋を伝う。ここまできて、はじめて理解できた。メグがリーザの人生に投げこまれるきっかけとなった自動車事故は、だれかの手で仕組まれたものだった。いったこともない場所で、会ったこともない双子の姉妹の車に乗って崖《がけ》に突っこむような事故が、偶然に起きることはありえない。

次第に働くようになった頭で、メグはさまざまな不可解な出来事をひとつひとつ思い起こした。まだ記憶に空白の部分があり、それが心に重くのしかかる。

私はいったいどうやってリーザの車に乗りこんだのかしら。だれかに無理やり乗せられた？　それなら、なぜその記憶がないの？

おそらく薬をのまされて現場まで連れていかれ、それからリーザの車に乗せられて崖に突き落とされたのだ……。

そう考えると、恐怖感がつのった。指が痛くなるほど強くハンドルを握りしめる。

事故が仕組まれたものだとしたら、リーザはどこにいるのだろう。メグと同じように誘拐され、この奇妙な計画が進行しているあいだ、どこかに監禁されているのだろうか。それとも……もうすでに死んでいる……。

メグは眉を寄せて考えこんだ。

ドクター・ワッサーマンは、なぜあれほど性急に多重人格だと思いこんだのだろう。

この数年のメグの記憶がはっきりしなかったことが一因になったのは間違いない。メグが自分の存在に確固たる自信がもてなかったために、ドクターとしては人格が分裂したと考えたほうがわかりやすかったのかもしれない。

きっとメグの人生に何かが起きて、最近の記憶のほとんどが消し去られたのだ。メグはその感覚をジム・レガットにこう説明した。〝まるで人生のまんなかをカーテンで仕切られたみたいで、どちらの側もぼんやりとしか見えない〟

ハイウェイを見つめながら、メグは説明のできない恐怖を相手にもがきつづけた。できるなら、突きつめて考えたくはない。過去をのぞきたくはない。そこには思いだしたくない秘密が隠されている……。

懸命に恐怖をしずめ、記憶を整理する。母が亡くなったあと、父とふたりで働きながら各地を旅した日々の記憶は明瞭《めいりよう》に残っている。しばらく滞在した数箇所の観光牧場についても詳細に覚えている。しかし、最後に働いた牧場のことは、どうしても思いだせない。そこから記憶がぼやけ、思いだそうとすると不安で胸がふさがりそうになる。そのころ父は酒浸りになっていた。そんな父の面倒を見ながら、メグは父の仕事もこなさなければならず、厳しい日々がつづいていた。

どこかの時点で牧場を離れ、ラスベガスにむかったはずだが、その前後の状況はまったく記憶にない。父が一緒だったかどうかもわからない。ラスベガスのカジノホテルでの仕事やアパートメントでの暮らしも、あまり鮮明には覚えていないのだ。

観光牧場で過ごした最後の数週間に何かが起きたのかもしれない。心が拒否反応を起こすような恐ろしい出来事が……。そのときのショックがあまりに強烈だったために、つづいて起きた悪夢のような出来事をなすすべもなく受けいれてしまったのだ。おそらく自動車事故による怪我《けが》と、記憶の空白による自信喪失が重なって、自分でも多重人格説を信じてしまったのだろう。

メグは絶望的な気持でハンドルを握っていた。記憶をとりもどすことさえできたら……。アマルゴーサ渓谷までできたころには、山の端に沈みかけた太陽が西の空をすみれ色に染めていた。二日前にリノにむかうときに感じた吐き気をともなうほどの激しい恐怖感が、ふたたび襲ってきた。

そのとき、とつぜん鮮明な記憶が頭によみがえった。父とふたりで最後に働いていた観光牧場は、ここからわずか数キロの場所だ。恐怖の原因はそこにあったのだ。

メグは路肩に車をとめて、ハンドルの上に突っ伏した。牧場での最後の日の出来事を思いだし、彼女は身を震わせて泣いた。

19

三月末、リノから北はまだ白一色の冬景色におおわれ、ここからわずか数キロのデス・バレーは三十度以上の猛暑にさらされていた。しかし、ここアマルゴーサ渓谷の空気はひんやりとして、春の訪れを告げるものといえば、ようやく顔をだしはじめたハコヤナギの若葉だけだった。

牧場の円形の囲いのなかで、メグは二歳になる雄の小馬を馴《な》らしていた。栗毛《くりげ》の背を真新しい一セント硬貨のように輝かせながら、小馬は荒々しく跳ねまわっている。はじめは神経質そうにいなないて大きく目を見開いていたが、端綱につけたロープをメグが静かに引き寄せると、いつしか歩調をゆるめ、やがて歩みをとめた。

メグは手袋をはめた手でロープをつかんで囲いの中央に立っている棒に巻きつけた。そして地面から麻袋を拾いあげると、やさしく話しかけながら馬に近づいていった。

「いい子ね。怖がらなくてもいいのよ。これはね、ただの古い麻袋。ちっとも怖くないからね」

小馬は小さく身震いしてロープを引っぱったが、メグがそばにきても逃げようとはしなかった。メグは端綱をつかんで、頭と首筋を撫《な》でた。

「ほらね」穏やかな口調で彼女は話しかけた。「怖くないでしょ？　大丈夫よ……」

ゆっくりとした手つきで麻袋をもちあげ、小馬の細かく震える背中にひろげる。それをさらに脇腹《わきばら》に垂らし、尻と後ろ脚にもかけてやりながら、絶えずはげましつづける。そうしているうちに小馬の震えはおさまり、落ち着いて身をまかすことができるようになった。

最後に麻袋を足もとに落とすと、やさしく体を叩《たた》いてほめてやり、端綱からロープをはずして自由にしてやった。小馬はうれしそうに頭をふり、脚を高く蹴《け》りあげながら囲いのなかを走りまわった。メグはその様子をうれしそうな顔で見つめる。

「あんたは暴れ馬の根性を叩きなおすのがじつにうまいな」棒に巻きつけたロープをほどいていると、柵《さく》のところからだれかが言った。

メグは男の顔にちらっと目をやり、ロープを巻きとって麻袋を拾いあげた。「根性を叩きなおすのではなくて、馴らしているの。意味がまったくちがうわ」

カール・トラッパーはにやりと笑って柵の上に腰をおろし、メグのほうを興味ありげに見た。

「そうかい。どうちがうんだ？」

「あなたにはわからないわ、トラッパー」メグは男のまえを通ってゲートのほうにむかった。「あなたみたいな乱暴なひとには」

トラッパーはいやな顔をしてメグをにらみつけた。

がっちりした肩幅と体躯《たいく》に似合わず、トラッパーの顔は狐《きつね》のような細面だ。牧童頭として雇われてからまだ二、三カ月にしかならないが、メグははじめから彼によい印象をもっていなかった。

ひと目見ただけで、いばりちらすタイプだということがわかる。しかも、動物の扱い方が乱暴で、周囲にひとの目がないと、わざといじめることさえある。はじめのうち、メグは彼を冷ややかに見ているだけだったが、いまでは顔を見るのもいやになった。そのために仕事がやりにくい面もある。

トラッパーは柵からおりると、近づいてきてゲートをあけ、わざとらしい仕草でおさえた。

「もうちょっと態度に気をつけたらどうだ。仕事がなくなったら困るんじゃないか?」

「馬の扱いならだれにも負けないわ。仕事ならいくらでもあるのよ、トラッパー」

「それじゃあ、なんだってここに長居してるんだ」

「ここが好きだからよ。夏になって観光客が大勢やってくると楽しいし、私は小さな子供の相手をするのが大好きだから」

「ここにきてどれぐらいになる? 書類を見たが、忘れちまった」

メグは納屋のなかの馬具収納室にむかって歩きながら、トラッパーが自分の上司であるという不快な事実をあらためて思い知らされていた。こうやって自分の力を誇示するのが、この男のやり方だった。

「ハウエル、ここにきて何年になるんだ？」

「三年」

「何歳になった」

「二十三歳よ」メグは冷静な口調で答えた。「よくご存じでしょ」

トラッパーはいやらしい目つきでメグを見た。「ああ、そうだった。思いだしたよ。あんたももう子供じゃない。あんたみたいな美人が男もつくらずにひとりでいるのはおかしいぜ。そういうのを宝のもちぐされと言うんだ」

「あなたには関係ないでしょ」メグはロープを釘《くぎ》にかけ、麻袋を片づけると、大きな飼料箱からバケツ一杯分のオート麦をすくいとった。

「あんたは三年前に親父《おやじ》さんとここにきたんだな」

「ええ、そうよ。今度の夏で丸四年になるわ」

「ここにくるまえは何をしていたんだ」

メグは飼料箱の蓋《ふた》を閉じて鍵《かぎ》をかけ、バケツをもちあげた。「ロデオ大会や家畜の品評会をまわって蹄鉄《ていてつ》打ちの仕事をしたり、あちこちの観光牧場で働いたり、競馬場で荒馬を馴らしたり……いろいろやってきたわ」

「親父さんはひとつところに落ち着くことのできない性分なのかい？」

メグは父親のゆっくりとした口調やうつろな表情を思い浮かべた。近ごろでは酒量が増え、体がますます弱くなっている。「父はあちこち動きまわるのが好きなの」この男に余計なことを言うつもりはなかった。

「それならどうしてここに長居してるんだ？」

メグは懸命に自分をおさえた。「ふたりとも旅をするのに飽きてきたの。数年前の夏にここで仕事をしたら気にいったので、腰を落ち着けることにしたのよ」

「親父さんもあれじゃあなあ」トラッパーは大きくため息をついた。「あれじゃ、なんの役にも立たないだろ」

「いい加減にして！」メグは怒りをあらわにした。目をぎらぎらさせて、男のにやけた顔をにらみつける。「たとえ酔っぱらっていようと、父はあなたなんかよりずっと腕がいいし、あなたとは比べものにならないほど善良な心をもっているわ！」

バケツを手にもって出口にむかったが、トラッパーはそのあとをついてきた。

父の気高い心は、母がこの世を去った日に消えたのだとメグは思っていた。この牧場でものを食べ、酒を飲み、仲間のカウボーイたちと話をしているのは、父の影にすぎない。父の魂はもうここにはない。

太陽の光がまぶしくさしこむ戸口でメグが一瞬立ちどまると、トラッパーが体を近づけてきた。「メグ、あんたは本当に美人だ」

あっと思う間もなく、メグは両腕を後ろにまわされ、両方の手首をしっかりとつかまれていた。びっくりして大声をだすと、背中を壁に押しつけられた。トラッパーは欲望に顔を紅潮させ、息をあえがせて、あいているほうの手でメグの着古したデニムのシャツのボタンをはずし、ブラジャーを乱暴に引き裂いて胸をあらわにした。

「いいおっぱいをしてるじゃないか」よだれを垂らさんばかりの表情でトラッパーがつぶやく。

メグは必死で身を引きはがした。怒りで顔を真っ赤にしながらシャツの前をかきあわせる様子を、トラッパーは一歩さがって笑いながら見ている。

「じゃじゃ馬が」ささやくように彼は言った。「おまえとベッドにはいるのが待ちきれないぜ」

メグは男をにらみつけた。熱い涙がこみあげてくる。「今度私に触れたら、あなたを殺すわ。必ず殺すから覚えてなさい、トラッパー」震える声で言った。

男の目がきらりと光った。「ああ、そうかい。おもしろいじゃないか。楽しみにしてるぜ」

そう言うと、トラッパーはくるりと後ろをむいて納屋からでていった。メグは胸の前でシャツをかきあわせたまま、その後ろ姿をにらみつけていた。姿が完全に見えなくなると、急に吐き気が襲ってきた。体が激しく震え、納屋の壁に寄りかかっていないと倒れてしまいそうだ。そのままじっとして、吐き気がおさまるのを待つ。ふと顔をあげると、納屋の隅に父親が立っていた。土気色の顔で、メグのほうを何も言わずに見ている。

「パパ」メグはボタンを手探りしながら小声で言った。「パパ、そんな顔しないで。私は大丈夫よ。何もされなかったわ」

「あいつを殺してやる……」父は重い口を開いた。娘のそばにやってくると、大きく不細工な手で黒髪を撫でた。「あいつを殺してやるよ、メグ」

「パパ、あの男に近づいちゃだめ！　何もしないって約束してちょうだい。私は本当に大丈夫だから。あの男は二度と手だしをしないわ」

「かわいいひとり娘を守ってやることもできないなんて」父は顔をそむけて、遠い地平線に目をやった。「かわいい娘を守ってやることもできないなんて」

「パパったら」メグには父の苦しみが痛いほどわかった。「お願いだから、そんな言い方をしないで。それより、いま小馬を馴らしているところなの。パパも手伝ってくれない？」

父はそれ以上何も言わずにメグのあとにしたがった。数時間のあいだ、ふたりは囲いのなかで仲良く小馬たちの世話をした。

太陽のもとで父とふたりで気持よく働いたそのときのことは、楽しい思い出として心のなかに刻まれた。父の姿を見たのは、それが最後だった。

路肩にとめた白のサンダーバードのなかで、メグはハンドルの上に重ねた腕に顔をうずめて泣いた。たったいま悲劇が起こったかのような、激しい泣き方だった。

おそるおそる、メグはあの日に意識をもどした。それは夜更けのことだった。

小さいが居心地のよいトレーラーハウスのなかで、メグは父のジーンズのほころびをなおし、それからベッドでしばらく読書をした。そのトレーラーは、メグが荒っぽいカウボーイたちから離れた場所で安心して眠れるようにという配慮のもとに、牧場主が特別に用意してくれたものだった。メグはそのことを素直に感謝していた。そして、母が亡くなって以来はじめてのわが家と言えるトレーラーに、大きな愛着を感じていた。

ここにくるまでの数年は、テント暮らしやトラックで眠る生活がつづいていた。メグは通信教育で高校卒業の資格を取得するために、飲食店や、牧場の片隅や、ガソリンスタンドで勉強をした。そしてここにきてはじめて、小さなテーブルと椅子に料理の本までそろった本物のキッチンを手にいれることができた。両はしに小さな寝室がひとつずつ、それにシャワーのついた浴室もあり、中央はテレビとソファと本箱が備えつけられたリビングルームになっている。頭上では木の葉がざわめき、窓の外では小川の流れる音がきこえる。菜園で花や野菜を育てることさえ、ここではできた。

こんなにすばらしい住まいはほかにはない。メグは心からそう思っていた。

枕《まくら》もとの読書用の明かりを消して、彼女は暗闇《くらやみ》のなかに身を横たえた。トラッパーの卑劣な行いと脅し文句が頭によみがえる。そういえば、遠い昔、グラウンドでいきなりキスをしてきて、きれいだと言った男の子もいた。

メグは顔をしかめてうつぶせになり、枕に顔をうずめた。

男なんてみんな同じ。気にいったものは腕ずくで手にいれようとする。男にはそうする権利があると思いこんでいる。そして、トラッパーのような野蛮人は、ほしいものを手にいれるためならどんなことをしでかすかわからない。

ふたたび仰向けになって、メグは天井を見つめた。

ふいに彼女は目を見開いた。腕の毛が逆立っている。

ひとの足音がきこえる。こっちにむかって走ってくる。

メグはベッドのなかで起きあがり、武器として使えるようなものが何かないかと見まわした。しかし、手の届くところには何もなかった。

悲鳴をあげれば、だれか助けにきてくれるだろうか……。

それは無理だ。トレーラーはほかの施設からは遠く離れた、川べりのポプラの木立のなかに置かれている。ここから叫んでも、鳥の鳴き声か小川のせせらぎにしかきこえないだろう。

ベッドからおり、メグはTシャツの上にセーターを着てドアのところにいった。用心しながら網戸のむこうにそっと目をこらす。

ドアの前に牧場の責任者が無言でたたずんでいた。月明かりが不気味な陰影を顔に落としている。

「ミスター・マクフェイル」メグは驚きの声をあげた。「いったいどうしたんです。何かあったんですか？」

「事故があった……メグ、きみのお父さんだ」

「……何があったんですか？」

「お父さんは町で男たちと酒を飲んでいた。そこにはカール・トラッパーもいた」

「トラッパーですって？　ああ、そんな……」

「トラッパーが飲みすぎて運転できなくなったので、お父さんは車で送っていこうと申しでた」

「父がですか」メグには事態がのみこめなかった。「父には車の運転なんて無理です」

「どうやら、お父さんはしらふだったらしい。ひと晩中、一滴も飲まなかったんだ」

メグは恐怖で口がからからになった。「それで……それでどうしたんですか？」

「お父さんはトラッパーのトラックに乗りこんで町をでた。しかし、こっちにはむかわなかった。町から三キロほど離れた踏み切りで、トラックごと貨物列車の前に飛びだしたんだ。ふたりとも即死だった」

メグは信じられずに相手の顔を見つめた。「それは単なる事故だったのかもしれません。父は道を間違えて……」

「現場は牧場とは反対の方向だったんだよ、メグ。それに、お父さんがトラックのむきを変えて、警報の鳴っている踏み切りにむかうところを、三人の人間が目撃している」

メグは悲しみで胸が張り裂けそうになった。途方もない絶望感で涙もでない。

「そんな……」歯ががちがち鳴るのを、彼女は手で口をおおっておさえつけた。

「メグ、きみはいますぐトラックに乗ってここをでたほうがいい。大きな騒ぎに発展する可能性がある。明日になれば、トラッパーの奥さんや親類が黙ってはいまい。だが、きみさえいなければ、なんとかなだめることができるだろう」

「でも、警察が……」

「きみは事件にはなんの関係もないんだ。警察には私からうまく話しておく。悪いことは言わないから、すぐに出発しなさい。きみのためにも、お父さんの思い出のためにも、すぐにここをでたほうがいい」

「逃げるのはいやです。私には仕事もあります」

「悪いが、もうここで働いてもらうわけにはいかない。シーズンまえにこんな事件を起こすこと自体、許されないことだ。夜が明けるまえに、ここをでていってほしい。二カ月分の給料を用意してきたから、これでなんとかやってくれないか」マクフェイルは親身な口調で言った。

メグは金のはいった封筒を見て、愛着のあるトレーラーをふりかえった。そして泣くまいとこらえながら、かすれた声で言った。「そのお金で、ちゃんとしたお葬式をだしてあげてください。天国の母もそれを望んでいるはずです……」

マクフェイルはしばらくためらっていたが、やがてうなずいて封筒をポケットにしまった。メグは急いでなかにはいってわずかな衣服と本と身のまわりの品をダッフルバッグに詰めると、おんぼろのトラックにむかって走っていった。その様子を、マクフェイルは悲しげな顔で見ていた。

トラックにエンジンをかけ、牧草地の横の道を猛スピードで走りぬけながら、牧場の建物の前を通ってフリーウェイにでた。闇のなかを南にむけてひた走る。しばらくすると、曙光《しょこう》が山の稜線《りょうせん》をかすかに照らしはじめた。

踏み切りの近くを通ったとき、線路の上にトラックの残骸《ざんがい》が散らばっているのが見えた。次第に消えていく月明かりのなかで、制服姿の男たちが事故処理をしている。メグは目をそむけた。あのなかに、父の遺体があるのだ。しかし、父の魂はここから遠く離れたところにある。メグにはそれがよくわかっていた。

「パパ、大好きよ」彼女は涙声でつぶやいた。「いつでもパパのことが大好きだった……」

汚れたフロントガラスに目をこらすと、前方にラスベガスの灯《ひ》が見えてきた。なかでも〈ルクソール〉のてっぺんから放たれた明るい光線は、天からの救いのように見える。派手でにぎにぎしく、金にまみれたあの街なら、殺人者の娘が安全に身を隠せる場所がきっと見つかるにちがいない。

20

　どっと押し寄せる父の思い出に、メグは長いあいだ身じろぎもせずにいた。やさしくほほえみかける瞳。幼い日の肩車。蹄鉄《ていてつ》を打つときの力強い手。そして、死。メグのために投げだした命。あまりに恐ろしい事実をメグは直視することができず、絶えず心からしめだそうとしてきた。そうしているうちに、あの夜の出来事は完全に記憶から消え去り、あとにはぼんやりした不安と心のうずきだけが残されたのだった。

　メグはようやく車のエンジンをかけると、抜け殻のようになってラスベガスにむかって走りだした。だが、あの夜の記憶をとりもどしたことによって、閉ざされていた扉が一気に開かれた。さまざまな出来事が脳裏によみがえり、牧場で過ごした最後の数カ月の記憶もすべて明らかになった。

　あの日、夜明け前に牧場をでてラスベガスにむかったときのことが昨日のことのように思いだされる。道端の水槽で車をとめて、月の光を浴びながら顔と手を洗ったこと。朝日がまぶしく輝くラスベガスに到着したとき、孤独感に押しつぶされそうになったこと。

絶望で心が麻痺《まひ》したようになりながらも、次の日に銀行口座を移し、家賃の安いアパートメントを借り、〈ウィローズ〉でウエイトレスと調理場の下働きの仕事を見つけた。

ラスベガスから北へ車を走らせることはどうしてもできなかった。だれにも心を開くことができず、心からくつろぐこともなかった。ぼんやりとした疲労感のうちに毎日が過ぎ去り、完全にひとりぼっちの生活がつづいた。

そして八月のある日、目が覚めるとソルトレーク・シティの病院のベッドで寝ていた。打撲傷を負い、熱をだして寝こんでいる自分に、人々はきいたことのない名前で呼びかけた。そのときから、いつまでも覚めない悪夢のような生活がはじまったのだ。

悪夢はまだ終わっていない。

ラスベガスに到着すると、メグは大通り《ザ・ストリップ》を通って〈ウィローズ〉の屋外駐車場に車をのりいれ、係員の目の届く明るい場所にとめた。危険はおかしたくなかった。

部屋にはいると、ドアを閉めて注意深く室内を見まわした。

市内で拉致《らち》されて車に乗せられたのが偶発的な出来事でないのは明らかだ。だれかが私を負傷させようと、あるいは殺そうとした。そして、もう少しで成功するところだった。いつまた魔の手が忍び寄らないともかぎらない。

けれども、私の死によって利益を得る人間がいるだろうか。それとも、私を殺すこと自体が目的だったのか。ひとつだけたしかなことは、リーザが死んだように見せかけるために、信じられないような手段をとった人間がいるという事実だ。

警察にいって事情を話そうかとも思ったが、その考えはすぐに捨てた。こんな現実離れした話をしても、信じてもらえるわけがない。笑われるのが落ちだろう。〝夫〟であるビクター・カンタリーニは有力な実業家であり、世間の信用もある。リーザの担当医であるクララ・ワッサーマンに意見を求めれば、患者は精神的外傷により妄想を抱く傾向があり、多重人格症をわずらっていると答えるだろう。メグが一卵性双生児だったことを証明するものは、アルツハイマー病の老医師の言葉以外には何もない。

春ごろ話をききにきたという男のことを、老医師がもっとよく覚えていてくれさえしたら……。

ドアのそばから動かずにいたメグは、意を決して部屋の見まわりをはじめた。クロゼットのなかやバスルームはもちろん、膝をついてベッドの下までのぞいた。

部屋には異状はなく、持ち物に手を触れられた形跡もない。ようやくほっとして、備えつけの小さな冷蔵庫からフルーツをとりだした。果物ナイフは、ラスベガスに着いてすぐに買っておいた。

窓のそばの肘《ひじ》かけ椅子にすわって通りを見おろしながら、ナイフできれいに切り分けたリンゴを口に運ぶ。

週末を控え、人々が笑いさざめきながら通りを行き交っている。それぞれカジュアルな服装に身を包み、いかにも楽しそうだ。メグはため息をついた。豪華な高層ホテルの客室にひとりで泊まり、わけのわからない悪夢のような陰謀のただなかにいる自分だけが別世界に住んでいるような気がする。

メグは部屋の明かりをあらかた消し、熱いシャワーをたっぷりと浴びた。ナイトシャツを着て部屋にもどり、ドアのところでもう一度立ちどまる。外は闇夜《やみよ》で、街のネオンが壁や天井に不気味な光を投げかけている。

ドアがロックされていることを確認し、かんぬきに似たボルト錠をかけた。これで、だれも侵入することはできなくなる。

しばらく錠を見つめていたメグは、ふいに部屋を横切って果物ナイフをとってくると、それをドアと枠のあいだの隙間《すきま》にしっかりとさしこんだ。そして、ようやくベッドにはいって毛布のなかで体を丸めた。頭のなかで、さまざまな思いや、推測や、無数の疑問が渦巻いている。

まだ見ぬリーザの顔がまぶたに浮かんだ。

あなたはだれ。どんなひとなの。いまどこにいるの。

メグはソルトレーク・シティの美しい屋敷を思い浮かべた。メグの好みの色調でまとめられた内装。メグによく似合い、サイズもぴったりの服が並んだクロゼット。

メグとリーザはうりふたつなのだ。リーザの夫も、いとこも、精神科医も、ふたりを見分けることができなかった。ふたりは顔もスタイルもそっくりで、ヘアスタイルも同じらしい。それだけでなく、多くの面で好みも共通している。

たとえば、エッグサンド。ふたりともエッグサンドが大好きだ。

リーザに会いたい。彼女は無事でいるのだろうか。胸のなかで不安が高まる。メグはベッドをでて、薄い毛布を体に巻きつけた。枕《まくら》もとの明かりをつけてふたたび肘かけ椅子にすわり、膝を抱いて壁を見つめる。

ビクターなら力になってくれるにちがいない。冷淡で無愛想に見えるときもあるが、心根はやさしいひとだ。ドミーに対する態度を見ればわかる。メグがすべてを語れば、きっと信じてくれるだろう。そして、リーザを捜してくれるにちがいない。

なんと言っても、リーザはビクターの愛する妻なのだ。あれほど病院を嫌っているのに、入院中はたびたび見舞いにもきてくれた。車の修理を急がせて、妻を喜ばせようとさえした。

そしてあの晩、メグのベッドにやってきた……。

たくましい裸の体を押しつけられたときのことを思いだすと、いまでも体が震える。あんなに恐ろしい思いをしたことはなかった。

恐怖のあまり、トラッパーの名を口走りさえした……。

メグは顔を膝にうずめた。だが、その瞬間、はっと顔をあげた。

ドアノブが回転している。薄明かりのなかでノブは左に回転し、それからもとにもどった。

メグは椅子の上で膝をぎゅっと抱きながら、身のすくむ思いでそれを見つめた。ノブの動きはとまった。鍵穴《かぎあな》に鍵がさしこまれ、回転する音がかすかにきこえる。

きっとだれかが部屋を間違えたんだわ。そこにいるのは酔っぱらった宿泊客よ。メグはそう思いこもうとした。

しかし、ドアのロックは見る間に解除された。

ドアの外に立っている人間は、この部屋の鍵をもっているのだ。しかし、ボルト錠はしっかりとかかっている。六センチの長さのボルトが分厚い鋼鉄の戸枠のなかに埋まっているかぎり、だれもここにはいってくることはできない。だれも手出しはできないはずだ。

メグは息を詰めて耳をすました。鍵を抜く音につづいて廊下でかすかな物音がしたあと、ふたたびドアのところで人の気配がした。

非常にゆっくりした動きで、ボルトが回転しはじめた。メグは凍りつくような思いで凝視した。絶対に安全なはずの錠が、目の前ではずされていく。こんなことがあるのだろうか。

メグは弾《はじ》かれたように受話器をとりあげ、ボタンをおした。

「フロントです」

「だれかが部屋に侵入しようとしています」声をひそめて言った。

「お客様。ボルト錠をおかけになっていれば、だれも部屋には侵入できません」

「むこうは合鍵をもってるんです」

「そんなことはありえません、お客様」

「現に目の前でボルトが動いてるんです！　お願いですから、だれかよこしてもらえませんか」

「では、ルームナンバーをどうぞ」

「ええと……」不気味に動くボルトから目を離さずに、メグはかすれた声で言った。「一四一一号室です。お願い、急いで！」

「すぐにだれか見にいかせます」

受話器を置くと、メグは恐怖に身をすくませながらドアを見つめた。ボルトがはずされ、ノブがふたたびゆっくりと動き、そしてとまった。

だれかが力をこめてドアを押した。さしこんでおいた果物ナイフが細かく震えている。ふたたび体重をかけてドアを押すようなくぐもった物音がきこえた。ノブが勢いよく回転し、ドアに強い力がかかる。

今度もナイフはもちこたえた。

メグは唇を舌で湿らせて果物ナイフの木製の柄を見つめ、そしてドア中央の金縁ののぞき穴に視線を移した。部屋を横切ってその穴をのぞけば、押し入ろうとしている人物の顔を見ることができる。

しかし、恐ろしくてドアに近づくことはできなかった。

「早くきて」狂おしげに受話器を見つめながら、メグはつぶやいた。「お願い、だれか早く……」

またノブがまわされたが、今度もナイフは小さく震えてもちこたえた。

そして静かになった。メグは息をひそめて椅子の上で体を丸めた。

何時間にも思える空白のあと、ドアをノックする音がきこえた。

「お客様、ホテルの警備の者です。異状ありませんか」

メグは立ちあがって、よろけながらドアのところにいった。のぞき穴に顔を近づけてのぞくと、ホテルの紺の制服にホルスター入りの拳銃《けんじゅう》を身につけた男が、心配そうな顔をして立っていた。

メグはほっとして涙ぐみ、ナイフをはずしてドアをあけた。

警備員は顔に傷痕《きずあと》のある、がっしりとした体つきの白髪まじりの男だった。薄いナイトシャツ一枚で震えながらナイフを手にしているメグを見ると、気づかわしげな表情を浮かべた。

「お客様、どうなさいました」メグの肩ごしに部屋をのぞきこんだ。

「あのう……だれかが部屋に押し入ろうとしたんです。ドアのロックをはずして、それからボルト錠も……」

「そのナイフは？」

メグは手の先にある果物ナイフに目をやった。「怖かったので、寝るまえにドアの枠にはさんでおいたんです。そうしておかなかったら、いまごろ部屋に侵入されていました。ボルト錠もあけられてしまったんです」

警備員は礼儀正しい態度を貫きながらも、メグの話を信じようとはしなかった。「お客様、それは考えられません。ボルト錠がかかっていれば、だれも侵入することはできませんよ」

「でも、ホテルには合鍵があるはずでしょう？　だって、もしも部屋のなかで具合が悪くなったり、心臓発作を起こしたらどうするんですか。合鍵がなかったら、助けることができないでしょう？」

「もちろん合鍵はありますよ。しかし、事務所の金庫のなかに保管されています。だれも勝手に持ちだすことはできません」

「だれかが鍵のコピーをつくったか、錠から型をとったのかもしれないわ」警備員に見つめられていると、自分が途方もなくばかげたことを言っているような気がしてくる。

「客室の安全は保証されています。おそらく、どなたかがお部屋を間違えられたのでしょう」

メグは身震いしながら唇を噛《か》んで、ドアに体をもたせかけた。

「お客様。何か事情がおありなのでしょうか。最近、脅迫を受けたり、何か不安を抱くような出来事があったとか」

メグは黙って男を見つめ、首をふった。「いいえ。少しまえに交通事故にあって以来、神経質になっているだけです」「ご心配をおかけしました」

「いいんですよ」警備員は笑顔で答え、きびすをかえした。「何かありましたら、いつでも電話してください。ひと晩中起きてますから」肩ごしに言った。

「どうもありがとう」

メグは警備員の姿が見えなくなるまで廊下に立っていた。やがて部屋にはいると、ふたたび戸枠にナイフをさしいれ、厳重に戸じまりをしてベッドにもぐりこむ。

電話をすぐそばに置いて横になったまま、メグはひと晩中身じろぎもしなかった。眠気もうせ、夜明けの光が麻のカーテンを通して部屋に満ちるまで、じっとドアを見つめていた。

朝になると果物の残りを食べて、大急ぎで荷物をまとめてホテルをチェックアウトした。そして用心深くあたりをうかがいながら、駐車場にむかった。

普段は混雑して騒々しいラスベガスの通りが、その日はひっそりと静まりかえっていた。冷たい朝の風に紙くずが巻きあげられ、通りを舞っている。空は寒々した青みがかったグレーで、東に連なる山々の上空は嵐《あらし》になりそうな雲行きだ。

メグは駐車しておいた車に異状がないかどうか、不安げに見た。爆薬が仕かけられていたり、ブレーキがきかなくなっていたらどうしよう……。

いいえ、そんなことあるわけがないわ。メグは自分に言いきかせた。そんなことは映画でしか起こらない。見たところ、何も異状は認められないし、すぐ近くの詰め所にはひと晩中係員がいたはずだ。

深呼吸をして気持を落ち着け、メグはトランクに荷物をいれて車に乗りこんだ。唇を噛んでイグニッション・キーをまわす。エンジンの快調な音をきくと、気分がよくなった。

ビクターの待つソルトレーク・シティの屋敷にむかって車を走らせているうちに、心が次第に落ち着いてきた。ビクターにまかせれば安心だ。昨夜のようなことがあると、何かにすがらずにはいられなくなる。

はじめは牢獄《ろうごく》のように感じられたソルトレーク・シティの屋敷が、驚くほど短期間のあいだに安全な避難所になった。フィラミーナとドミー、屋敷をとり囲む美しい庭園。隣家の家政婦の小柄でふっくらしたトルーディと、彼女の飼っている山羊《やぎ》たち。彼女の焼くおいしいシナモンロール。そして、ジム・レガットと二頭の馬……。

〈サハラ〉の前を通り過ぎたところでフリーウェイに乗り、州道十五号線を北上する。市内の空高くそびえるカジノホテルが、なおしばらくは右手の地平線上に見えている。〈レディ・ラック〉や、〈フィッツジェラルズ〉や、〈ユニオン・プラザ〉の巨大なネオンサインは、ここからでもはっきり見分けることができた。

フリーウェイ沿いの住宅団地やモーテルや工業地域を猛スピードで通り過ぎると、十五分もしないうちにひろびろとした土地にでた。ソルトレーク・シティへは六百五十キロほどだ。途中で休憩をとらなければ、ドミーが昼寝から目を覚ますころには家に帰れるだろう。

そう考えて車を走らせていたメグは、何か心の片隅にひっかかるものを感じた。はじめはそれが何かわからなかったが、メスキートの近くでロデオ会場を見たとき、はっと気づいた。

今週、ジム・レガットは各地のロデオ会場を旅して歩いている。ラスベガスとメスキートにも寄るつもりだと言っていた。昨夜メグが〈ウィローズ〉に泊まっていたことを知っている人間は、この世でジム・レガットただひとりだ。

ラスベガスにいく計画を打ちあけたメグに、ジムは自分も週末に立ち寄るつもりだと言った。だが、もしもそれが嘘《うそ》だとしたら？　昨夜メグの部屋に押し入ろうとしたのはジムだったのかも……。

もしかしたら、私はだまされていたのだろうか。ジムのカウボーイらしい気さくな雰囲気と、思いやりのある態度にまどわされていたのかもしれない。なぜなら、ジムが賛成してくれたからこそ、メグは安全な避難所を離れて、はるかラスベガスまでやってきたのだ……。

彼女はハンドルを握りしめた。ひたすら北上をつづける。アリゾナ州からユタ州にはいると、左右に切り立った岩山が屹立《きつりつ》しはじめた。

もしもジム・レガットが犯人だとしたら、動機はなんだろう。リーザがジムを嫌っていたことはだれもが知っている。リーザに言い寄ったが無視され、復讐《ふくしゅう》のために手のこんだ計画を練りあげたのだろうか。

でも、なぜ……。

メグはあきらめて首をふった。いくら考えても堂々めぐりだ。みんなの言うことが食いちがい、いったいだれを信用したらいいのかわからない。

そう思うと、ソルトレーク・シティの屋敷も安全な避難所とは思えなくなった。ビクターにすべてを話すことも考えなおしたほうがいいかもしれない。いちばんよいのは、しばらく様子を見て、あせらずに真相をつかむことだ。

自分の生い立ちを知り、正常な意識をもったひとりの人間であることが確信できるようになったいま、待つことはつらくない。陰謀をたくらんでいるのがだれにせよ、その人物はメグがリーザとの関係を探りだしたという事実をまだ知らない。その点で、メグのほうが有利な立場にいるはずだ。

リーザの部屋の、写真や新聞の切りぬきが乱雑に詰めこまれた箱のなかに、この不可解な状況を説明するヒントが隠されているにちがいない。

屋敷に帰ったあとも、しばらくは記憶に障害をもつ弱々しい女性のふりをつづけよう。メグはそう決心した。そして、リーザに何が起きたのかひそかに調べるのだ。

リーザの居所がわかれば、すべてが明らかになるだろう。ふたりで力をあわせて、この不気味なドラマに終止符を打とう。そのあとは、リーザはもとどおり屋敷で暮らせばいい。そして私は、ラスベガスにもどって以前の暮らしをつづける。

以前の暮らしを……。

メグの勤め先の上司であるデイナは激怒していた。

無理もない。リーザ・カンタリーニのようなぜいたくな暮らしに慣れた女性に、調理場での油まみれの仕事が勤まるわけがない。おそらく目をおおうような仕事ぶりだったのだろう。

リーザもかわいそうに。メグがリーザの人生のただなかにほうりこまれたのと同じように、犯人はリーザをメグの身代わりに仕立てたのだ。彼女も私と同じように、不安でたまらなかったにちがいない。

ふと、とっぴな考えが浮かんだ。この事件は、ジム・レガットがリーザにいやがらせをするために仕組んだのだろうか。いや、まさか。それに、リーザの役割を考えると、それは筋が通らない。彼女はメグの存在を知っている。メグが自分とうりふたつであることも知っている。そうでなければ、メグの身代わりとして調理場で働くことはできなかったはずだ。

だが、どうやって犯人はリーザに言うことをきかせたのだろう。そして、何より重要なのは、なんのためにこんなことを仕組んだのか、だ。

すべてがそこにいきつく。だれかがメグとリーザのことを知って、なんらかの理由でそれを利用しようとした。その人間はたいへんなリスクと手間をかけてふたりを誘拐する計画を立て、それを実行した。

しかし、メグの育った素朴な環境のなかに、このような手のこんだ犯罪につながるものがあるとは思えない。事件の鍵はどこかほかにあるにあるにちがいない。

おそらくリーザの人生のどこかに……。

21

次の日の早朝、ジム・レガットはしのつく雨のなかをラスベガスにむかっていた。馬を積んで後部に接続したトレーラーは、激しく揺れて泥水を盛大に跳ねあげている。フロントガラスに目をこらしても、すぐまえを走る車以外には何も見えない。しばらくたって、ようやく〈ルクソール〉の光線が見えてきた。ふぞろいな形に光り輝くラスベガスの街が、雨のなかにぼんやりとひろがっている。

ひと晩中運転してきたために、ジムは全身が疲労と虚脱感に包まれていた。ゆっくり睡眠をとり、髭《ひげ》を剃《そ》ってあたたかい朝食をとりたい。しかし、胸のなかの空虚な思いは、空腹感のためだけではなかった。

日ごとに寂しさがつのっていく。

こんな気持ははじめてだった。これまではもっと気軽に旅を楽しむことができた。町から町へ移動して、新しい出会いや風景に心をなごませることができた。ところが今回は、隣の家に住む女性のことが、つねに頭から離れない。これまでの人生をふりかえっても、ひとりの女性にこれほど引きつけられたことはない。

おそらく初恋以来だろう。まだ十代のころ、ジムは〈メアリー・メイド〉のカウンターで働くボニー・ハーパーに夢中になった。

遠くを見るような表情で頬をゆるめたジムの横を、セミトレーラーが轟音《ごうおん》をたてて追い越していった。街はもう目の前にせまっている。

しかし、十代のころの恋愛は、言ってみれば単なるあこがれにすぎない。恋に目がくらんで何も見えなくなっているだけだ。ところが現在ジムが抱いている感情は、それとはまったくちがう。甘美でロマンチックな気持であることに変わりはないが、その奥に全身を突き動かすような激しい思いがひそんでいる。それは子供っぽいあこがれとは無縁のものだ。ジム自身、その思いから目をそらすことはできなかった。

彼女がほしい。抱きしめて口づけをしたい。そっと服を脱がせ、この目で見たい。乳房に触れ、背中のくぼみや腰にやさしく手を這《は》わせたい……。

ジムはハンドルを握りしめて大きくため息をついた。春の日にプールサイドで見かけた彼女のトップレス姿がなまめかしく思いだされる。実際にそれを見たときは何も感じなかったのに、彼女と会話をかわし、心のなかの思いや不安を知るようになると、あのときの姿が頭から離れなくなった。

ジムはフリーウェイをおり、街の南にむけて側道を進んだ。小さな農場に馬を預かってもらうことになっている。農場の前で車をおりると、彼は黄色の長いレインコートの襟を立てて土砂降りのなかに飛びだし、納屋の様子をたしかめにいった。納屋のなかはからっとして、清潔で風通しがよく、電話で交渉した料金に見あった状態だった。

前金を支払おうとトレーラーハウスまで歩いていくと、太った赤毛の女性が愛想よく迎えてくれた。オリーブ色のレインコートを着て、黄色い帽子をかぶっている。

「すごい雨でしょう？　このあたりじゃ、十年に一度はこんなふうに降るのよ。この調子でつづいたら、洪水になるかもしれないわ」

「納屋のなかは大丈夫かな」ジムは水滴のしたたる帽子を脱いだ。

「あそこなら大丈夫。国中でいちばん安全な場所よ」

「それをきいて安心したよ。とてもよく手入れが行き届いているね」前金の支払いをしていると、十歳くらいの少女が奥の部屋からでてきて、好奇心に満ちた目をむけた。ジムはその子に笑いかけた。

明らかに母親譲りの赤い髪をした少女は、きらきらした瞳が埋もれてしまうほど、顔中そばかすだらけだった。母親と同じく大きなレインコートを着て、黒いゴム長靴をはいている。

「きみは外で遊ぶのが好きかい？」ジムはきいた。

少女は赤くなって、恥ずかしそうにうつむいた。

「ええ、大好きなのよ」母親が答えた。「キャロラインはいつだって馬のそばから離れようとしないの。ここで飼っている動物の世話は全部この子がしているのよ。馬に餌《えさ》をやったり、運動させたり、獣医の役までするんだから」

メグのことが頭に浮かんだ。彼女も少女のころから父親と一緒に各地のロデオ会場を旅して歩いていたのだ。

「キャロライン、ちょっと手を貸してくれないかな」ジムは言った。「この雨だ。馬をおろして納屋にいれるのを手伝ってくれたら十ドル払うよ」

少女はうれしそうに瞳を輝かせた。母親の顔に承諾の表情を見てとると、壁にかかっていた帽子を乱暴につかんで頭にのせ、ジムのあとについて雨のなかにでた。

ほどなく二頭の馬は納屋に落ち着くことができた。ジムは少女に金を払い、さよならを言って、車をラスベガスの大通り《ザ・ストリップ》にむけた。

ジムは定宿にしている〈バリーズ〉に部屋をとった。〈ウィローズ〉は目と鼻の先だ。ほっとして濡《ぬ》れたジーンズとジャケットを脱ぎ、ベッドの上に清潔な衣類をひろげる。美しいバスルームで髭を剃りながら、鏡に映る姿を見つめた。メグの目に、自分はどのように映るのだろう。

父親のような気ままなカウボーイ。それとも、夫のような退屈なビジネスマン。

彼女の夫……ジムは顔をしかめて、大理石の洗面台にかみそりの泡を払い落とした。

これまで人妻と関係をもったことは一度もなかった。相手のいる女性には決して手をださない。それはみずから課している行動規範のひとつだ。人目を忍んで裏口から出入りし、こっそり電話をかけるような男には軽蔑《けいべつ》しか感じない。

しかし、今回のことはそれとはちがう。正確に言えば、メグはビクターの妻とは言えない。彼女は結婚を承諾していないのだ。あの結婚はリーザの人格が表にでているときに行われたもので、リーザはぜいたくな暮らしにあこがれて裕福な男を選んだにすぎない。

メグだったら決して……。

ジムはうめき声を発して両手に顔をうずめ、バスタブのはしにすわりこんだ。このような状況をすでに事実として受けいれはじめていることが、われながら信じられない。隣家に住む女性がふたつの人格を宿しているということが、いまではそれほど奇妙なことには感じられなくなっている。しかも、ジムはそのうちのひとりを軽蔑し、ひとりを狂おしく求めているのだ。

「どうしたらいいんだ」つぶやきながら、彼は大きな鏡に映った自分の上半身を刺すような目で見た。「メグという人間が本当に存在するのかどうかもわからないというのに……」

立ちあがって髭剃りを終えると、服を着て、〈ウィローズ〉の番号を電話帳で探した。受話器をとりあげると、少年のように胸が高鳴った。

しかし、フロント係の返事はそっけなかった。「メーガン・ハウエル様ですか。こちらにはお泊まりいただいてないと思いますが、確認しますので少々お待ちを……」

短い空白のあと、フロント係は答えた。

「メーガン・ハウエルというお名前では、記録にございません」

ジムは不安に顔をくもらせた。「もしかしたら、ほかの名前……いや、友人の部屋に泊まっているのかもしれない。リーザ・カンタリーニという名前も見てもらえませんか」

「かしこまりました」

待っているあいだ、ジムは窓ガラスに弾《はじ》ける雨粒を見ていた。

「お客様。リーザ・カンタリーニ様でしたら宿泊の記録がございます。しかしながら、すでに昨日の朝チェックアウトされていますが」

「そうですか。どうもありがとう」心にぽっかりと穴があいた。彼女がもうこの街にはいないと思うと、どれほど会いたかったか痛いほど身にしみた。

受話器を置き、ジムはふたたびぼんやりと窓を見つめて考えにふけった。

彼女はどうしてリーザの名前でホテルに泊まったのだろう。ラスベガスに来たことがきっかけとなって、ふたたびリーザの人格があらわれたのか。もしそうなら、メグには二度と会うことができないかもしれない。

「こんな奇妙な話、きいたこともない」いたたまれずにジムは首をふった。「いったいどうすればいいんだ」

しばらくして受話器をとりあげると、自宅に電話をかけた。トルーディは山羊《やぎ》のクリスタルがいたずらばかりしていることや、ジムが帰るころにはタンポポ酒が飲みごろになることなどを、いつもの陽気な調子で語った。

「新しいボーイフレンドは元気かい？」ジムはきいた。

「そういう呼び方はそろそろやめてもらえません？　ちゃんと名前があるんですから」トルーディは重々しい口調で言った。

「なんという名前だい？」

「オズワルドです」

ジムはにやりと笑った。「オジーって呼んでもいいかな」

「よくありません。それから、ジム様が旅行からお帰りになられたら、日曜の夕食に彼を招待するつもりです。そのときにはお行儀よくなさってくださいね」

「ぼくはいつだってお行儀がいいさ。ちがうかい？」

「そうですね」その言い方には包みこむような愛情が感じられた。「まあ、いいほうでしょう。旅行のほうはいかがです？」

「本当のことを言うと、少し飽きてきたよ。家が恋しいくらいだ」口ごもり、彼はつづける。「そっちの天気はどう？　雨は降ってる？」

「二、三時間前に降りはじめたばかりですけど、しばらくやみそうもありませんね」

「それはいい。牧草地には恵みの雨だ」

　会話が途切れた。

「ジム様」いらだったようにトルーディが言った。「ラスベガスからわざわざ電話をかけてきたのは天気の話をするためではないんでしょう？　何かあったんですか？」

「いや、そういうわけじゃない。ただ、隣の家の様子はどうかと思ってね」言いにくそうにジムは答えた。

「様子？」

「いや、その……何か変わったことがないかどうか気になってね」

「まあ、驚きましたね」トルーディはおかしそうに笑った。「いつのまにか、すっかりゴシップ好きになっちゃって」

「きみの影響だよ。それで、何か変わったことは？」

「そうですねえ」お気にいりの椅子にどっしりと腰をおろす様子が電話線のむこうから伝わってくる。「このあいだ、フィラミーナがドミーを医者に連れていったんですよ。風邪をひいて、耳が痛いと言うものだから」

　ジムはため息をついて、興味をもっているふりをした。「かわいそうに。医者はなんだって？」

「扁桃腺《へんとうせん》をとらなければいけないみたいです。それをきいたらフィラミーナは動転してしまって、まるで脳の手術でも受けるみたいな騒ぎですよ」

「無理もない。小さな子供に手術を受けさせるのは不安なものだ。それがどんなに簡単な手術であってもね」

「それはそうです。でも、ビクター様もこのあいだ旅行先から電話してきてフィラミーナに約束してくださったんですよ。費用は全額負担してくださるし、手術のときは一週間仕事を休んでもかまわないって」

「思いやりがあるじゃないか。彼はどこから電話してきたんだろう。出張かな」

「どこだか場所は忘れましたけど、業界の集まりか何かだと思いますよ。リーザ様がでかけられたあと、すぐに出発なさったんです」

「へえ」ジムはなにげない調子を装った。「リーザはどこにいったんだい？」

「フィラミーナの話だと、行き先はラスベガスですって。ほら、まえにもよくいってたでしょう。ビクター様には内緒ででかけたんですよ」

「旅行にいくぐらいなら、体の具合はよくなったんだろうね」

「それはもう。体はぴんぴんですよ」

「それはどういう意味？」意地の悪い口調が気になった。

「リーザ様がでかけられてから、いとこの姿も見えなくなったんです。おそらく一緒にいったか、あるいはむこうで落ちあったんじゃないんですか」

ジムは喉がしめつけられるような思いがした。「どうしてわかる？」

「ただの勘ですよ。いずれにしても、リーザ様はもうもどられてます」

「本当に？」

「昨日の夕方、山羊の乳をしぼっているとき、車がガレージにはいるのが見えましたから」

「今日は姿を見た？　それとも話をしたかい？」

「いいえ。さっきも言ったでしょう。雨が降ってるんですよ。今朝私が起きてから、屋敷からでた人間はいません。でも、やってきた人間ならいますけど」家政婦は思わせぶりな調子で付け加えた。

「だれ？」

「いとこですよ。あのハンサムないとこに間違いありません。ほんの数分前におしゃれな赤い車で正面に乗りつけました」

「彼はいつもオートバイだったろう？」

「さっきも言ったでしょう。今日は……」

「雨が降ってるんだね。わかった、わかった。じゃあ彼は家のなかにいるんだ」

「ひとを訪ねるには少々早すぎる時間ですけど、なんといっても身内ですからね」

ジムは黙ってひとけのない通りを見おろした。ネオンの光が水たまりにわびしく反射している。

「来週の週末までにはもどられます？」うつうつとした思いは、トルーディの声によって断ち切られた。

「たぶん。もしかしたら、もっと早く帰るかもしれない。月曜と火曜は、この近くのロデオ大会に出場することになってる。そのあとメスキートに寄って、それから帰るつもりだ。でも、あるいは……」

「なんですか」

「いや、もしかしたらもっと早く帰るかもしれない」

「ジム様。どうかなさったんですか？」

「いや、万事順調だよ。ひと晩中寝ないで運転してきたから、ちょっと疲れているだけだ」

「ちゃんと眠らなきゃだめですよ」トルーディは断固たる口調で言った。「それから、あたたかい食事をたっぷりとること。わかりましたか」

ジムはわかったと言って受話器を置き、ベッドに仰向けになって天井を見つめた。疲労が全身をおおっている。まぶたが圧迫されているようで、体の節々が痛い。

雨のなかでひっそりとしたたたずまいを見せるピンクの御影石《みかげいし》の屋敷がまぶたの裏に浮

かぶ。あの屋敷のなかで、メグは男と一緒にいるのだ。

トルーディとフィラミーナはいまでもあのふたりの仲をとりざたしているが、メグ自身はいとこと名のる男について、なんの記憶もないと言った。

ジムはとつぜん弾かれたようにベッドから起きあがった。部屋を横切ってクロゼットからスーツケースを引きだしてくると、なかから小さな革製のアドレス帳をとりだした。ページを繰って、カンタリーニ家の住所と電話番号を探す。

受話器をとりあげて番号を押し、呼び出し音と窓を打つ雨音に耳をすました。

「カンタリーニ家でございます」

「フィラミーナかい。隣の家のジム・レガットだけど、いまラスベガスからかけているんだ。ミセス・カンタリーニはいるかい？」

「はい、少々お待ちください」フィラミーナの声からは、いかなる感情もくみとることはできない。「お伝えしてまいります」

長いあいだ待たされたあと、べつの声がためらいがちに答えた。「もしもし」

その声をきくと全身がぞくぞくと震え、受話器を握る手がこわばった。「メグ？　メグ、きみかい？」

息を殺して待つ。

「ええ、メグです」長い沈黙のあと、ようやく返事がかえってきた。

「ジム・レガットだけど」

「ええ。フィラミーナからききました」

ジムはなんと言ったらいいのかわからずに口ごもった。彼女の隣にはあの男がいるのだろうか。

「きみはいまどこにいる?」ジムは唐突にきいた。

「なんですって?」警戒心の感じられる声でメグは尋ねかえした。

「屋敷のなかの、どの部屋にいる?」

「寝室ですけど。昔のアルバムを見ているところ。でもなぜ?」

「そばにだれかいる?」

「ええ」メグは用心深い口調で言った。「いとこがいます」

「いとこのクレイ?」

「ええ」

ジムはふたたび口をつぐんだ。無力感で胸がかきむしられるような気分だ。いつも自分で決定をくだすことに慣れてきた人間が、自分ではどうにもならない事態に直面すると、こんなにも不安になるものだろうか。

「いま、ラスベガスにいるんだ。こっちできみと会えると思っていたんだけど」ようやく普通の調子でしゃべることができた。「一緒に食事でもしようと思っていたのに、どうしてそんなに早く帰ってしまったんだい？」

「なんだか疲れてしまって」メグは緊張した声で言った。「あまり楽しい旅行ではなかったの」

「どうして？」

「あなたはいつ着いたの？」彼の質問を無視して、メグはいきなり問いかけた。

「ラスベガスに？」

「ええ。いつ？」

「二、三時間前に着いたばかりだ。アリゾナを出発してからひと晩中ハンドルを握りっぱなしだったよ。馬は郊外の農場に預けてきた。こっちはものすごい雨だよ。ラスベガスでこんな豪雨にあったのははじめてだ」

「それなら私は危ないところで間にあったのね」彼女の声には感情がこもっていなかった。

「メグ？」言いようのない不安がジムを襲った。「きみは大丈夫なんだろうね？」

「ええ、大丈夫よ。自分の家にいるんだから、もう安全だわ」

「もう安全って、それはどういう意味？」不安が彼の胸にひろがる。

「さよなら、ジム」よそよそしい声でメグは話を切りあげた。「お電話ありがとう」

答えるまえに、すでに電話は切れていた。ツーという音だけがむなしく耳に響く。ジムは小声で悪態をついて受話器をもどし、椅子の背にもたれて雨に濡れた窓を見つめた。

22

メグは受話器を置いて、新聞の切りぬきや古い写真を小さな机の上にひろげているクレイの顔を見あげた。リーザに関する記事を探すのを手伝ってほしいと頼んだのはメグのほうだった。どんなことでもいいから、リーザに関することを教えてほしかった。

「へえ、きみのカウボーイの友だちは、わざわざ電話でチェックをいれてくるようになったのか」クレイは笑いながら言った。

「電話をしてくるなんて、これがはじめてよ」

声にはあらわれていないが、メグは動揺していた。ジムの声が耳について離れない。彼の目、彼の手、そしてあたたかいほほえみが胸によみがえる。

だが、疑惑は依然として胸のなかでくすぶっていた。深夜のホテルでメグの部屋に押し入ろうとしたのは、あるいはジム・レガットかもしれない。

「どこからかけてきたんだ?」

「ラスベガスから」大きなベッドのまんなかにすわって周囲を新聞の切りぬきや紙片で埋

めつくしたメグは、落ち着きなく体を動かした。「休暇をとって、アリゾナとネバダのロデオ大会をまわっているの。私も同じころラスベガスにいく予定だと言ったら、それなら一緒に食事でもしようかということになったのよ」

「なるほどな」クレイは椅子の背に片腕をまわし、真正面からメグを見つめた。

今朝のクレイはいつにもましてハンサムだ。縮れた黒髪が雨に濡《ぬ》れて美しく輝き、彫りの深い顔立ちは健康的で精悍《せいかん》に見える。そのとろけるようにやさしい笑顔を見ていると、少しでも疑ったことが申しわけなく思えてくる。

以前はひとを疑うことなど知らなかったメグだが、いまはだれを信じてよいのかわからなかった。

クレイに本当のことを打ちあけてしまいたい。すべてを話して、一緒にリーザを捜してもらいたい。ふいにそんな気持になった。しかし、何かがメグを押しとどめた。リーザに関する手がかりは是が非でも手にいれたいが、これまでのことについてもっと自分で納得がいく説明がつくまでは、だれにも真実を打ちあけないほうがいいという気がしていた。

「きみには夫がいるというのに、厚かましい男だ」指のあいだでペンをもてあそびながら、クレイは言った。

「だれのこと？」メグは一冊のファイルを手にとった。なかには一年前のバルバドス島への旅行の際の飛行機の搭乗券や、ホテルのマークのはいった領収書の束がはいっている。

「カウボーイのジム・レガットだよ。隣の人妻とラスベガスで会おうだなんて、いったいどういうつもりだ」

「彼はただ親切に言ってくれただけよ」

「まったく親切なことだ。おれの意見をききたいかい？」

「ええ」

「あいつは記憶の混乱した無力な女性を手玉にとろうとしているだけだ。おれには昔からわかっていた。あいつは危険な男だ」整った顔が憎悪にゆがんでいる。

「クレイ……」

「いいか、あいつには近づくんじゃない。頼むからそうしてくれ、いいね」

「わかったわ」

メグは唇を噛《か》んで、ぼんやりとホテルの領収書を見た。思いはリーザの上をさまよっている。

メグとリーザは外見上まったく見分けがつかないらしい。幼いころからリーザを見てきたクレイでさえ、メグのことを自分のいとこだと信じこんでいる。

もちろん、ひとつには、メグが自動車事故で顔に怪我《けが》を負い、そのあと院内感染による発熱のために寝込んでいたということもあるだろう。時間をかけて徐々にいれかわったために、クレイもビクターもふたりのちがいに気づかなかったのだ。

自分が双子だったという事実を思ったよりすんなりと受けいれていることに、メグはわれながら驚いていた。

一卵性双生児は生後すぐに引き離されても、終生もう一方の存在をおぼろげに感じつづけることが多いという。だが、メグはそんな体験をしたこともないし、欠落感のようなものを感じたこともなかった。

ところが、いまは思いがけない激しさでリーザを求めている。顔を見て話がしたいと強く望んでいる。老医師の家で出生の秘密をきかされた瞬間から、なんとしてもリーザを捜さなければという気持が芽生えた。血のつながったリーザの体に触れ、瞳を見つめたい……。

「それは何？」クレイが尋ねた。

メグはわれにかえり、手にした書類の束に目をやった。「バルバドス島のホテルの領収書や何かよ。去年の一月の日付になっているわ」

「ああ、きみとビクターがでかけたのを覚えてるよ。楽しい旅行だったらしいな。きみはみごとに日焼けして帰ってきた。旅行からもどった次の週末にふたりで飲みにいったら、男たちの目はきみに吸い寄せられていた。きみは胸の大きくあいた白い絹のドレスを着て……」思い出に浸るように彼は口をつぐんだ。

「クレイ……」

「うん？」白い封筒を手にとって、クレイはメグの顔を見あげた。

「そうやってふたりででかけたりしても、ビクターは何も気づかなかったの？」

「まえにも話しただろう。ビクターはおれがユタにきたことはないと思っている」

「もしもあなたに会っても、彼がそんなに怒るとは思えないわ。どうして正直に……」

クレイは首をふって封筒のなかをのぞいた。「そうはいかないんだよ。もっと物事をしっかりと見れば、きみにもわかるはずだ」

「でも、私には――」

クレイは誠実そうな目でまっすぐにメグを見つめた。「ビクターは何をするかわからない男だ。外見だけで中身は判断できない。これまでのことがすべて思いだせれば、きみにもわかるはずだ」

メグは何も言えなかった。さまざまな推測や執拗《しつよう》な疑惑が頭のなかでからみあっている。

封筒から何かをとりだしたクレイは、ちらっと見て口笛を吹き、メグのほうをむいてにやにや笑った。

「ほら、こいつを見てごらんよ。ゴージャスじゃないか」

クレイが手にしているのは、白い砂浜の上でトップレスで日光浴をしているリーザの写真だった。メグは顔を赤らめて、手のなかの写真を全部ひったくった。

トップレスの写真の下には、ホテルの部屋でビクターが撮ったものと思われる悩ましいヌードの写真が重ねられていた。メグは自分の体が人目にさらされているような恥ずかしさを覚えた。

からかうように笑っているクレイの目を意識しながら、メグはそれらの写真を引き出しにほうりこみ、新聞の切りぬきに目を通しはじめた。

「美人コンテストに関する記事が何か見つかればいいんだけど。それを見たら、私もきっと……」

クレイは厚紙にとめた大量のカーテン地のサンプルを見るともなく見ている。「こんなことをしても、どうせなんの役にも立たないんだよな」

「それはどういう意味？」

「きみはいまでもリーザではないと思ってるんだろう？　記憶ももどらないし、自分がだれかわかってないんだろう？」

自分が嘘《うそ》をついていることが気になって、メグは口ごもった。「ときどきだけど、リーザをとても……身近に感じるときがあるわ。まるで彼女と私がひとりの人間であるみたいに。ただ、もっと確信がもてないと……」

クレイは新聞の切りぬきの一枚をとりあげて、無関心な様子でちらっと見た。「ポーリーンの写真だ」そう言ってメグに手渡す。「いつだったか彼女のことをきいていただろう？」

メグは固唾《かたず》をのんで、ポーリーンのふっくらしたやさしそうな顔に見入った。そのあいだ、クレイは黄ばんだ切りぬきをメグが見やすいようにもっていてくれた。

「かわいそうになあ」軽い調子で言うと、クレイはそれを下に置いた。「ビクターに対する警戒心がちょっとばかり足りなかったせいだ」

メグはそうけだった。「それはどういう意味？」

クレイは肩をすくめて顔をそむけ、いつものように部屋のなかを歩きまわりはじめた。

「べつにたいした意味はない。ただ、彼女は年下の美人に目がくらんだビクターに捨てられたってことさ。女は中年になったら、もっとしっかり夫を見張ってなきゃ。そうだろ？」窓のそばで立ちどまり、芝生の上に降り注ぐ雨に目をむけた。「きみはどうしてラスベガスにでかけたんだ？」ふりむかずに彼はきいた。

「私はただ……自分の目で見たかったの……」

クレイはベッドのところにやってきてメグの隣にすわり、力づけるように肩に腕をまわした。「いったい何を見たかったんだい？」

「あそこにいけば、何か思いだせるのではないかと思ったの」

「思いだせたかい？」

「いいえ」

「見覚えのあるものはなかった？」

「あそこにいっても、結局は同じだった。見たことがあるような感じはしても、頭のなかですべてがこんがらがって、現実だか想像だかわからなくなってしまうの」

「帰ってから、なんだか静かだね。何か気になることでもあるみたいだ。ラスベガスで何かあったのかい？　何かいやな思いでもしたとか」

夜のしじまにドアの鍵《かぎ》がゆっくりとまわされたときの恐怖が、ふたたびメグの胸によみがえった。思わず身震いして、膝の上で両手をかたく握りしめた。

「いいえ、そんなことはないわ。ただ、少し寂しかっただけ。家に帰ってほっとしたわ」

「少なくとも、ここがわが家だと思えるようになったんだ。大きな進歩じゃないか」

「そうね、そうかもしれない」メグは用心深い目でクレイを見た。「でも、せっかくあそこまでいったんだから、本物のメーガン・ハウエルに会いたかったわ」

「会わなかったのかい？」

「少しまえに仕事を辞めて、姿を消してしまったの。調理場の主任はとても怒っていたわ」

クレイは肩をすくめてふたたび立ちあがり、机の前にいってすわった。「きみの話をきくかぎり、そいつはどこといって取り柄のない平凡な女じゃないか。なんでそんなに会いたがるんだ」

メグはきつい目でクレイを見た。

らない。

「いいえ、べつに」自分の人生が自分の意思とはべつの動きをすることに、メグは疲れを感じていた。答えの得られない疑問にはもううんざりだ。リーザのことだけが心配でたまらない。

彼女を見つけたかったら、やはりだれかに本当のことを打ちあけて力になってもらったほうがいいのかもしれない。クレイは元警官で、訓練を積んだ私立探偵だ。行方不明者の捜索や犯罪の調査ならお手のものだろう。

「クレイ」意を決してメグは呼びかけた。

「うん?」クレイはにっこり笑って顔をあげた。

メグは大きく息を吸った。「クレイ、きいてちょうだい。じつは私――」

「ミセス・カンタリーニ」そのとき、戸口から声がした。

見あげると、緊張した面持ちのフィラミーナがドアのところに立っている。「どうしたの、フィラミーナ?」

「たったいま病院から電話がありました」いつものように無表情な声だ。「ドミーの手術の件です」

メグはうなずいて先をうながした。「そう。なんですって?」

「手術は水曜日の朝八時にきまりました。ですから火曜日の夜からその週末までお暇をいただきたいんです」

メグはうなずいた。「もちろんよ。ミスター・カンタリーニからはすでにお許しをいただいてるんでしょう？」

「はい」窓の外に顔をむけて、フィラミーナは答えた。

「街に泊まるの？」

フィラミーナはうなずいた。「病室に簡易ベッドを置けるそうです。そうすればそばにいてやれますから。三日間お暇をいただくことになります」

「わかったわ。私は毎日お見舞いにいくわね。何か必要なものがあったら、遠慮なく言ってちょうだい」

フィラミーナははっとした目でメグを見あげ、ぎこちなくうなずいて立ち去ろうとした。

「フィラミーナ」クレイが声をかけた。

彼女の足がすくみ、背中が緊張で張り詰めた。「はい、なんでしょう」後ろをむいたままフィラミーナが応じる。

「ドミーがどうかしたのかい？」

「扁桃腺《へんとうせん》の手術を受けなければならないんです」ほとんどききとれない小さな声で彼女は答えた。

クレイはいかにも心配そうな顔でうなずき、メグにウインクをした。「かわいそうになあ。おれもミセス・カンタリーニと一緒にプレゼントをもって見舞いにいくよ、フィラミーナ。ドミーのことは、おれたち本当に心配しているから」

ふたりの様子があまりにちぐはぐなことに、メグはとまどいを覚えた。わずかに体をむけてクレイの顔をちらっと見たフィラミーナは、青白い顔になんとも言いようのない表情を浮かべている。怒りと恐怖がないまぜになったような目をして何か言いかけたが、結局そのまま何も言わずに廊下に消えた。

クレイは立ちあがってメグの頬に軽くキスをした。「そろそろいくよ。記憶をとりもどすのに役立つようなものが見つからなくて残念だったな」

メグはおとなしく抱擁に身をまかせ、革のジャケットに腕を通しながら部屋をでていくクレイを黙って見送った。部屋をでた彼は、フィラミーナのあとを追うように階段をおりていった。

南から近づいてきた黒雲が峡谷地帯をすっぽりとおおった。雨は週末のあいだ激しく降りつづき、太陽はもう二度と姿をあらわさないのではないかと思われた。

日曜日の夜、メグはダイニングルームのテーブルにむかってローストビーフとヨークシャープディングを気のない様子で口に運んでいた。ときどき顔をあげて、出張から帰ったばかりのビクターのほうを盗み見る。

黄色いカシミアのセーターにゆったりしたスラックスというくつろいだ格好のビクターは、ろうそくの光のせいで普段より柔和な顔に見えるものの、表情には疲れが見え、いつもより口数も少なかった。

ナイフとフォークを置いて、水のはいったクリスタルのゴブレットに手をのばすビクターを、メグは観察するような目で見た。

彼の体はたくましく、力強かった。レスラーのように頑丈な腕と肩、鋼鉄のような手、そして黒い毛の生えた太い指。

目があうと、メグは視線をそらした。リーザはどうしてこの男と結婚したのだろう。彼がもつ富と地位のせいだろうか。それとも本当に愛情があったのだろうか。ヌード写真があったところを見ると、性的な結びつきだけは本物だったらしい。

「ラスベガスはどうだった?」ゴブレットを置き、麻のナプキンで口をぬぐいながらビクターがきいた。

「楽しかったわ」メグは小声で答えた。「お天気はあまりよくなかったけど。むこうを出発するときには冷たい風が吹いていて、いまにも嵐《あらし》になりそうだったわ。この雨はあの嵐のせいね」

「うちのマンションに泊まったのかい」

メグははっとしてすばやい視線を投げかけた。しかし、ビクターは無関心な様子で皿の上の野菜をフォークでつついている。

「いいえ。〈ウィローズ〉に泊まったの」

「どうして」

メグは肩をすくめた。「べつに理由はないけど。大通り《ザ・ストリップ》の近くのほうが便利だと思ったから」

「ホテルはどうだった？ 私はいったことがなくてね」

本当に？ メグは声にださずにきいた。あの夜、合鍵をもって妻の部屋に忍びこもうとしなかった？ ビクターには気をつけたほうがいいとクレイは言った。とくに、ポーリーンが夫のことをもっと警戒すべきだったといったくだりが頭にこびりついている。ビクターはリーザの居場所を知っているのだろうか。メグを車に乗せて崖《がけ》から突き落としたのはビクターだったのかもしれない。

だが、そんなことをする理由がビクターにあるだろうか。また、メグの〝精神状態〟が好転しないことに対する彼のいらだちは、とても演技とは思えない。

「ビクター、あなたはどこにいっていたの？」メグはいきなり尋ねた。

ビクターは太い眉をあげ、驚きのまなざしでメグを見た。

「この二、三日どこにいたの？ 私がラスベガスに出発したときは、まだ家にいらしたでしょ。いったいどこにでかけたの？」

「シアトルで開かれた貸借契約に関するセミナーに出席していた。どうしてだね？」口もとはゆるめたが、ビクターの目は笑っていなかった。「いつから私のすることに興味をもつようになったんだ、リーザ」

「私の名前はメグよ。リーザではないわ」メグは静かに言った。

「ああ、またか」

メグが黙っていると、ビクターはグレービーソースの容器をもちあげて不機嫌に顔をゆがめ、大声で叫んだ。

「フィラミーナ！」

戸口にフィラミーナがあらわれた。

「グレービーソースが空だぞ。もっとたっぷりいれてきてくれ。熱いやつだ」

フィラミーナは容器を受けとると、無言で立ち去った。

「明日の朝、また出張にでかける」自分の皿にブロッコリーをとりわけながら、ビクターは言った。

「そう」メグは淡々とした声で応じた。「今度はどちらへ？」

「北西部をまわってオークションで中古車の買い付けをしてくる。夏以来、在庫が減ってるんだ」

フィラミーナがキッチンからもどってきてグレービーソースの容器をトレーの上にそっ

と置いた。

ビクターはうなずいて、マッシュポテトにソースをかけた。「ドミーの手術はいつだって?」フィラミーナにきいた。

「水曜日の朝八時です」

「それまでにはもどるようにしよう。いい子にしてたら、すてきなプレゼントをもっていくと伝えておいてくれ」

さっきとはまったくちがう口調に、メグはまたも面食らった。ドミーのことになると、ビクターの表情はとろけるようになる。

フィラミーナがキッチンに引きあげるのを待って、メグは言った。

「ビクター」

「なんだね」

「教えてちょうだい」体を近づけて、声をひそめた。「ドミーの父親はだれなの?」

23

「なんだって？」思いがけない問いに、ビクターはグレービーソースの容器をもったままメグの顔を凝視した。

「ドミーの父親はだれなの？」

「きみは知ってるじゃないか」

「いいえ。何度も言うようだけど、私にはこの屋敷の記憶はないのよ。私が知っているのは、フィラミーナの家族はドミーだけで、だれもがその……」

「なんだい？」ビクターの瞳におもしろがるような光が宿った。

「いいえ、ただ……父親はだれなのかと思って」

「それなら教えてあげよう。父親はサムだ」ビクターはそう言って、湯気を立てているマッシュポテトを豪快に口に運んだ。

「サム？」

「レガット家の庭師だ。いつも外で芝生や生垣の手入れをしていた」

「あの小柄で体のがっしりしたひと？　黒いTシャツの上にデニムのオーバーオールを着ている」

ビクターは笑った。「いや、それはマニーだよ。サムが働いていたのは何年かまえのことだ。ハンサムで、女と見れば相手かまわず色目を使う男だった」

「じゃあ、フィラミーナは……」

「ここで働きはじめたとき、彼女には友人や知人がひとりもいなかった。だから裏庭の柵《さく》ごしにサムに口説かれると、たちまち夢中になってしまったんだ。あっという間におなかが大きくなったが、職を失うことを恐れて、私たちに話すことはできなかった」

「でも、その男は……赤ん坊ができたことを知らなかったの？　隣に住んでいたのに」

「いや。妊娠したことを告げられると、やつは自分には関係ないとフィラミーナを捨てた。彼女はだれにも打ちあけることができずに、ひとりで思いつめて心のバランスを失っていった。妊娠五カ月になったとき、自殺をはかろうとした」笑みはうせていた。「かみそりをもって地下室に隠れているところをポーリーンが見つけた。もうちょっと発見が遅かったら手首を切っていたところだ」

「まあ」メグは息をのんだ。

「ポーリーンは話をきくと、何も心配しないように言った。サムのことなんかどうだっていい。赤ん坊とふたりで安心してこの家で暮らせばいいと言ってやったんだ」

「それで、サムはどうなったの？」

「ポーリーンがジムにすべてを話した。ジムが問いただすと、サムは自分の知ったことではないと言い張って激しい口論になった。次の日サムの姿は消えていた。その後の消息はだれも知らない」

「かわいそうなフィラミーナ。つらかったでしょうね」

「はじめのうちはね。だが、その後はポーリーンが毎週医者に連れていくようになり、出産まで実の娘のように世話を焼いてやったよ。ポーリーンは赤ん坊が生まれることを心から喜んでいた」ビクターは遠くを見つめた。「私たちに子供がいないことを、いつも寂しがっていたから」

「本当に……気持のやさしい方だったのね」

「きみは少しも覚えていないのかい」いらだちが彼の顔にあらわれていた。

メグは身の置き場のない思いで首をふった。

「たしかにそうだった」ビクターは席を立ち、ドアにむかって歩きだした。「ポーリーンは心のやさしい女で、妻としても申しぶんなかった」戸口で立ちどまり、形容しがたいまなざしでメグを見る。「ときどき、無性に会いたくなるよ」

荒天は週末中つづいた。月曜日の朝になっても雨はいっこうにやむ気配を見せず、そのせいでフリーウェイは川のような状態だった。

メグは市の中心部に位置するビジネス街に車をとめた。車からおりると、コートのフードを頭の上まで引きあげる。両手をポケットにいれて、すぐ近くの三階建ての建物にむかった。ロビーの案内板の前で立ちどまり、落ち着きなく表示に目をこらす。クララ・ワッサーマンの診療所を訪れるのは、これがはじめてだった。見知らぬ場所に足を踏みいれた不安感が胸にわき起こる。それ以上に、ここが危険な場所かもしれないという漠然とした思いもぬぐいきれない。

事務所名の書かれた案内板をぼんやり見ながら、メグは考えをめぐらせた。

クララが多重人格という診断に安易に行き着いたのはなぜか。その疑問がこのところ頭から離れようとしない。ひとつたしかなことは、医師の選択はビクターによってなされたという事実だ。

今年の春、クララの診察を受けるようにリーザにすすめたのはビクターだった。そして〝妻〟が車の事故で怪我《けが》をした直後、ビクターはクララを病院に呼び寄せた。

メグが病院で目を覚ましたとき、クララは言った。ビクターから連絡をもらったので、様子を見にきた。まだ頭が混乱しているみたいなので、自分なら力になれるかと思って、と。

実際には力になるどころか、事態をややこしくしただけだった。

　クララがいなければ、真実はもっと早く明らかになっていただろう。メグの記憶が失われていたところにクララが医師としての診断をくだしたことから、現実離れした解釈がひとり歩きをはじめた。リーザには以前から多重人格の徴候が見られたとまでクララは言った。

　とても信じられない。

「失礼ですが」守衛が近づいてきて丁重に声をかけた。「どちらをお探しでしょうか」

　メグはわれにかえって尋ねた。「ドクター・ワッサーマンの診療所はどちらでしょう?」

「三階です。エレベーターをおりて廊下を左にいったところですよ」

　メグはエレベーターで三階にあがり、診療所のドアをあけた。豪華な待合室を目にすると、スエットシャツにジーンズという自分の服装が少し場違いに思えた。

「あら、いらっしゃい」クララが戸口に顔をだし、メグを診察室に招きいれた。「どう、具合は?」

「いいわ。私はどこにすわればいいのかしら」メグは診察室に置かれた数脚の椅子と柔らかな革の寝椅子を、不安そうな目で見た。

　クララは愛想よく言った。「まだメグのままなのね」

　目をあわせないようにして、メグはうなずいた。「そう、メグよ」

「じつを言うと、リーザとも同じようなやりとりをしたことがあるのよ。寝椅子に横になるなんて古くさいってリーザは思っていたようだけど、医師の立場から言うと、やはりそうしてもらったほうがいいと思うの。無理にとは言わないけれど」そう言って、クララ自身はゴブラン織りの立派な椅子に腰をおろした。メグは寝椅子の上におそるおそる身を横たえたが、そうするとクララの顔を見なくてもすむことがわかり、かえって気が楽になった。

しばしの沈黙のあと、クララがきいた。「どう、落ち着ける、メグ？」

「ええ」メグは両足を交差させて、ハンドメイドの茶色いローファーに目をやった。幅が狭く甲高のメグの足に、リーザの靴はどれもぴったりとフィットする。

「近ごろはどんな様子？　今日はとても元気そうに見えるけど」

「ずいぶんよくなって、一日中起きていられるようになったわ」

「それはよかったわね」

ふたたび沈黙が訪れた。メグは何か言わなくてはという気持にかられて、神経質に体を揺すった。ここでかわされる会話は、病院や屋敷でのやりとりとはまったく異質のものに感じられる。

声の調子や顔の表情から真実を悟られてしまったら、とメグは不安だった。だれを信頼すべきか見きわめるまでは、本当のことを言うわけにはいかない。

「なんですって？」メグは言った。「ごめんなさい、きいてなかったわ」

「ラスベガスよ。先週いってきたんでしょう？」

　メグは身をこわばらせた。「どうしてそれを？」

「ビクターからきいたのよ」

「いつ？　ビクターは先週ずっと家をあけていたはずだけど」

「昨日、留守番電話がはいっていたので、あとでこちらから連絡したの」

　メグは無言で眉を寄せた。

「メグ？」クララはやさしい口調できいた。「何か気になることでもあるの？　ラスベガスで何かあったのかしら」

「いいえ。そんなことはないわ。ただ、よくわからなくて……」

「何が？」

「いいえ、なんでもないの」メグは寝椅子の上で姿勢をかえた。

「どうしてラスベガスにいく気になったの？」

「どうしてって……見覚えのあるものが見つかるかもしれないから。実際に自分の目で見たほうがいいと思って」

「いくまえにひと言相談してくれたらよかったのに」その口調には責めるような響きはまったくなかった。

「どうして？」

「そうしたら、きっと何かの役に立てたわ。どこを訪ねればいいか、助言してあげることもできたでしょう。それにね、ビクターは本当に心配していたのよ。ひとりきりで旅行するなんてむちゃだと言っていたわ」

「どうしてひとりで旅行してはいけないの。私は大人よ。そうでしょ？ 自分では何もできない赤ん坊みたいに、私のことを扱わないでほしいわ」

「その言い方はリーザそっくりね。リーザの存在を感じることはある、メグ？」

「ある程度は」メグは用心深く言った。「なんだか……リーザのことが少しわかってきたような気がするの」

クララは何も言わないが、メグは無言の圧力を痛いほど感じた。

「先週……隣の家のひとと話をしたの」しばらくしてメグはつづけた。頬に赤みがさしている。「馬を飼っている家の主人よ」

「ええ、そういえば馬がいたわね。そのひとの名前は？」

「ジム・レガット」メグは口をつぐみ、名前を書きとめるかすかなペンの音に耳をすました。「今回のことに関する私たちの解釈は間違っていたのではないかと、彼は考えているの。実際は、私のほうがもとの人格で、私は記憶にあるとおりの子供時代を過ごした。長いあいだ抑圧されつづけ、最近になってあらわれたのはリーザのほうだったと」

クララの冷徹な医師としての顔に動揺が走った。「どうして彼はそう思ったの？」

「きっかけは、私の乗馬姿を見たこと。私は子供のときに相当乗馬の訓練を積んだはずだと彼は言うの。リーザは馬に近づくこともできなかったんですって」

「メグ、以前にも話したでしょう。もとの人格には無縁の技術や知識を、あとからあらわれた人格が有していることは珍しくないって。そのことは理解しているわね？」

「理解はしているわ。でも、一般のひとには受けいれがたいことでしょうね」

ふたたび長い沈黙が訪れた。メグは横になったまま、窓ガラスを流れ落ちる雨粒を見ていた。やがて話をつづける。

「それに、いくら探してもリーザの子供時代を裏づけるものは何も見あたらないわ。写真も何もないのよ」

「そのこともまえに話したでしょう。リーザは母親に対して屈折した思いを抱き、強い疎外感を味わっていたって」

「ええ、覚えているわ。それでも、なんだか納得がいかなくて……」どこまで話していいものか、メグは迷った。

「気持はわかるわ」クララは静かに言った。「他人からそんなふうに言われたら、とても勇気づけられると思うの。まして、あなたとリーザのあいだには主導権争いのようなものがあるんですもの。それでラスベガスにいくことにしたの？」

「それもあるし……」メグは口ごもって、呼吸を整えた。「リーザがあとからあらわれたのかどうか確信はないけど、私がときどき表にでていたことは間違いないと思ったの。そう考えると、ラスベガスの街やカジノホテルに関する記憶を私がもっていることも、説明がつくでしょう?」

「それで、何か収穫はあった?」

「いいえ、そんなにうまくいくはずないわ」メグはできるだけ軽い調子を装った。「もともと考え方が間違っていたのよ。よく考えれば、わざわざラスベガスまでいくこともなかったんだわ」

「どうして」

「ひとつには、メーガン・ハウエルという女性が実在していること。もうラスベガスにはいないけど、彼女の職場の上司に会って話をきいてきたの」

「そうなの」クララの声に安堵感《あんどかん》がもどった。「私もそのひとと話をしたことがあるわ。覚えてるでしょう?」

「ええ。でも、自分でじかに話をききたかったの。それから、クレイのこともあるし」

「いとこの?」

「ええ。彼は私たちの、というより、リーザの成長をその目で見てきたのよ。一冊のアルバムよりはるかに信頼できるわ。そうでしょう?」

「ええ、そうでしょうね。ジム・レガットの解釈についてビクターと話はしたの?」

「ビクターとはほとんど顔をあわせていないわ。私がラスベガスに出発したころに彼も出張にでかけてしまったし、週末に一度帰ってきたけど、すぐにまたでかけてしまったから」

「また？　そのことは何もおっしゃっていなかったけど」

「ええ、またでかけたわ。いつ帰るのかもわからない。ドクター・ワッサーマン……」メグは言いよどんだ。

「なあに？」

「私、リーザのことをもっとよく知りたいの。もう……まえみたいに怖くはないわ」

「それはいい徴候ね」クララは満足げにうなずいた。「次回の診察では人格の統合にむけた話しあいができそうね」

「ええ。でも、こうしたらどうかしら」メグはなにげなく言った。「リーザの過去についてもっとよく知れば、参考になるような気がするの」

クララはメモをとるのに忙しいのか、なんの反応も示さない。メグは寝椅子の上で体をひねって彼女にちらっと目をやり、すぐに視線をもどした。

「リーザの診療記録のテープがあると言っていたでしょう？」思いきって切りだす。「それを一部でもきかせてもらえないかしら」

「それはできないわ、メグ。そんなことをしたら、これまでの治療がだいなしになってしまうかもしれないから」

「私はリーザの子供時代のことをもっと知りたいだけなの。どんな子供だったのか、どうして美人コンテストにのめりこむようになったのか。せめて写真だけでも見ることができれば……」

「昔の新聞記事や写真なら、図書館にいけば見られるでしょ？」クララの口調は自然そのものだった。「あなたは地元では有名人だったはずよ」

「そうだわ」メグは目を丸くして息をのんだ。「そうよ、新聞にでてるはずだわ。どうして気がつかなかったのかしら」寝椅子から跳ねあがるように起きると、ドアにむかって駆けだした。

「メグ」クララはあっけにとられた。「まだ診察はすんでいないのよ」

メグは戸口のところで立ちどまった。「ごめんなさい。急に用事を思いだしたの。フィラミーナとドミーを医者に連れていくことになっているのよ」思いつくままに言った。

「ドミーの扁桃腺《へんとうせん》が腫《は》れて、手術を受けることになったの。手術は水曜の朝。フィラミーナもいっしょに病院に泊まるんですって」

「じゃあ、あなたは屋敷にひとりきりになってしまうの？　ビクターもでかけてるんでしょう？」

一瞬感じた身を刺すような恐怖を、メグはすばやく打ち消した。「たぶんそれまでにはビクターももどると思うわ」努めて明るい口調で言う。「ドミーとフィラミーナが留守にするのも二、三日のことだし」

「ドミーのことは心配ね。早くよくなることを祈ってるわ」

「ええ、みんなも同じ思いよ。ドミーは私たちの宝ですもの。ではまた来週うかがいます、ドクター・ワッサーマン。人格の統合についての話しあいが楽しみだわ。いまならリーザとむきあうことができるような気がするの」

「それはすばらしいことね」

射抜くような黒い瞳から逃れるように、メグは軽く頭をさげて診察室をあとにした。待合室に置いてあったコートをとって下におりるとロビーを駆けぬけ、雨のなかを車まで走っていった。

24

通常の学校教育を受ける機会にはあまり恵まれなかったものの、メグは本や勉強と無縁の生活を送ってきたわけではなかった。父親とふたりでネバダやアリゾナの荒野を旅していた時期には、いった先々の小さな図書館で通信教育の課題にとり組んだ。砂漠地帯のなかにある図書館で課題をやり終え、受けとった地点から八百キロも離れた場所の郵便ポストに投函《とうかん》することも珍しくなかった。

図書館での資料の検索の仕方にも、並みの高校生よりは通じている。カードによる検索もマイクロフィルムでの検索も経験があるし、複数の資料を相互参照することも、黄ばんだ新聞の切りぬきから目的の記事を見つけ、情報をたどっていくこともできる。

しかし、ソルトレーク・シティの中心にあるような近代的な大図書館を利用したことはなかった。巨大な建物のなかは観葉植物の置かれた閲覧室や会議室が無数にあり、おさえた照明の下には膨大な量の書物が並んでいる。

壁に貼《は》られた案内図を見ると、資料室は地下にあった。エレベーターを探して地下におり、静まりかえった窓のない部屋にそっと足を踏みいれる。ふたりの職員がいる長いカウンターをとり囲むようにテーブルが置かれ、閲覧者はそこで新聞の束やビニールのかかった古い切りぬきに目を通すことができるようになっている。

メグはあいている椅子を見つけてすわり、テーブルに置かれた資料検索依頼の用紙を一枚破って目の前に置いた。リーザの過去につながる記事の見だしを思いつくかぎり書きだす。

美人コンテスト、ユタの少女スター、リーザ・バウアー、ビクター・カンタリーニ、自動車販売代理店、一九九二年九月の当地における著名人の結婚式。少し迷った末、テレビコマーシャルという項目も付け加えて、カウンターにもっていった。

「これらの項目を調べていただきたいのですが」

若い女性職員はリストに目を通した。「当館には個人名による資料はあまりないんですよ。でも、このおふたりの名前には見覚えがありますね。調べてみましょう。自動車販売代理店とテレビコマーシャルの項目はかなり膨大なものになります。それぞれの資料をすべてごらんになりますか」

「いいえ。私が見たいのは、自動車販売代理店がスポンサーとなったテレビコマーシャルに関する記事だけです」

職員は笑った。「それでも、かなりの量になると思いますよ」依頼用紙に書きこまれたメグの名前を見て言う。「おかけになってお待ちください、ミス・ハウエル。資料がそろいましたらお呼びします」

「よろしくお願いします」奥の資料室に姿を消す職員に声をかけて、メグは席にもどった。雑誌を繰りながら、長い待ち時間を過ごした。

「ミス・メーガン・ハウエル」職員が呼んだ。「資料がご用意できました」

メグは急いでカウンターにいき、ファイルされた分厚い資料の山を受けとった。期待に胸が高鳴る。意外だったのは、美人コンテストに関する記事が大量にあることだ。なかには十五年前のものもある。切りぬきのなかに、リーザの写真を見つけることができた。

〝ミス・プローボの栄冠は地元出身の少女に〟という見だしにつづいて、十七歳のリーザ・バウアーがその美と優雅さで審査員と観客を魅了し、いずれ劣らぬ美しさを誇るほかの出場者を制して王冠を手にした経緯が記されている。インタビューの席でミス・バウアーは、翌年のミス・ユタのコンテストを経て、ゆくゆくはミス・アメリカをめざしていると抱負を語った。

メグは輝くばかりの笑みを浮かべているリーザの写真を見つめ、それから記事に目を移した。ミス・プローボのコンテストは審査の対象として出場者の会話のセンスとともに、芸能部門を重視している、とある。

あなたはいったいどんな才能を披露したの。気持悪いほど自分によく似た顔を見つめながら、メグは声にださずにきいた。私たちには歌や踊りの才能はないでしょう？　少なくとも私にはないわ。あなたにもあるとは思えないけど……。

やはりそうだった。ミス・プローボのコンテストでリーザが披露したのは詩だった。優勝したミス・バウアーは自作の詩〝流れに咲く花〟を朗読し、観客の多くは涙を流して聞きいったと書かれている。

子供のころからひそかに詩を書きためてきたメグは、それを読んで大きな衝撃を受けた。食いいるように写真を見つめ、かすかな声で話しかけた。

「リーザ、いったい何があったの。あなたはどこにいるの」

神経を集中して次々に記事に目を通し、リーザの人生の断片をつなぎあわせようと努めた。美人コンテストに関する記事はほかにもあり、写真も何枚か載っていた。長い黒髪を大きく波打たせ、ひらひらしたドレスを着ていることを除けば、リーザと自分は完璧《かんぺき》にうりふたつだ。

資料のなかにはリーザの過去を物語る記事のほかに、ビクターに関するものもあった。その多くは成功した実業家としてのプロフィールを紹介するものだ。なかには先妻のポーリーンと一緒の写真もあり、記事には夫妻がさまざまな慈善団体に協力してきたことが記されている。また、リーザが寝室にひそかに隠していた、ポーリーンの死亡に関する記事もあった。

資料の最後は、ビクターとリーザの結婚を報じる記事だった。そこに載っている写真は、寝室の化粧台の上に飾られているのと同じものだ。記事のなかで、ビクターは著名なビジネスマン、リーザは元ミスコンの女王と紹介されている。

メグはばらばらになった資料の束を押しやり、遠くの壁を見つめた。何か大事なものが欠けているような気がしてならない。しばらく考えた末、それが何かわかった。資料の山をかかえて、ふたたびカウンターにもどる。

「死因審問の記録はどこにいけば見られますか？　市内で起こった死亡事故に関するものですけれど」

「いつごろのものでしょう？」

「二、三年前です」

「それなら新聞の切りぬきがあるはずですけど」

メグは首をふった。「いただいた資料のなかに記事はありましたけど、死因審問は非公開で行われ、詳細は発表されなかったという内容でした」

「そうですか。だれかよほど影響力のある人間が関係していたんでしょう。でも、審問の記録を見ることはできるはずですよ」

「どこにいけばいいでしょう」

「通りの先にある裁判所です。検屍官《けんしかん》事務室にいって、どの審問の記録が見たいかを言ってください。プリントアウトか、あるいはコンピュータの画面かのどちらかで、記録を読むことができるはずです。手数料はかかるかもしれませんけど」

「それはかまいません。どうもありがとうございました。とても参考になりました」

職員はファイルを受けとり、もとの位置におさめるためになかの資料に目を通した。ミス・プローボのガウン姿のリーザの写真に目をとめると、はっとしたように顔をあげてメグを見た。

「これ、あなたでしょう？　でも、髪をショートにしたんですね」

メグは首をふった。「それは私じゃないんです」熱い思いが胸を満たす。「私の姉妹です」声にだして言うのは、これがはじめてだった。


ポーリーン・カンタリーニの死因審問の記録を読むのは驚くほど簡単だった。用紙を提出して手数料を払うと、公園のような美しい庭がのぞめる小さな部屋に案内された。コンピュータの端末のまえにすわったメグは、しばらくのあいだ窓の外に顔をむけて降りつづく雨を見ていた。

雨に濡《ぬ》れた木の枝を、二匹のリスが走りまわっている。柔らかい毛皮の上でダイヤモンドのように輝く雨のしずくなど、リスたちは少しも気にしていないらしい。

メグは大きく息を吸って、審問の記録を画面に呼びだした。ゆっくりとスクロールさせながら目を通していく。

長々とした記録だが、読んでいくうちに思わず引きこまれていった。証人の発言はきわめて正確に記録され、沈黙の箇所や、言葉の重複や、言い間違いまでそのとおりに記されている。

無味乾燥な記録を読んでいくうちに、いつしかそのときの情景がありありと目に浮かんできた。

高価なスーツに身を包み、落ち着かない様子のビクター。証人席で怯《おび》えた表情を浮かべているフィラミーナ。彼女は一刻も早くそこをでて、生まれて間もない赤ん坊のところに帰りたかったにちがいない……。

フィラミーナの証言を細かく読み進む。

「ミス・モラーレス、ミセス・カンタリーニにはたいへんよくしてもらったということですが」

「奥様はすばらしい方でした。よく面倒を見てくださって……私のことや、赤ん坊のことも……奥様は何から何まで与えてくださいました」

「では、あなたはミセス・カンタリーニに対してどのような気持をもっていましたか?」

「大好きでした」

そのあと、フィラミーナは事故があった日のことを語っている。ビクターは外出しており、彼女はポーリーンがふたたび飲酒をはじめたのではないかと心配していた。キッチンにいると悲鳴がきこえ、つづいて〝大きな物音〟がした。玄関ホールに走っていくと、階段の下でポーリーンが血だまりのなかに倒れていた。

「それであなたはどうしました、ミス・モラーレス」

「九一一に電話しました。恐ろしくてたまらず、泣きながら……どうしたらいいのかわかりませんでした」

「それは当然でしょう。家のなかにはほかにだれもいなかったのですね？」

「ドミーだけです」

「あなたのお子さんですか？」

「はい」

「そのときおいくつでした？」

「十週。生後十週間でした」

「ありがとうございました、ミス・モラーレス。さがってけっこうです。次に、ミスター・ビクター・カンタリーニの証言を求めます」

ビクターが証言台に立ってしゃべりはじめたが、しどろもどろで何を言っているのか理解しがたいため、一問一答の形がとられた。

「今年の六月九日、あなたはどこにいましたか？」

「釣りにでかけていました。私たちはユインタ山脈までいって、グリーン川沿いに馬で移動しました。私が家にいれば、あんなことには……」

「私たちと言われましたね、ミスター・カンタリーニ。釣りにはどなたかと一緒にいかれたのですか」

「はい、連れがいました。本当なら山のなかに一週間滞在するつもりでした。でも、そこに知らせがきたんです。ああ、あんなことになるなんて……」

「しばらく時間をさしあげますから気持を落ち着けてください。よろしいですか、ミスター・カンタリーニ。では、一緒に釣りにいかれた方の名前を教えてください」

「クレイです。古くからの友人で仕事仲間でもあるミスター・クレイ・マローンです。クレイが……ずっと一緒にいました」

メグは戦慄《せんりつ》を覚えてコンピュータの画面を見つめた。あまりのショックに、息をすることも、冷静に頭を働かせることもできない。両手を額に強く押しあてた。

秋の日の静かな丘の上で二頭の馬に草を食《は》ませながら、メグはみんなが嘘《うそ》をついているような気がするとジム・レガットに言った。それは思い過ごしではなかった。目の前に、揺るぎない証拠が突きつけられている。

メグは椅子に深くすわりなおして、頭をすっきりさせようと窓の外に顔をむけた。

ビクターとクレイが古くからの知りあいだったことを私の目から必死に隠そうとしたのはなぜか。

ふいに背筋を冷たいものが走り、腕に鳥肌が立った。

腕をこすってコンピュータの画面に顔を寄せ、そこに映った文字に目を走らせる。ふたりが口裏をあわせて私をだましていたのなら、審問の席でも同じことをした可能性がある。

メグは画面をスクロールさせて、内容にすばやく目を通した。

だが、彼女にはわかっていた。審問の記録にいくら目をこらしても、そこに真実はない。真実は、ポーリーン・カンタリーニの死に立ちあった人間の胸のなかにしまわれている。

そのひとりがフィラミーナだ。

次の日、メグはなんとかしてフィラミーナを会話のなかに引きこもうと努めた。しかし、数日のあいだ家をあけるための準備に忙しいフィラミーナは、屋敷のなかを飛びまわって仕事を片づけている。とても注意を払ってもらうことはできなかった。

廊下ですれちがったとき、フィラミーナは腕いっぱいに洗濯物をかかえてメグに言った。

「キャセロールをつくっておきましたから、あたためてめしあがってください。蓋《ふた》つきの容器にいれて、冷蔵庫のなかにしまってあります。それから、ミスター・カンタリーニからお電話がありました。ボイシからで、おもどりは明日になるだろうとのことでした」

「そう、わかったわ。私の食事のことなら心配しないで。おなかがすいたらピーナッツバターのサンドイッチでもつくって食べるから。それよりフィラミーナ、あなたにききたいことがあるんだけど」

「ママ、くまさんもいくの？」

ふたりは声のしたほうをふりむいた。キッチンの戸口で、ドミーが怯えた顔でぽつんと立っている。病後のために顔色が青白く、瞳は不安そうにくもっている。

「もちろんよ」フィラミーナは息子にやさしく言った。「くまさんも、おうちでお留守番するのは寂しいでしょ。さあ、いい子だからキッチンで遊んでなさい。もうじきでかけなきゃならないから、ママはいまとっても忙しいの」

「いらっしゃい、ドミー」メグが言った。「一緒に遊びましょう。空き箱で大きな町をつくって、そこにトラックを走らせるの」

ドミーは顔を輝かせた。フィラミーナは控えめな感謝の念をこめてメグにほほえみかけ、洗濯物とともに二階へあがっていった。

キッチンの隅にシリアルの箱やさまざまな空き箱を積みあげて慎重に高層ビルを築いていくドミーの様子を、メグはじっと見守った。しばらくすると、ドミーは手を休めてしゃがみこんだ。オーバーオールの片方の紐《ひも》が肩からずり落ちそうになっている。メグはそれをなおして、ふっくらした頬にキスをした。

「いたいの?」ドミーはおずおずとつぶやいた。

「何が?」

「ぼく、いたいの?」

「痛くなんかないわ」メグは小さな体を抱きしめた。「眠っているあいだに終わっちゃうわよ。目が覚めたらママがそばにいるし、看護婦さんたちはアイスクリームを食べさせてくれるわ。きっとみんなやさしくしてくれるわよ。二、三日したら、おうちに帰れるし」

「一緒にいるの?」

メグは首をふった。「私はママみたいにずっとはいられないのよ。でも、毎日お見舞いにいくわね」

「どこにいるの?」

「いつものようにおうちにいるわ。自分の部屋で眠って、キッチンで朝ごはんを食べるのよ」

ドミーは目を丸くした。「ひとりなの?」

メグの胸に不安がよぎった。フィラミーナとドミーを病院に送ったあとは、ひとりで人けのない屋敷にもどらなければならない。ドミーに表情を見られないように、窓のほうに顔をむけた。

雨さえやんでくれたら……。

だが、空は依然として厚い灰色の雲が垂れこめている。小やみなく降りつづく雨のせいで、小川の水量は増し、屋敷の庭にはいくつもの水たまりができている。

長い午後がようやく終わってふたりを街に連れていく時間になると、メグはかえってほっとした。厚い雨のカーテンの奥に閉じこめられたような陰鬱《いんうつ》な屋敷をあとにできることをうれしく思いながら、ガレージから四輪駆動車をだした。車を走らせて間もなく、ひと晩だけでも街のホテルに泊まることを考えた。病院のそばにいたほうが、何かのときにフィラミーナの力になれるかもしれない。

だが、その考えはすぐに捨てた。屋敷の警備は万全だ。いったん屋敷のなかにはいってしまえば、ほかのどこよりも安心できる。それにラスベガスでの経験から、ホテルの客室が決して安全とは言えないことも学んだ。

メグは助手席のフィラミーナの様子をうかがった。彼女は顔を正面にむけて、規則正しく動くワイパーに視線を注いでいる。ドミーは後部座席で幼児用シートにしっかりと固定され、くまのぬいぐるみを抱いて調子っぱずれの歌を小声で口ずさんでいる。

「フィラミーナ」

「はい?」

つかのまためらい、メグは言った。「あの日――ポーリーンが亡くなった日のことだけど……」

フィラミーナはメグのほうをちらっと見て、顔を横にむけた。「それが何か」

「昨日、裁判所にいって死因審問の記録を読んだの。そのなかにあなたの証言もあったわ」

華奢《きやしや》な体がこわばり、両手が強く握られるのがわかった。

「どうしたの、フィラミーナ。あなたは何を怖がっているの？」

「あれは……恐ろしい出来事でした」フィラミーナの声はかすれていた。

メグは呼吸を整えた。「あなたは証言のなかで、事故が起きたとき、家にはほかにだれもいなかったと言ったわね」

「ええ、そう言いました」

「それは本当なの？」

フィラミーナは顔をそむけて窓の外を見た。

「本当なの？」メグはゆっくりと繰りかえした。

フィラミーナはうつむき、膝の上で両手をもみあわせた。「お願いです。お願いですから、きかないでください」

「だれかに無理やり偽証させられたのね。そうでしょう？」メグは静かにきいた。

はっとして大きく息をのむ様子から、答えがイエスであることは明らかだった。

「あの日、ほかにもだれかいたのね。家のなかにいたのは、あなたとポーリーンだけではなかったのね」

フィラミーナは喉の奥から悲痛な声を絞りだして両手に顔をうずめた。メグは雨に洗われたフリーウェイを見つめたまま、ワイパーの刻むリズミカルな音と、路上の水を跳ねあげるタイヤの音に耳をすませた。

「フィラミーナ？」

顔をおおったままうなずき、フィラミーナは指のあいだからくぐもった声で答えた。

「あの方に言われて……」

メグは助手席に腕をのばして、薄い肩をそっと撫《な》でた。「怖がらなくてもいいのよ。あなたに迷惑をかけるようなことは決してしないわ。私は本当のことが知りたいだけなの。どうしても知りたいのよ、フィラミーナ。知る必要があるの。あのとき、ふたりとも家にいたの？　クレイとビクターはふたりとも家にいたの？」

フィラミーナは顔をあげて、黒い瞳を大きく見開いた。「ドミーを殺すと言ったんです。警察や審問の席で言われたとおりに証言しないと、ドミーの命は……」体中が引きつったように震えた。「赤ん坊は、子猫みたいに簡単に溺《おぼ》れ死ぬって言ったんです」

「なんてことを……」メグは泥水の跳ねあがったフロントガラスを見つめたままつぶやいた。「そう言ったのはだれなの、フィラミーナ。どっちなのか教えてちょうだい」

「お昼の授乳を終えて部屋をでると、あの方がいました」フィラミーナは無表情につづけた。「廊下にいた私に、奥様はどこにいるか尋ねました」頭をぎごちなく動かす。「私は、お部屋で休んでいらっしゃいますと答えました。その日は朝からお加減が悪くて、邪魔をしないように言われていたんです。あの方は私を押しのけると、二階にあがっていきました。ふたりが言い争う声がきこえて、奥様が悲鳴をあげました。そのあと、恐ろしい物音がして、駆けつけてみると……そこに倒れていたんです。あの方はまだ階段の上にいました。おりてきて、私に……」ふたたびぶるっと身を震わせ、彼女は両手を握りしめた。「警察がきたらなんと言うべきか指示しました」

メグは唾《つば》をのみこみ、ハンドルを握る手に力をこめた。「それを言ったのはだれ？　ビクター？」

メグの言葉が耳にはいらないかのように、フィラミーナはつづけた。「それからすぐ、あの方はでていきました。私は奥様を助けようとしましたが、でも……耳や鼻からも出血していて、ひと目で手遅れだと……」声が途切れ、フィラミーナはふたたび両手に顔をうずめて静かに泣きだした。

心の痛みはメグも同じだった。「泣かないで、お願い。もういいのよ」

「でも、あんな嘘をついてはいけなかったんです。間違っていました。ただ、怖くてたまらなかったんです。ドミーに何をされるかわからないと思うと、いまも怖くて仕方ありません」

「どうして屋敷をでていかなかったの？」

「いくところなんかありません。頼れるひともいないし、そのころはトルーディのことも知りませんでしたから。それに、サムは……」大きく息をついでつづける。「赤の他人と同じでしたし」

「でも、どこかほかで働くこともできたでしょう？　ポーリーンがそんな目にあったことを知りながら、屋敷に住みつづけるなんて……」

「でていったらドミーを殺すって脅されたんです」フィラミーナは淡々とした調子で言った。「たとえ逃げても、かならず見つけると言われました」

　メグは恐ろしさで胸がむかつくのを覚えた。「それはだれなの。いったいだれがそんなことを？」

　フィラミーナは首をふって顔をそむけた。「ミセス・カンタリーニ、あなたは昔のことを何ひとつ覚えてらっしゃらないんですね。名前を教えたら、あなたに危険がおよびます。これ以上は何も言いたくありません」

「お願い、フィラミーナ。どうしても本当のことを知る必要があるの。これはとても大事な――」

　そのとき車が病院に到着した。回転灯をつけ、サイレンを鳴らしながら猛スピードで走ってくる救急車に道をゆずり、メグは車まわしを正面玄関にむかった。

玄関の前で車をとめると、フィラミーナはハンドバッグと荷物をもって急いで車からおりた。メグも外にでてトランクから小さなスーツケースをとりだし、フィラミーナがドミーをおろすのを雨のなかで待った。

フィラミーナはドミーを正面玄関まで抱いていった。コートの裾《すそ》が細い脚にまといついている。そのあとをスーツケースをもったメグがつづいた。

大きなガラスのドアの内側で、フィラミーナはドミーをおろした。そして青白い顔にせっぱ詰まった表情を浮かべて、メグを見あげる。「今夜はお屋敷に帰らないでください。あの方を信用してはいけません。あの方は悪党です」

「用心するわ」メグは言った。「ビクターもでかけているし、家にはだれもいない。警報装置をセットして、目をしっかり開けているつもりよ。でも、あなたを脅したのがだれだかわからないと……」

「すみません。でも、それだけは言えません。今夜は街に泊まってください」

しかし、メグは屋敷にいなければならなかった。もしかしたら、リーザが誘拐犯の手から逃れて姿をあらわすかもしれない。だが、それをここで言うわけにはいかなかった。メグはフィラミーナにほほえみかけ、腰をかがめてドミーを抱きしめて、はげましの言葉を耳もとでささやいた。

フィラミーナはドアのところまでついてきた。「くれぐれも……用心してください」メグのコートの袖《そで》をぎゅっとつかんで顔を見あげながら、小声でつぶやいた。

そして彼女はドミーを抱きあげ、ロビーを横切って受付カウンターにむかって急ぎ足で歩いていった。

25

メグがふたりを病院に送っていった火曜日、ジム・レガットはラスベガスで落ち着かない一日を過ごしていた。市の西方にある小さな町のロデオ大会に出場する予定だったが、豪雨のために大会は中止となった。ジムは何をするというあてもなく、鬱々《うつうつ》とした気持をもてあましていた。

午後になり、〈ウィローズ〉のカジノで二時間ほどブラックジャックをしてから、コーヒーショップでクラブサンドとアップルパイを注文した。パイを食べているとき、ふいにある考えが頭に浮かび、フォークを置いた。

コーヒーのおかわりをつぎにきたウエイターが、半分残ったままのアップルパイに目をとめた。「デザートはお口にあいませんでしたか？」

ジムは顔をあげた。「いや、おいしいよ。ただ、ちょっと気になることがあって……」

「どんなことでしょうか？」

「この建物にはいくつの調理場がある？」

「三つです。八階にダイニングルーム用、この階にコーヒーショップ用のがございまして、あとひとつ、ルームサービスでの注文や、バーやカジノでのお食事をご用意する調理場が地下にございます」

「その地下の調理場へはどうやっていったらいいのかな」

必要なことをききだすと、ジムはアップルパイをうわの空で食べ終えた。代金のほかに、ブラックジャックで稼いだ金のなかから十ドルをチップとして置き、コーヒーショップをあとにした。そしてロビーの片隅に並んでいるエレベーターにむかった。

地下におり、迷路のようにいり組んだ通路を進んでいく。殺風景なつくりは、上階の豪華な内装とは雲泥の差だ。入口で足をとめて、湯気の立ちこめる調理場をのぞきこんだ。なかではエプロンとヘアネットをつけた大勢の従業員が忙しそうに働いている。

流し台の前で作業をしているふたりの若い女性がジムに気づき、あけすけな称賛のまなざしをむけてきた。たがいに肘をつつきあいながら、くすくす笑っている。そばを通り過ぎた女性がふたりに何か強い口調で言い、ジムのほうをちらっと見て、近づいてきた。いかめしい顔つきの大柄な女性で、黒い眉はまんなかでつながっている。

「何かご用ですか」無愛想な口調だった。

「ここの責任者と話をしたいんだが」ジムはとっておきのカウボーイの笑顔を披露した。

「もし、ご迷惑でなければ」

女性の態度がみるみる軟化した。「私がここの主任です。デイナ・キルシュと申します。こちらへどうぞ」そう言うと、先に立って廊下を歩きだした。案内された事務室は、机と大きなファイルキャビネット、それにグラフや予定表の貼《は》られた掲示板を二枚置いただけでいっぱいの、雑然とした部屋だった。

デイナが机のむこうにすわると、ジムはさりげなく戸口に寄りかかった。「こちらで以前働いていた従業員について、話をきかせてもらいたいんだ」

「私にわかることでしたら。でも手短にお願いします。私の姿が見えないと、みんなすぐに手を抜きますから」

「ききたいのは、以前こちらで働いていたメーガン・ハウエルのことなんだ」

デイナの目が細められ、表情がかたくなった。「彼女のどんなことをお話しすればよろしいんでしょう」

「働きぶりはどうだったかと、そんなことを」

「彼女は何か事件にでも巻きこまれたんですか。二、三日前にここにあらわれたんですけど、なんだか様子が変でした。幽霊みたいに青白くて、具合も悪そうだったし」

ジムははっとしてデイナを見つめた。「ここにあらわれた？　メグ・ハウエルが？」

「ええ、間違いなく本人でしたよ。あんな辞め方をして、よくのこのこと顔をだせたもんだわ。まったくたいした心臓の持ち主ですよ。それだけは褒めてあげるわ」

デイナの口ぶりは辛辣《しんらつ》だった。

「勤務態度が悪かったのかい？」ジムはきいた。

「どうしてそんなことおききになるんです？　あなたは警官？」デイナはジムのジーンズと乗馬用ブーツ、そして型押しのベルトに、鋭い視線を走らせる。

「いや、ただの古い友だちだよ。近くのロデオ大会に参加する途中、たまたま通りかかったものだから、彼女のことが何かわかればと思ってちょっと寄ってみたんだ」

デイナは黙って壁の予定表を見つめた。気詰まりな沈黙がつづく。

ジムはもう一度きいた。「彼女の勤務態度はどうだったんだい？」

デイナは重いため息をついた。「ええ、はじめはまじめに働いていましたよ。少なくとも、働きはじめた春のころは、とてもきちんとしていました。ところが、あとになったらすっかり変わってしまって」

「働きはじめたのは春……今年の春？」

「たしか、三月でした。ある日ぶらりとあらわれて、仕事をさせてほしいと言うんです。紹介状も何ももってなかったけれど、こちらも人手不足だったので、パートタイムで働いてもらうことにしました。後悔はしませんでしたよ。さっきも言ったように、はじめは本当によく働きましたから」

「はじめは……か」

「調理場で働いた経験はまったくなかったけれど、よく働くし、余計なおしゃべりはしないし、与えられた仕事はなんでも黙ってやりました。まじめさを買って、調理場での仕事のほかにウエイトレスの仕事もときどきさせるようになったんですが、彼女の受けとるチップの額はたいしたものでしたよ」

「彼女が……いつもとちがう様子を見せたことはなかっただろうか？」ジムは慎重な口調で問いかけた。「無断欠勤をしたようなことは？」

「いいえ。はじめのうちは、とにかくおとなしくてなんの問題もなかったんです。ところが八月のある日……」デイナは口をつぐんで眉をひそめた。

「とつぜん姿を見せなくなった？」ジムは話の先をうながした。デイナの話をきいていると、ますますわからなくなる。

この春と夏のあいだ、リーザがどれだけ頻繁に家をあけていたか、ジムには正確にはわからない。だが、たとえパートタイムの仕事であっても、だれにもあやしまれずに調理場の従業員として働きつづけることができたとは考えられない。

だれかが自分の名をかたっていたとメグは言っていなかったか。おそらくデイナが言っているのは、だれかほかの女性のことだ。

デイナは驚いたようにジムの顔を見た。「姿を見せなくなったですって？　どうしてそんなことを？」

「何か問題があって、無断で仕事を休んだのではないかと思ったんだが」

デイナは耳ざわりな声で笑った。「彼女、あなたにもあの話をしたんでしょう。なんであんなことを言うのかわかりませんけど、あれは嘘《うそ》ですよ。自動車事故にあったなんて、とんでもない。彼女は八月中はずっとここで働いていました。ただ、人間が変わってしまいましたけどね」

ジムの背中を冷たいものが伝った。「それはどういう意味だい？」

「つまり、どういう意味かと言うと」デイナはことさら強調するように言った。「メグ・ハウエルは一日で別人になってしまったんですよ。仕事ぶりは最悪だし、大きな態度をとるようになって。きめられた仕事をやらないので、ほかの従業員たちともトラブルを起こしました。彼女を呼んで話をしてもいっこうにあらたまらないので、ウエイトレスの仕事はやめさせて洗い場専門にしたんです。そうしたら九月のはじめごろ、何かのことで腹をたてて、週でいちばん忙しい土曜の夜にいきなりでていったんですよ。ひと言もなくね」

「それであなたは？」

「もちろん、首にしました」満足げな表情でデイナは言った。

「彼女とはそれきりですか」

「ええ。二、三日前にここにあらわれるまでは。そのときは天使みたいに清廉潔白な顔をして、自動車事故にあったとか言いながら、あれこれききたがりました」

ジムはめまいがしてきた。あわてて机に手をついて体を支えた。「とても大事なことをひとつききたい。八月の下旬にここで働いていた女性は、同じ人物に間違いないかい？つまり、この春雇った女性と、数日前にあらわれた女性は、八月末にここで働いていた女性と同一人物だと言いきれるかどうかききたいんだ」

「もちろんですよ。もしもあれがメグ・ハウエルでなかったとしたら」デイナは陰気な笑みを見せた。「双子の片割れでしょうね。そうとしか言いようがないわ」

ジムは茫然《ぼうぜん》として彼女の顔を見つめた。首から背中にかけて、電流のように戦慄《せんりつ》が走る。

「そうだったのか……」

「どういうことです？」デイナはふたたび目を細め、詰問する。「説明してください」

ジムはもうきいていなかった。血走った目をちらっとむけただけで、くるりとふりかえるなり走りだした。足音の響く廊下を駆けぬけ、ロビーを通って、雨のなかに飛びだす。

〈バリーズ〉の客室にもどると、ジムはカンタリーニ家の電話番号を探しだして受話器をとりあげた。しかし、呼びだし音はむなしく鳴りつづけるばかりだった。

矢も盾もたまらず乱暴に鍵束《かぎたば》をつかんだ彼は、ふたたびロビーにおりていった。途中で一度も休憩をとらずに走りつづければ、ソルトレーク・シティまで何時間かかるだろう。ピンクの御影石《みかげいし》の屋敷で、何か恐ろしいことが起きているのかもしれない。ふりはらってもふりはらっても、不吉な予感が押し寄せて、ジムの胸を苦しめた。

真実ははじめから目のまえにあったのに、いままでそれに気づくことができなかった。今度こそ間違いない。メグの身に危険がせまっている。

メグは病院をでたあと、だれもいない屋敷に帰る気になれず、あてもなく車を走らせていた。空は暗さを増し、山から東に吹きつける風がいちだんと強まって、横殴りの雨になった。

市のはずれにある小さなイタリアンレストランの前を通り過ぎたとき、食事をしていないことを思いだした。Uターンして駐車場に車をいれ、濡《ぬ》れた舗道を入口まで走った。レストランのなかは明るく、食欲を誘うにおいに満ちていた。

スパゲッティとガーリックトーストを注文して、メグはゆっくりと味わった。食事がすむと、重い腰をあげて代金を払い、雨のなか、頭を低くして車まで走った。

日はとっぷりと暮れ、嵐《あらし》は激しさを増した。叩《たた》きつけるように降る雨に、ワイパーもほとんど役に立たない。身をのりだして前方を凝視していると、左右の並木がうなり声のような音をたてて大きく揺れているのがわかった。道路はもう川のような状態だ。

ようやく帰りつき、ガレージに車をいれることができた。自動的に作動するガレージの明かりが、ことのほかありがたく感じられる。メグは車をおりて、ガレージのドアの施錠を確認し、警備システムが作動していることをたしかめた。屋敷のなかへ足を踏みいれ、ひとつひとつ明かりをつけていく。

はじめに感じたのは人の気配がまったくないということだった。事故にあって以来、毎日の暮らしを孤独でみじめなものと感じていたが、同じ屋根の下にはいつもだれかがいた。本当にひとりぼっちだったことはなかった。いまここにドミーだけでもいてくれたら、これほどの寂しさは感じないだろう。メグはそんなことを考えながら玄関ホールまできて、カーブした階段の下で立ちどまった。

事故の話をきいて以来、そこを通るたびに階段を見あげずにはいられない。ポーリーン・カンタリーニが階段から落ちたときの様子が頭に浮かび、思わず身を震わせた。階段の上にいるひとりの男が、落ちていくポーリーンをじっと見ている……。

メグは自分の体に腕をまわし、薄暗い階段の上に目をやった。八角形の窓に、雨が激しく打ちつけている。

釣り旅行にいったビクターは、アリバイづくりのために〝古くからの友人〟を山に残して自分だけひそかにもどり、妻を殺害したのだろうか。

古くからの友人、クレイ・マローン。メグは苦々しい思いでつぶやいた。クレイは何となく言ったではないか。ビクターはおれがユタにきたことはないと思っている、と。

だが、屋敷に出入りしていることを彼女がビクターにしゃべらないよう、あんなに言っていたのはなぜだろう。リーザのいとこだというのは事実なのだろうか。それとも、すべてが嘘……。だとしたら、どうして彼は……。

頭のなかをさまざまな疑問が渦巻いている。メグはうめき声をあげ、両手をこめかみに強く押しあてた。ようやく顔をあげると、玄関脇《わき》のクロゼットにコートをしまい、階段をあがりはじめた。

どこかでかすかな物音がした。メグは胸の鼓動が速まるのを感じながら、足をとめ、手すりを握りしめた。じっと耳をすましたが、屋敷のまわりを吹き荒れる暴風雨のせいで、すべての音がかき消されてしまう。

メグは首をふって階段をのぼり、ぜいたくな寝室に身を落ち着けた。屋敷のなかにひとりでいると、リーザがとても近くに感じられる。部屋のなかを歩きまわって、写真のなかのリーザの笑顔に触れ、クロゼットのなかのずらりと並んだ高価な服を一枚一枚見ていく。

そして部屋のまんなかに立ち、メグはベッドの上方の大きな油絵に目をこらした。

ドクター・ワッサーマンが多重人格説に安易に行き着いたのも無理はない。ある意味では、それは事実なのだ。メグとリーザは本来ひとりの人間だった。何かのきっかけで、それがふたつに分かれたのだ。リーザのなかに、メグはこれまで気づいていなかった自分自身の多くの面を見いだした。

たまらないほどリーザに会いたい。彼女がどこかで危険な目にあっているかもしれないと思うと、心配でいても立ってもいられなかった。

リーザはもう生きてはいないかもしれない。心のなかでささやく声がきこえた。ポーリーンのように、リーザも殺されたにちがいない。一度も顔をあわせることもなく……。

「嘘よ！」メグは大声をあげた。「そんなことあるものですか！」

その瞬間、はっと頭をあげ、目を大きく見開いて凍りついた。玄関ホールを通りぬけるひそかな足音がきこえる。メグは血走った目を部屋のなかに走らせ、そっと廊下にでて、階段の手すりから階下をうかがった。

「だれ？」大声で叫んだ。「ビクター、あなたなの？」

しかし、屋敷は静まりかえっていた。荒れ狂う風の音のほかには何もきこえない。二階にあがるまえに、メグはすべての明かりを消さずにおいたが、どれほど明るくても恐怖を抱かずにいられるわけではなかった。ふと見ると、階段の上の小さな窓を、雨に濡れた木の枝がリズミカルに叩いている。一気に体の力が抜けたメグは、手すりに倒れこみそうになった。

足音ではなかったのだ。どんなに不気味であろうと、あれは木の枝が窓を打つ音にすぎなかった。屋敷にはだれもいないし、警備は万全のはずだ。外からだれかが侵入しようとすれば、警報が鳴って知らせてくれる。

ただし、侵入者がビクターであれば、話はべつだった。彼は警報を解除するコードナンバーを知っている。

しかし、そんなことはありえない。ビクターは出張にでかけているのだ。メグの留守中に帰ってきたとしたら、ガレージのなかに車があったはずだ。

メグは勇気をふるい起こして寝室にもどった。風呂の用意をして、ゆっくりとバスタブにつかる。そしてネグリジェを着てガウンをはおり、キッチンでホットココアをいれた。飲み終わると、マグカップを洗って寝室にもどる。机の上から本を一冊選び、ベッドに横になって読んだが、そのうちに目が疲れて、頭痛がしてきた。明かりを消して暗闇《くらやみ》のなかに身を横たえ、むせび泣くような風の音と、屋敷内の息詰まるような静寂に耳をすました。

いつしかうとうとしていたメグは、あらたな物音に気づいて目を覚ました。足音が階段をのぼってくる。恐怖のあまり心臓の鼓動が速まり、胸を突き破りそうだ。ところがしばらくすると足音は遠ざかり、やがて完全に消えた。

ベッドの上に起きあがり、メグは受話器を見つめた。だれかと話をしたい。だれでもいい。だれかの声をきいて安心したい。

そうだ、病院にかけよう。病院に電話をして、ドミーの様子を尋ね、何か必要なものがないかフィラミーナにきこう。この時間に電話をしても、夜勤のスタッフが大勢働いている病院なら迷惑はかからないはずだ。フィラミーナもきっと眠れないひと夜を過ごしているだろう。少しのあいだでも声がきけたら、きっと気分もよくなる。

ナイトテーブルのいちばん上の引き出しから緊急用電話番号表を探しだして、メグは受話器をとりあげた。耳にあてたが、発信音がきこえない。

暴風雨のために電話線が切れたんだわ。メグはそう思いこもうとした。

しかし、こみあげる恐怖をしずめることはできなかった。メグはあまりの恐ろしさに吐き気さえ感じた。受話器を置き、ベッドの上で膝を抱いて体を丸め、窓にかかったカーテンをなすすべもなく見つめる。

唇を震わせながら、泣きそうになるのを懸命にこらえた。

ふいに、ここをでなければという強い衝動にかられる。どこへいくべきか、熱に浮かされたようになって必死に考える。

ジム・レガットの家だ！　隣の家にいこう。

わずか数百メートル先には、たよりがいのあるトルーディがいる。彼女なら喜んで泊めてくれるにちがいない。こんな怯《おび》えた気持は、きっと自家製のワインが消し去ってくれる。朝になって明るくなれば、いま味わっている恐怖など、ドミーが見る悪夢のようにたわいのないものに思えるだろう。

メグは急いで身支度をすると、化粧台の上から鍵束をとって階段を駆けおりた。レインコートを着て、廊下をガレージへとむかう。そこにある裏口から外にでて、庭を横切って隣の家までいくつもりだった。

ガレージにくると、メグはもしかしたらビクターが帰ってきたのかもしれないと、あたりを見まわした。だが、車は二台しかなかった。嵐のなかを運転してきた泥だらけの四輪駆動車と、メグの白いサンダーバードだ。

ちがう、これはリーザの車だわ。メグは胸のなかで訂正した。

あの日、メグが無理やり乗せられた車。犯人はそのまえに薬をのませたのだろうか。そのあとの出来事はともかく、ひとつだけたしかなことがあった。あの事故をくわだてた人間は、メグが死ぬことを望んでいたのだ。

メグは警報を解除するボタンを押して、明かりを消し、裏口のドアの把手《とって》に手をのばした。

「メグ？」そのとき、家のなかからそっと呼ぶ声がきこえた。

メグはふりむいて、あいたままになっているガレージと屋敷のあいだのドアに顔をむけた。明かりのついた廊下に目をやり、空耳だったのだろうかといぶかしむ。

「だれ？」メグは声をかけた。静まりかえったガレージにその怯えた声が大きく響く。

「だれかいるの？」

「メグ、こっちへきて助けてちょうだい。お願い、私を助けて……」

それは、メグ自身の声だった。

26

メグはドアの把手《とって》にかけた手を無意識に離し、吸い寄せられるようにふりむいた。

「リーザ？」ガレージの暗闇《くらやみ》に目をこらし、あいたドアにむかってささやいた。「リーザ、どこにいるの？」

「ここよ」声だけがきこえる。「家のなか。メグ、お願いだから早くきて」

メグはドアにむかって歩きだした。サンダーバードの脇《わき》を通り、泥だらけの四輪駆動車の前にさしかかったとき、とつぜん息をのんで足をとめた。

背後でコンクリートの床をそっと歩く足音がきこえたのだ。メグが足をとめると、それもとまった。

メグは体を低くしてバンパーの陰に身をひそめた。てのひらに爪が食いこむほど強く手を握りしめて耳をすます。屋根に叩《たた》きつけるすさまじい雨音のなかで、何者かの息づかいがかすかにきこえる。少しも乱れることのない安定した息づかいが、言いようのないほど恐ろしい。

廊下の明かりが戸口からさしこんでいた。メグは追い詰められた気分でそこまでの距離を目測した。背後の暗闇にひそむ者との間隔はまだ数メートルはあるはずだ。全速力で走れば、追いつかれるまえに家のなかに駆けこんで、なかからドアをしめることができるかもしれない。

メグはドアのほうをうかがった。走りだすまえにリーザに声をかけたいが、その余裕はない。

武器として使えるものがないかと、メグは床の上を手探りした。古いタイヤレバーか、ビクターのゴルフクラブでもあれば……。

しかし、手の届くところにあるのは、ドアの脇に乱雑に積みあげられた建築用のコンクリート・ブロックだけだった。そういえば、降りつづく豪雨でゆるくなった屋敷の外壁を修理するために職人がきていた。ここに置かれているのは予備のブロックなのだろう。

とりとめのない思いは、近づいてくるひそやかな足音によって断ち切られた。それは四輪駆動車の後ろから横にまわりこんでくる。体の大きな肉食動物が闇のなかを背後から忍び寄り、いまにも飛びかかってくるような緊張感が漂った。

メグはポケットから鍵束《かぎたば》をとりだすと、大きくて重量のある車のキーを武器のように握りしめた。そして恐怖をばねに、あいているドアにむかって走りだす。

はがいじめにされたのは、その瞬間だった。すさまじい力におさえこまれ、メグの必死の抵抗はなんの役にも立たない。黒手袋をした手に鍵束を奪いとられ、一方の腕を乱暴に背中にねじあげられた。あまりの痛みにメグは悲鳴をあげ、立っていられずにくずおれた。「それでいい」耳もとで男がささやいた。メグの頬に熱い息がかかる。「それでいいんだ、メグ。おとなしくしていれば痛い思いをせずにすむ」

しばしの沈黙のあと、男は忍び笑いをもらした。

「まあ、少しは痛い思いもするかもしれないが、そんなに長いあいだじゃないさ」

「……クレイ」メグは首をひねって男の顔を見ようともがいた。「クレイ、あなたなのね」

男はメグの腕を乱暴にねじった。「黙ってろ!」

伸縮性のある医療用テープのようなもので、メグは両手を後ろ手にきつく縛られた。唇を噛《か》んで廊下からもれてくる明かりを見つめ、メグは必死に気持を落ち着かせようとしながら尋ねた。「リーザはどこなの」

「リーザはおまえのなかにいるさ」男は彼女の首の後ろでささやいた。

今度こそ間違いない。クレイの声だ。いつもあたたかく思いやりにあふれた言葉をかけてくれた、リーザのいとこと名のるハンサムな男の声だ。

「きみは多重人格症なんだろう?」クレイはせせら笑った。「医者でさえそう信じている」

「でも、本当はそうじゃなかった。リーザと私は双子の姉妹よ。あなたもそれを知っているんでしょう?」

「双子だと?」クレイはメグの腕をわしづかみにしたまま、わざとらしく驚いてみせる。「おもしろいことを言うじゃないか。どこからそんな考えを思いついたんだ」

「あなたと同じように私もリノへいって、私たちふたりをとりあげてくれたお医者さんに話をきいたのよ」

「頭のいい女だ。せっかくの秘密をだれにも打ちあけることができないとは残念だな。双子の赤ん坊のことは、永遠におれたちだけの秘密だ」

腕を強くおさえつけられながら、メグは体をねじって後ろをふりむいた。「リーザはどこ。彼女に何をしたの？」

暗がりのなかではっきりとは見えないが、クレイは黒いセーターを着て毛糸の帽子をかぶり、顔に何か黒いものを塗っている。彼は後ろからメグの首筋を二本の指でしめあげた。思わずメグは悲鳴をあげる。

クレイはその手をわずかにゆるめて、ドアのほうにむかって叫んだ。「何をぐずぐずしているんだ。ひと晩中ここにいるわけにはいかないんだぞ」

「いまいくわ」廊下から女性の声がした。「彼女はどこにいるの。顔を見られたくないのよ」

「いまさら何を言ってるんだ。毎日鏡のなかで見ているじゃないか」クレイはメグの腕をふたたび強く引く。「ごたごた言わずに早くしろよ」

口ではそう言いながらも、クレイはドアのところにひとの気配を感じると、メグの体を背後の闇のほうにむけた。

「何をしてたんだ」かりかりした口調で彼は言った。

「もっと大きなものがないかと思って探してたの」女性が近づいてくる。「ドミーのおもちゃは小さなものばかりだから」

「リーザ？」メグは体をおさえつけられながら、明かりのほうをふりむこうとした。「リーザ、あなたなの？　助けて！」

「黙らせてよ！」女性は神経質そうに言った。「あの声をきいていると、頭がおかしくなる」

クレイはふたたびメグの体をきつくおさえつけ、布切れを丸めて乱暴に口のなかに押しこんだ。

「これでもうしゃべれない」冷酷な笑みを浮かべる。「それをドアのすぐそばに置くんだ。ちがう、もっと横に。いいか、こいつはもう何回かそのドアを出入りしているんだぞ。よっぽどあわてていなけりゃ目にはいる、そんな場所に置いておかなきゃいけないんだよ」

「わかってるわよ。百万回も練習してきたんだから」

口のなかの布切れで喉を詰まらせながら、メグは恐ろしさに身を震わせた。しっかりととらえられ、後ろむきにドアのほうに引っぱっていかれる。ふたりの足音はすぐ後ろにつづいていた。

ドアの近くにドミーのトラックが置かれていた。廊下の明かりに照らされて、車輪の赤い色が妙にあざやかに見える。運転席にすわっている、プラスチックの安全帽をかぶった小さな人形まで、メグははっきりと見分けることができた。そばに落ちているのは、トラックを引いて遊ぶための緑色の紐《ひも》だ。

「トラックが見えるな」クレイが背後でささやいた。「子供がおもちゃを置きっぱなしにしたんだ。こういうのは危ないんだよな。蹴《け》つまずいて大怪我《おおけが》をすることもある。じつに危険だ」

そう言うなり、彼はメグの体を後ろから突き飛ばした。トラックに足をとられ、彼女の体は大きく前に投げだされる。そして側頭部をコンクリート・ブロックにぶつけ、床に倒れこんだ。

「かわいそうに」クレイはメグの背中に膝をのせ、床におさえつけた。「おまえはおもちゃのトラックにつまずいて転び、頭を打って起きあがれなくなった。おまけに車のエンジンがかけっぱなしだった。さあ、このあとはどうなると思う?」

メグは頬をざらざらしたコンクリートの床に押しつけられた。肩胛骨《けんこうこつ》のあいだに膝をのせて体重をかけるクレイを、せめて目のはしでとらえようとしたが、痛みのために目はかすんでいた。

「鍵は？」女性がきいた。メグはもう一度目をこらして見ようとしたが、その姿はクレイの陰になっていて見えなかった。

「手にもってたぜ」クレイはメグの背中にさらに体重をかけながら、おかしそうに言う。

「凶器のかわりにしっかり握りしめていた。いい根性してるよ、おまえの姉妹は」

「いい加減にしてよ、クレイ。あんたはまるで楽しんでいるみたいね」

「おまえは楽しんでないのか」クレイは肩ごしにふりむいた。黒く塗った顔でにっと笑うと、白い歯がのぞく。「あれだけ念入りに準備したんだぜ。楽しまなきゃ損だろ」

「いいから黙って鍵をよこして」

クレイはメグの背中に膝をのせたまま、ポケットから鍵をとりだして後ろにさしだした。喉を詰まらせてむせているメグの耳に、車のエンジンがかかる音がきこえた。足もとで何やら動く気配がする。やがて足首もテープで縛られた。

「筋書きがわかるか、メグ」クレイは身をかがめて言った。「じつに痛ましい事故が起きるんだ。リーザ・カンタリーニはひとりきりで屋敷にいた。彼女は近ごろ頭が混乱していた。今夜もふいに何かに怯《おび》えてじっとしていられなくなり、嵐《あらし》のなかを車で外出しようとした。ガレージにおりてきて車のエンジンをかけたが、忘れ物に気づいて家のなかに引きかえそうとした。そのときおもちゃのトラックにつまずいて転び、気を失ってしまう」

じわじわとふくれあがる恐怖のなかで、メグはその言葉をきいていた。壁のそばにおもちゃのトラックが転がり、男の横にほっそりした女性の脚が見える。

「もちろん、猿ぐつわや手首と足首のテープが見つかれば検屍官《けんしかん》も疑惑を抱くだろうが、そういうことにはならない。おまえがぐっすりと眠ったら、そいつは全部はずしてもっていく。ミセス・カンタリーニの死は、ただの悲劇的な事故というわけだ」

メグはうめき声をあげて、手首のテープをゆるめようと必死にもがいた。

「ビクターもかわいそうにな」クレイは思わしげな口調で言った。「最初の妻は階段から墜落、二度目の妻は一酸化炭素中毒だ。ちょっとばかり変かもしれないが、べつに問題はない。両方ともただの事故だ。ただの悲しい事故なんだ」そう言いながらメグの頭を平手打ちし、彼女の動きを封じた。

「やめなさいよ、クレイ」いらいらした声で女性が言った。「もう、ほうっておけばいいでしょ」

「おいおい、そんなに怖い顔するなって。何も心配することはないさ」クレイはようやく立ちあがった。

背中が自由になり、メグはつかのまの安らぎを得た。低くうめきながら冷たいコンクリートの上で顔を横にむける。

ほっそりした脚は黒いタイツに包まれていた。黒い影がそばを動きまわるなかで視線を上にあげると、女性の顔は気味が悪いほど自分とそっくりだった。メグは喉を詰まらせながら、ブルーの瞳をまっすぐに見つめた。リーザはすぐ横にしゃがみこんで不思議な表情で見つめかえし、長いあいだ動こうとしなかった。最後に腕をのばすと、手袋をはめた手でメグの額にかかった髪をそっとかきあげた。

何かつぶやいたが、メグにはききとることはできなかった。リーザは立ちあがり、クレイをしたがえて、一度も後ろをふりむかずにガレージからでていった。

ドアが閉まると、ガレージは真の闇に包まれた。メグは闇のなかに横たわり、排気ガスをできるだけ吸いこまないよう、浅い呼吸を心がけた。

やかましいベルの音が執拗《しつよう》に鳴りつづけている。電話線が復活したのだろうか。いや、それは頭のなかで鳴っている音だ。まぶたが落ちかかり、もうしっかりとあけられない。からだは、まるで鉛のようだ。長い時間がたち、まわりで何かが動く気配がした。口のなかから布切れがとりだされ、手首と足首のテープがはずされたことがおぼろげに感じられた。

ふたたび暗闇のなかにひとり残された。車のエンジン音が耳に心地よく響く。もう手足は自由に動かすことができる。起きようと思えばいつでも起きられるのだが、眠くて仕方がない。

「眠い……」床の上で体を丸めながら、声にだしてつぶやいた。「少し眠らせて。そうしたら起きるから。ちょっとだけ眠らせて……」

メグは満ち足りた顔でほほえむと、何も感じない世界へ漂っていった。

雨のなかを、ジムのトラックは北をめざしてひた走った。日暮れすぎにシーダー・シティを通過したときには、もう道のりの半分まできたと自分に言いきかせた。メグを乗せた車が崖《がけ》から落ちたのはこのあたりだ。

悔恨の念にかられる。なぜああも簡単にだまされてしまったんだ。なぜ真実が見ぬけなかった。はじめからふたりの女性がいたことに、どうして気づかなかった。

フロントガラスを流れ落ちる大量の雨を見やりながら、ジムは眉根を寄せた。多重人格症という医師の診断に、周囲の者はまどわされたのだ。

もっと自分の直感を信じればよかった。リーザ・カンタリーニはどうしても好きになれなかったが、ひと目見たときからメグには強く引かれた。無意識のうちにふたりのちがいを感じとっていたはずなのに、それを不思議にも思わずにいた。

低くうめいて、ジムはさらに強くアクセルを踏みこんだ。間にあうだろうか。ともすれば最悪の事態を想像してしまう。メグの身は危険にさらされている。車が崖から落ちたのは単なる事故ではなかった。犯人の目的がメグの命だったとしたら、ふたたびねらわれる可能性がある。犯人があらわれるまえに、彼女を助けださなければ。しかし、もしも屋敷にいなければ、どこを捜せばいいのだろう。

くよくよ考えていてもはじまらない。とにかく屋敷へいってメグを捜すことだ。ジムは決然とした表情でハンドルを握り、激しい雨の降りつづく夜道をめいっぱいのスピードで飛ばした。

夜中近くに自宅に到着したとき、嵐はまだおさまる気配はなかった。雨のなかを走って家のなかに駆けこむと、トルーディは恋人と並んでテレビを見ていた。はじめて目にする彼女の恋人は、頭のはげかかった小柄な男で、カーディガンとコーデュロイのスラックス姿でくつろいでいた。

「ジム様」トルーディは目を丸くした。「まだしばらくはお帰りにならないと思っていました」

「緊急事態なんだ」ジムは言葉少なに語った。「トルーディ、ちょっときさたいことが――」

「こちらがオズワルドです」トルーディは隣にすわっている男を身振りで示した。「オズワルド、こちらがご主人のジム・レガットさん」

ジムはおざなりにうなずいた。ふと見ると、トルーディは頬を上気させている。恋する女の顔だ。ジムは一抹の寂しさを覚えた。もうじき、山羊《やぎ》や手づくりのワインとともに、彼女はここからいなくなってしまうだろう。噂話《うわさ》も、にぎやかな笑い声も、独特の鋭い意見も、きくことはできなくなる。その寂しさは、きっと口では言いあらわせない。

だが、いまは感傷に浸っている場合ではない。

「トルーディ、隣の屋敷にはいまだれかいるんだろうか」戸口に立ったままジムはきいた。

「ドミーが入院したので、フィラミーナも一緒に病院に泊まってますけど。なぜです?」

「ビクターは?」

「いらっしゃらないと思いますよ。でも、ミセス・カンタリーニはおいでです」

ジムは身をこわばらせた。「本当かい。どうしてわかる?」

「屋敷中の明かりがついてますし、二、三時間前にお帰りになるのが見えましたから。夕食後間もなくだったと思います。フィラミーナたちを病院まで送って、それからもどられたんでしょう」

「ほかには何もきこえなかったかい? ほかの車が出入りする音とか」

「気がつきませんでしたけど」トルーディは立ちあがってジムのそばにいった。「ジム様、何かあったんですか?」

「まだわからない。電話は通じるかな」

トルーディは近くのテーブルに置かれた受話器をとりあげ、耳にあててうなずいた。

「ええ、異状ありません」

「カンタリーニ家へかけてみてくれ」ジムはそう言って、銃器が厳重に保管されている戸棚にむかった。

トルーディは不安そうな目で主人の後ろ姿を追いながら、電話をかけた。受話器を置いて廊下にでると、ジムは数挺《すうちょう》のライフルのなかから、木の銃床のウィンチェスターを選んでいた。

「呼びだし音は鳴っているんですが、どなたもおでになりません」

ジムは照準をチェックし、引き出しの鍵をあけて弾薬をひとつかみとりだした。銃に装填《そうてん》すると、さらにひとつかみをポケットに詰めこむ。

「だが、彼女が家をでるところは見ていないんだろう？」

「ええ。でもオズワルドが八時ごろやってきて、それからずっとテレビを見ていましたから、知らないあいだに車ででかけられたのかもしれません」

「電話線が切れている場合も、呼びだし音は鳴っているようにきこえる。そうだね？」

「ええ、そうだと思います。ジム様、いったい何があったんですか？」真剣な表情で尋ねるトルーディの横を、ジムはさっと通り過ぎて玄関にむかった。両手で銃を握っている。

「しばらくたってもぼくからなんの連絡もなければ、警察に通報してくれ」

「ジム様！」トルーディは悲痛な声で叫んだ。かたわらの恋人は、途方に暮れた表情で立ちつくしている。「ジム様、ああどうしよう……」

玄関のドアをしめて雨のなかに飛びだしたジムは、ぬかるんだ庭を横切って隣家へむかった。建物に近づくと、背の高いヒマラヤ杉の陰に身をひそめた。

ほとんどの部屋に明かりがついている。キッチンや一階の各部屋、それに二階のメグの寝室からもれた明かりが嵐のなかにぼんやりと浮かびあがって見える。この夏、メグはあの部屋の窓から寂しそうに外を見ていた。

メグは本当の意味で囚《とら》われ人だった。ひとりぼっちで屋敷のなかに閉じこめられ、理性ばかりか、みずからのアイデンティティまで失ったと信じこまされていたのだ。

胸のなかに強い怒りがわき起こり、身震いするほどの激しい感情がこみあげてくるのをジムは感じた。だがいまは冷静に状況を見きわめなければならない。

ガレージは屋敷の裏手にあるため、明かりがついているかどうかはわからない。もしもメグが車ででかけたのなら、明かりは消えているだろう。おそらくドアの開閉にあわせて自動的に点灯するシステムのはずだ。

メグはきっとでかけたのだろう。ジムはそう思いたかった。街へいって、フィラミーナと一緒に病院でひと晩過ごすつもりかもしれない。こんなふうに気をもむ必要はまったくないのかも……。

もしそうなら、今後は二度とメグから目を離さないようにしよう。メグを危ない目にあわせている者の正体を見きわめ、その理由をつきとめるまでは、決して目を離さないようにしよう。

ジムはライフルを両手でかかえ、正面玄関まで一気に走った。窓はすべてかたく閉ざされ、屋敷はしんと静まりかえっている。

玄関のドアベルを見て一瞬躊躇《ちゅうちょ》し、ジムは鳴らすのはやめた。もしもメグがとらえられているとしたら、ベルを鳴らすことによって犯人が警戒し、メグにさらなる危険がおよぶこともありうる。

ジムは屋敷の横をまわりこみ、裏手のプールとテラスのあいだを進んだ。うまくすればガレージのなかをのぞくことができるかもしれない。

ふいに何かがきこえた。ジムは息を殺して壁に体を押しつけ、耳をすました。激しい土砂降りのせいではっきりとはききとれないが、ガレージの隣にあるテラスで話し声がする。

ジムは軒下のつたのからまる格子垣のなかに身をひそめた。そしてライフルをかかえたまま、つたのあいだからテラスをそっとのぞいた。

27

クラシックな真鍮《しんちゅう》のランプがテラスのはしから生垣ごしに淡い光を投げかけ、張りだし屋根の下に立っているふたりの人間の姿をぼんやりと照らしている。

ふたりは言いあいをしているらしい。ジムは格子垣をまわりこみ、壁沿いに忍び寄った。暗がりに身をひそめ、そっと聞き耳を立てる。

背の高いほうが腹だたしげな身振りをして横をむいた。そのとき、ほんの一瞬だけ顔が見えた。

過去に見かけたのは一、二回にすぎないが、リーザの〝いとこ〟のクレイ・マローンであることはすぐにわかった。トルーディが不快そうな表情で噂《うわさ》していた男だ。全身黒ずくめで、ぴったりした毛糸の帽子をかぶっている。何かで顔を黒く塗っているところは、密林のなかにひそむゲリラさながらだ。

ジムはライフルを握ってつたのあいだから目をこらした。やはり黒ずくめの女性の姿が目にはいった。なんだ、メグじゃないか。安堵《あんど》で体から力が抜けていく。

ところが、その女性が口を開いた瞬間、彼は思わずライフルを強く握りしめた。話すときの頭のかしげ方や、顔の表情がどこかちがう……。

ふいに戦慄《せんりつ》が全身を貫き、暗闇《くらやみ》のなかをあとずさりした。ジムには直感でわかった。この女性はメグではない。リーザ・カンタリーニだ。

「だめよ、できないわ、クレイ。私にはできない」リーザが言った。

「できないって何がだ！」クレイはリーザの腕をぐいと引いた。

「彼女をあのままにしていくなんて、いやよ。そんなこと……いけないことだわ」

「いけないことだって！　おまえにそんなことが言えるのか？　もうあともどりはできないんだよ。何カ月もかけて計画を練ってきたんじゃないか」

「それはそうだけど。でも、顔を見たら……あのままほうってはおけない」

「じゃあ、どうするつもりだ。逃がしてやって、警察で全部ぶちまけるのを黙って見ているのか。どうなんだ！」

ジムはいくぶんほっとした。少なくともメグはまだ生きている。ふたりの計画がどのようなものであれ、まだ実行に移してはいないらしい。

「とにかく、私はいや」

「ふん。おまえがどう思おうと知ったことか。いいか、これは子供の遊びじゃないんだぞ」

クレイがリーザに近づいた。ジムの位置からふたりの姿がはっきり見えるようになった。

「あそこにいる女はおれの最愛のいとこで、リーザ・カンタリーニという名前だ。彼女にかけられた百万ドルの保険金の受取人はおれだ。事故で死亡した場合は、保険金は倍額支払われる」顔が醜くゆがんだ。「つまり、彼女は二百万ドルの価値があるってわけだ。それがわかったら、くだらんことをつべこべ言うのはやめろ」

「でも、保険金がもらえなかったら？　保険会社がすんなり払ってくれるかどうか、わからないじゃない」

「ポーリーンのときはすんなり払った。そうだろ？」クレイはふたたびリーザの腕をつかんだ。

その手をリーザは乱暴に払いのけた。「これとポーリーンとどういう関係があるのよ」

「べつに。さあ、もういいだろ。ぐずぐずしてる暇はないんだよ」

「ちゃんと説明してよ！」リーザは叫んだ。「ポーリーンのことって、いったいどういうこと！」

クレイは冷酷な笑みを浮かべた。「考えてみろよ。ポーリーンは死んだ。そのおかげでビクターは大金を手にいれ、おまえはかねてからの夢だった富豪の夫を手にいれた。事故は金になるってことさ」

「でも……」リーザは力なく腕をさすった。「でも、ポーリーンは階段から落ちたのよ。

「フィラミーナが目撃してるわ」

「そのとおりだ」

「もしそれが事実でなかったのなら、どうしてフィラミーナは嘘《うそ》をついたりしたの」

「フィラミーナは利口な女だ。自分や幼い息子のためにどうすればいいか、ちゃんとわきまえている」クレイは体を近づけた。「あの事故のことは、だれひとり疑わなかった。今度のことだって、おれたちさえ落ち着いていれば、だれにも疑いはもたれない。いいか、おれたちしだいなんだぞ」

リーザの顔から血の気が引いた。「あんたがやったの、クレイ？　あんたが階段から突き落としたの？」

「いい加減にしろよ。おしゃべりはやめて出発するんだ」

リーザはテラスのはしから動こうとしない。屋根を流れ落ちる雨が銀色の矢のように降り注ぐ。

「なぜなの。ポーリーンになんの恨みがあったの」

「何も。ビクターのためにひと肌脱いでやっただけだ」

「でも……」リーザは困惑顔でクレイを凝視した。「でも、ポーリーンが死んだとき、あんたはビクターのことを知らなかったでしょ。彼とはじめて会ったのは……」

クレイはざらついた声で笑った。「まったく、おまえはおめでたい女だよ、リーザ。いつだって自分のことしか頭にないから、目のまえで起きていることが何も見えてない」

「どういう意味?」

「ビクターとおれは、古い古いつきあいだってことだよ。おれたちはふたりでいろんな仕事をやってきた」

リーザは青ざめて、顔を横にむけた。

「はじめておれに会った晩を覚えてるか。バーでハンサムな男に声をかけて、夫の目を盗んで家に連れて帰るなんて、われながら大胆なことをしたと思ったろう?」

リーザは言葉もなく聞きいっている。

「あれは全部ビクターがお膳立《ぜんだ》てしたことだ。おれは頼まれてあのバーにいった」

「ビクターがお膳立て? でも、どうして……」

「おまえがほかの男に食指を動かしそうな気配を察したからさ。どうせ浮気をされるなら、見張りも兼ねられる人間を相手に選ばせるのが都合がいい。あまり手におえなくなったら、ポーリーンと同じ目にあわせることだってできる」

リーザは怯《おび》えた表情で見あげた。「ビクターはあんたに私を殺させようと思ったの?」

「場合によってはな」クレイは軽い調子で答えた。「リーザ名義の保険金の受取人はおれたちだけじゃない。ビクターの懐にも相当の額がはいる。それに、若くて美しい妻をもつのは、必ずしもいいことばかりじゃないってことにやつは気づいたんだ。あれだけの犠牲を払ったことを思えば、黙って踏みつけにされているわけがない。忘れるんじゃないぞ、リーザ。ビクターはおまえのために人殺しをしたんだからな」

「でもどうして……」リーザは両手をきつく握りしめた。「ビクターはほかのことも知ってるの？　あんたが、私の産みの親を探しにリノにいったことも話したの？」

「もちろんさ。あのときの費用はビクターにだしてもらったじゃないか。おれをいとこだと偽って自分の過去を調べにいかせ、その費用を夫に払わせるとはなんと頭がいいと思っていたんだろう？　だが、ビクターは何もかもお見通しだったのさ」

「メグのことも？」リーザは張り詰めた声できいた。「ビクターはメグのことも知っているの？」

クレイは首をふった。「双子だったことがわかったとき、そのことはビクターには知らせないことにきめた。知らなくても彼はべつに困ることはない。リーザが死んで、夫とことが保険金を受けとる。それで万事オーケーだ」

「私のことはどうなの、クレイ」リーザはきいた。「私にもいろいろ秘密にしていることがあるわけ？　メグを始末したら、今度は私を殺して保険金をひとり占めする気だったんじゃないの？」

「何を言ってるんだ。おれがおまえのことをどんなに愛しているか知ってるだろう？」

リーザは冷ややかな視線を投げかけた。「ビクターは、メグが私ではないことに気づかなかったの？」

「気づかなかった。彼女のことをおまえだと信じている。それに、ひとついいことを教えてやろう」大きくにやっと笑った。「ビクターのやつは、また妻を愛するようになったのさ。おまえの姉妹は、おまえよりよほど性格がいいらしい」笑顔は消えた。「ビクターのやつは、事故のあとおれを呼んで、妻は具合がよくないから近づくなと言った。ちくしょう！長いあいだコンビを組んできたおれを、ただの殺し屋のように切り捨てやがった」

リーザはしばらくためらう様子を見せたのち、家の反対側をめざして雨のなかに飛びだした。

クレイは大声をあげてあとを追った。いとも簡単につかまえると、暴れまわるリーザの腕をつかんでテラスに引きもどし、思いきり殴りつけた。拳《こぶし》がふりおろされるたびに、リーザの頭は人形のように大きく左右に揺れる。

もうたくさんだ。ジムはクレイの背後に忍び寄り、ライフルを脇腹《わきばら》に突きつけた。「やめろ」静かにクレイに告げる。「もう終わりだ。彼女を放して両手をあげろ。家にむかって歩け」

クレイが手を放すと、リーザはうめき声をあげてくずおれた。ほんの一瞬ジムの注意がそれたすきに、クレイがライフルに手をのばす。

ジムはライフルを死守して、がむしゃらにふりまわした。頭に強烈な一撃がきまり、クレイはよろよろとあとずさったが、すぐにまたむかってきた。ジムは姿勢を低くして、ライフルを逆さにかまえた。銃床を大きくふりかざし、クレイの頭と肩めがけて打ちおろす。膝をついたところを、さらに殴りつけた。

クレイは床にのびて動かなくなった。ジムは胸のむかつきを覚えながら、テラスを横切ってリーザのそばにいった。体の下に血だまりができ、敷石を伝って草の上に流れていく。ジムは胸のむかつきを覚えながら、テラスを横切ってリーザのそばにいった。膝をついて上半身を抱え起こすと、彼女は痛みに顔をゆがめた。

「リーザ！　彼女はどこだ！　メグはどこにいる！」

リーザはぼんやりした目で見あげた。顔中あざだらけで、腫《は》れた唇から血が流れている。

「リーザ！」体を揺さぶりたい衝動を必死におさえる。「教えてくれ！　メグはどこだ！」

「ガレージ」絞りだすようにリーザは言った。「お願いよ……急いで」

ジムは濡《ぬ》れた芝生を走ってガレージにむかった。

ドアはロックされている。窓に耳を寄せると、嵐《あらし》の吹き荒れる音にまじってブーンという鈍い音がきこえる。ガレージのなかは暗く静まりかえっているが、車のエンジンがかけっぱなしになっているらしい。

ジムは恐怖にかられて大声をあげ、ライフルの銃床で窓ガラスを乱暴に叩《たた》き割った。窓によじのぼり、とがったガラスの割れ目をものともせずに体をくぐらせ、コンクリートの床に飛びおりる。すばやく体勢を立てなおし、体を低くして二台の車のあいだに走っていき、四輪駆動車のエンジンを切った。

「メグ」暗闇に目をこらし、ジムは小さな声で呼びかけた。恐ろしさで口のなかがからからだった。明かりのスイッチを探すためにドアのほうへいきかけたとき、メグの体につまずいた。

明かりをつけてメグの脇に膝をつき、また急いでもどって外のドアを開閉するスイッチをいれる。冷たい風とともに、新鮮な空気が流れこんできた。

メグを抱きあげ、ジムは開いたドアのそばに連れていった。

メグの体は、ぴくりとも動かなかった。蛍光灯のまぶしい光に照らされた顔には血の気がほとんど感じられず、唇だけがあざやかなピンク色に輝いている。頭の傷から流れだした血が、首筋と耳を赤く染めていた。

「ああ、どうしたらいいんだ」ジムはメグを抱いて体を揺すった。「ああ、メグ……」

そっと床におろし、唇を押しつけて空気を送りこんだ。絶望に打ちひしがれそうになりながら、ジムはこれがはじめてのキスであることを皮肉な気持で思いめぐらしていた。

反応はない。息を吸って口のなかに吹きこみながら、両手で規則的に体を押しつづける。

やがて、涙がジムの頬を伝って流れた。

雨がジムの体を打ち、服を濡らす。長い時間がたったが、ジムはまったくそれに気づかなかった。すさまじい風雨のうなりのなかから闇を切り裂いて近づいてくるサイレンの音がかすかにきこえたときも、ジムは顔をあげようともしなかった。

エピローグ

峡谷地帯を白一色に変える冬が過ぎ、みずみずしい緑あふれる春になった。丘陵をさまざまな色に塗りかえ、小川のたたずまいを変化させながら、季節はめぐっていく。次の年が過ぎ、またその次の夏も去った。ふたたび山から冷気が流れこむ季節となり、谷間に降り積もった雪は凍った小川をおおい隠し、常緑樹の枝葉に白く厚い衣を着せた。峡谷の大きな家にはクリスマスの飾りつけが施されている。家のなかはヒイラギの枝や、色とりどりの電球であふれ、樅《もみ》の木の香りと、焼きたてのケーキのおいしそうなにおいが漂っている。

霜柱の輝く真珠色の夜明けが訪れた。メグはしんとした静けさのなかで目を覚まし、子猫のように満ち足りた表情でのびをした。だが、今日の予定を思いだし、きゅっと口もとを引きしめる。

手をのばして枕《まくら》もとの明かりをつけ、枕に寄りかかって考えをめぐらせる。戸口に小さな黒い頭があらわれ、黄色いパジャマ姿のドミーがはにかんで笑いながら、部屋のなかをのぞきこんだ。

　メグがにっこり笑って自分の横のあいている場所を叩《たた》くと、ドミーは駆け寄ってきてベッドによじのぼった。

　もうすぐ五歳になるドミーは、丸々とした幼児体型から、足の長い少年らしい体つきに変化しはじめている。ベッドのなかに落ち着くと、彼は手にもった大きなノートとたくさんのフェルトペンをメグに見せた。

「サンタクロースにお手紙書くんだ」

「あら、そうなの」メグは毛布を引きあげて小さな体を包み、さらに近くに抱き寄せた。

「何をお願いするつもり？」

「新しいそりとプラモデルのセットだよ。サンタクロースってどう書くの？」

「そうねえ。絵を描《か》いたらどうかしら。サンタクロースはきっとそれでわかってくれるわ。まずサンタクロースの絵を描いて、それからほしいものの絵と、下に自分の名前を書いてごらんなさい」

「サンタクロース、絵を見ただけでわかるかなあ」

「サンタクロースは、どんな絵でもちゃんとわかるのよ」

　ドミーは納得してうなずいた。ノートにおおいかぶさるようにして、ペンをぎゅっと握りしめる。

フィラミーナが戸口にあらわれ、ふたりの様子を見てにこやかにほほえんだ。「トルーディから電話がありました。オズワルドと一緒にクリスマスの夕食にくるそうです」

「あら、それは楽しみね！　今年はバルバドス島にいくのかと思っていたわ」

「クリスマスがすんでからでかけるそうですよ。トルーディは太陽が大好きなんです。一月のどんよりした空と雪を何より嫌ってましたから」

「そういえば、今日はいいお天気になりそうね。絶好のドライブ日和だわ」

フィラミーナは部屋のなかにはいってきて窓の外をのぞいた。「私はあまり賛成できません。おやめになったほうがいいですよ。お体のことを考えなくては」

「そう言われるのはわかってるけど、でもいくってきめたの」メグは明るい口調で言った。「そんなに心配しなくても大丈夫よ。すぐに帰ってくるから」

フィラミーナはカーテンをもとにもどし、メグをまっすぐに見た。「でかけられたことを知ったら、ご主人様は死ぬほど心配なさいます」

夫のことを思うと、メグは体中にいとしさがあふれるのを感じた。「そうかもしれないわね」素直に認めてベッドからおり、バスルームへむかった。「でも、あのひとならわかってくれるわ。愛してるって伝えてね。暗くなるまえに帰りますからって」

二時間後、メグは北にむかって車を走らせていた。アイダホ州との州境を越え、ポカテッロの先にある辺鄙な土地をめざす。フィラミーナが用意してくれたエッグサンドを食べ終え、正午を過ぎたころ、道路標識に目を配りはじめた。胸のなかで次第に緊張が高まっていく。

フリーウェイをおり、わかりにくい脇道《わきみち》を何キロも進むと、鉄条網のフェンスのむこうにコンクリートの建物が不規則に並んでいるのが見えてきた。

警備員のいるゲートを通り、建物の入口でふたたび簡単なチェックを受けたのち、面会室に案内された。部屋のなかは小さく仕切られたスペースが並び、それぞれに木の机と椅子がひとつずつ置かれている。

メグは胸をどきどきさせながら椅子に腰をおろした。隣のスペースとのあいだは高いところから幕のようなものがかけられ、仕切られている。傷だらけの机に腕をのせた彼女は、正面の窓に目をやった。頑丈な金網入りのガラスには、机から三十センチほど上の位置に小さな穴が整然とあけられ、反対側の人間と会話ができるようになっている。いま、そこにはだれもいない。

奥の部屋のドアがあいて、色褪《いろあ》せたブルーの服の女たちが部屋のなかに連れてこられた。そのなかのひとりが部屋を横切り、メグのほうに歩いてきた。

化粧っけのない顔で不格好な囚人服を着ていても、リーザは美しく、身のこなしがなめらかで優雅だ。彼女は椅子にすわり、金網入りのガラスごしに訪問者を見つめた。

「あらまあ」椅子の背に体をもたせかけて、リーザはつぶやいた。「いったいだれかと思ったら」

メグはもじもじと体を動かした。リーザとクレイによってガレージに置き去りにされた秋の夜から二年以上の月日がたつが、それ以来一度も顔をあわせていなかった。こうして見ると、ふたりがまさにうりふたつであることに、あらためて驚異の念を覚える。自分の人格が分裂して、もうひとつの体にのり移ったような気さえした。

リーザはかすかに笑みを浮かべてメグを見つめているが、口を開こうとはしなかった。

「とても……とても元気そうね」ぎこちなく咳払《せきばら》いをして、メグは言った。

リーザはおかしそうに笑った。「そうね、ここは専門のヘアドレッサーとメイクアップ係のいるぜいたくな保養地だもの。おしゃれをする以外、ほかにすることもないし」

メグはなんと言っていいかわからずに、黙っていた。

「この髪にも慣れてきたわ」リーザはショートにした黒髪を気どらない仕草でかきあげた。「まえはずっとのばしてたんだけど」

「ええ。写真で見たわ。でも……髪を切ったんでしょう？　あのとき」

「仕方なくね」

「どうして？」

「そうしないと、あなたに見えないもの」そんなこともわからないのかというようにリーザはメグを見た。

　メグは落ち着きなく体を動かした。この面会のために一年以上かけて心の準備をしてきたつもりだったが、こうして窓さえなければ触れられるほど近くで相対すると、準備が充分でなかったことを思い知らされる。

「あのとき何が起きたのか、私にはよく理解できなかった」メグは言った。「それで、ここにくることにしたの。あなたにききたくて……あなたが何をしたのか」

　リーザは肩をすくめた。「私たちが司法取引をしたせいね。裁判になっていたら、あなたにもよくわかったのに」

「裁判なんて、考えるだけでも耐えられない」メグは身を震わせた。「証言をしなくてもいいと言われたときはほっとしたわ。それに……」机の上に彫られたイニシャルに目をとめながら言う。「もしも裁判になったとしても、そのころはおなかに赤ちゃんがいて、具合がよくなかったの。予定外の妊娠で」

「それで、赤ん坊はどっちだった？」リーザはあまり興味がなさそうにきいた。

「流産したの。四カ月で」メグは唇を噛《か》んでリーザの顔を見あげた。「双子だったのよ。たぶん女の子の双子」

「本当に？　じゃあ、かえってよかったんじゃない？」リーザはうっすらと笑った。

　メグはうなずいた。夫を悲しませ、自分も傷ついたつらい思いが一瞬胸によみがえった。

「でも、またできたの」気をとりなおして言った。「予定日は五月よ」

「今度も双子？」

メグは首をふった。「今度はちがうわ」

「後遺症のようなものはない？　排気ガスを吸ったでしょう？」

「大丈夫。ガレージはひろいから、床の上にはガスがあまりたまっていなくて、私は深刻な症状がでるほど吸ってはいなかったの。でも、もう少し発見が遅かったら、どうなっていたか……」

メグはふと口をつぐんだ。こんな会話をかわしていることが信じられない。

「それで」ややあってリーザが言った。「カウボーイと結婚したんですってね」

「ええ」メグは笑顔で答えた。「ジム・レガットと結婚したわ」

「彼の家に住んでいるの？」

「もちろんよ」

「すぐ隣にあの屋敷が見えるのは、なんだか気持悪くない？」

「はじめのうちはそうだったけど、でも、もうビクターの屋敷ではなくなったから。買いとったのは歯医者さんで、五人の子供がいるの。いまはとってもにぎやかよ」

リーザは顔をしかめた。「子供が五人ですって？　屋敷のなかはめちゃめちゃでしょうね。私はあの屋敷が本当に好きだったわ」遠くを見つめて言った。

だ。

「私もよ。私たちはとても趣味が似ているみたい」

「男の趣味以外はね」

メグはクレイ・マローンのつかみどころのないグレーの瞳と、冷たく整った顔立ちを思い浮かべた。少年のような純真さにあふれ、見るからに健康的なジムの容姿とは大ちがいだ。

「カウボーイの彼があなたに夢中になったなんて不思議ね」リーザは言った。「私のことは好きじゃなかったのに。でも、それはつまり、あなたと私がちがう人間だってことね」

「ええ、そうだと思うわ」メグは静かな口調で答えた。

「クレイは私のことも裏切るつもりだったのよ。保険金を手にいれたら、姿を消す計画だったんだわ」

「教えてちょうだい。どうしてあなたはあんなことをしたの？　お金のため？」

リーザは目を伏せて、机の上の模様を指でなぞった。「ええ、そうよ」

「本当にそれだけ？」

「あなたのことを知ると、完璧《かんぺき》な計画が思い浮かんだの。私の身代わりとしてあなたが死んで、私は自分の保険金を受けとる。どう、すばらしいアイデアでしょ？」

「でも、どうやって私のことを知ったの？　ずっとまえから知っていたの？」

「クレイが調べてくれたわ」

「彼のことをいとこだと言っていたのはなぜ？」

「いつもそばにいてもあやしまれないで、保険金の受取人になってもおかしくないような関係に見せかける必要があったからよ。私はそうやってビクターをだましているつもりだった。でも、クレイに会うように仕向けたのはビクターだったのよ。実際は、クレイを使って私を監視し、私の行動に目を光らせていた。陰険なおやじ」リーザは吐き捨てるように言った。

「でも、あなたはポーリーンのことについては知らなかったんでしょう？」

「彼女が殺されたこと？　もちろんよ。そんなこと夢にも思わなかった。酔っぱらって自分で階段から落ちたんだと信じていたもの。ビクターはばかよ。殺す必要なんかなかったのに。彼女がなんと言おうと、どうせ私たちは結婚したんだから。ビクターは罪の意識に耐えきれなくなったんだわ。私への欲望でいっぱいのくせに、ポーリーンの顔を見ると自分のしていることの卑しさを思い知らされる。殺したのは、彼女の顔をあれ以上見ていられなかったからよ。そしてあとになると、あんなことをしたのは私のせいだと思うようになった」

「ビクターは直接手をくだしたわけじゃないわ」

リーザは肩をすくめた。「同じことよ。クレイを使って殺させたんだから。逮捕されたあと、ふたりは必死に罪のなすりあいをしたわ。結局は、ふたりともずっと刑務所暮らしということになったけど」

「それをきいてうれしかった？」

「もちろんよ。ふたりとも電気椅子に送られればいいんだわ」

「あなたはクレイを愛してるのかと思ってた」

「嘘《うそ》をついているなんて知らなかったころはね。ビクターに会ったことがないという話も、私は全部信じていたわ」

「私もよ。クレイは自分がきたことをビクターに話してはいけないと言っていたわ」

「ビクターに出入りを禁止されたあとで屋敷にいくのは危険なことだったけど、なかの様子を探りにいく必要があったのよ。あの時点で計画を断念するわけにはいかなかったし」

「計画はもう少しで成功するところだった。あのときジムがあらわれなかったら……」

「ジムは最初から邪魔な存在だったわ。クレイは作り話をして、あなたを彼から遠ざけようとしたんだけど、ジムはなかなかしぶとくて」

「あなたはいつ私のことを知ったの？」メグはふたたび同じことをきいた。「そこまで念入りに計画を練ったということは、ずいぶんまえから知っていたんでしょ？」

「クレイに出会って愛するようになったあと、私は彼をいとこだとビクターに紹介したの。もちろん嘘よ。私立探偵をしていると言ったわ。それは本当。産みの親をいとこに探してもらうつもりだと話したの。それも本当よ。そういう理由があれば彼が屋敷にしょっちゅう出入りしてもおかしくないし、調査費の名目でお金も渡せるでしょ。ビクターはけちだから、もし離婚しても私は一セントももらえそうにない。だから、何かほかの方法を考えなきゃならなかったのよ。もしも産みの親が金持だったら、お金を絞りとることができるかもしれないし」

「それでクレイはリノへいったのね」

リーザはうなずいた。「養子の斡旋《あっせん》をした法律事務所の住所は、母の遺品のなかにあったの。クレイは弁護士を探しあてて、それから病院へいったわ。ぼけてしまった年寄りの医者から話をきいて、あの晩生まれたのは双子だったということがわかった。帰ってきたクレイに話をきいたとき、私は――」彼女はふいに言葉を切った。

「きかせて」メグは身をのりだした。「あなたはどう感じたの」

リーザは首をふり、机の上に視線を落とした。「頭がおかしくなりそうだった。我慢できなかった。恐れていた悪夢が現実になったみたいで」

「それはなぜ?」

「私にはわかっていたの。ずっとまえからわかっていた」

「あなたのお母さんに双子だときかされていたの?」

リーザは乾いた声で笑った。「ちがうわ。テリーは何ひとつ教えてくれなかった。私が養女だったことさえ言ってくれなかった」

「それならどうして……」

「覚えているのよ、あなたがいたことを。私は先に生まれて、十分間だけみんなの注目を集めていた。そこへあなたが生まれて、何もかもぶちこわしたの」

「でも……私たちはすぐに引き離されて、生後一週間ほどで養子にだされたでしょう？一緒に育ったわけではないのに」

「同じことよ。私は心のどこかであなたの存在を感じていた。あなたが私とそっくりで、私より善良な心をもっていることを知っていた。子供のとき、あなたのことが大嫌いだった」驚くほど強い口調でリーザは言った。

「双子に関する本を何冊か読んだわ。それによると、双子はべつべつに育てられても相手の存在を感じることが多いんですって。そういうのを〝シャドーイング〟と言うそうよ。でも、私は一度も感じたことがなかった」

「感じるわけないでしょ。あなたは両親に愛されて育ったし、野球をして遊ぶような普通の子供として扱われてきたんだもの」

「きっとそれだわ」メグは一瞬黙りこんだ。「やはりお金のためじゃなかったのよ。あなたが私を殺したいと思ったのは、心のなかに抱きつづけていた怒りのためだったんだわ」

　リーザはメグの頭上の壁に目をやった。「そうかもしれない。とにかく自分が双子だったことを知ると、私は頭がおかしくなりそうだった。とくに、私たちがどれほどそっくりかきかされたとき、その思いは頂点に達したわ」

「クレイはどうやって私を見つけたの?」

「私立探偵だもの、お手のものよ。あなたがお父さんと観光牧場にいたことを探りだして、お父さんがだれかを殺したあと、あなたが逃げだしたことを突きとめたの」

グレーの目をしたやさしい父を、メグは思い浮かべた。「あのころ、私は頭が混乱していたの。牧場を逃げだしたあとのことは記憶が曖昧《あいまい》で、ドクター・ワッサーマンの質問にも満足に答えられなかった。ラスベガスには友だちもいなかったし」

「クレイはそのことも全部探りだしたのよ。あなたが心身ともに健康で、友人や家族に囲まれていたら、あの計画はうまくいかなかった。実際、私たちが真剣に考えるようになったのは、あなたがどんなに孤独な生活を送っているかを知ってからだったわ。あなたは傷ついた子犬みたいにひとりぼっちだった」

「その計画というのは、私を誘拐してあなたの車に乗せ、フリーウェイから崖《がけ》に突き落として私を殺すこと。そうだったのね?」

「そうよ。でもあなたは死ななかった。いつも非協力的なんだから」リーザはにやっと笑った。

メグは笑わなかった。「その点がずっと解せなかったの。なぜそんなやり方をしたの。どうして車に乗せるまえに殺さなかったの」

「そのことはさんざん話しあったわ。私たちは四カ月もかけて計画を練りあげたのよ。入念に計画を立てて、何度もちがう角度から検討した。どうやってあなたを誘拐し、私がラスベガスにいってあなたになりすますか。そうしているうちに、現実感が薄れてきたの。つまり、本当にひとを殺すのではなくて、ただのゲームみたいに思えてきたのよ。わかるかしら？」

メグは無言でうなずいた。

「事前にあなたを殺すことは、危険が大きすぎてできなかった。だって、ビクターの前の奥さんもあんな状況で死んでるでしょ。莫大《ばくだい》な保険金がかかっていることがわかれば、警察も疑いの目をむけるかもしれない。調べられて、あなたが事故のまえに死んでいたことがわかったら、元も子もなくなってしまう。だから、事故で死んでくれることを祈って、あとは運を天にまかせることにしたの」

「そこにドクター・ワッサーマンが登場したのね」

リーザはさげすむように手をふった。「クララの操縦は簡単だった。春にビクターのすすめで彼女に会ったとき、ひと目でわかったわ。自分の成功しか考えていない利己的な女だって。似た者どうし、そういうことはすぐにわかるのよ」

メグは答えなかった。

「クララはその後どうなったの」リーザがきいた。

「あなたたち三人が刑務所にはいった直後に街をでたわ」

「医師免許を剝奪《はくだつ》されたりはしないの？」

「彼女が事件にどのような影響を与えたか、それを証明することはだれにもできないわ。私も訴える気にはならなかった。訴えたところで、彼女のほうは悪意はなかったと主張するでしょう。結局、あなたの演技が上手だったということね」

リーザはまんざらでもなさそうな顔をした。「それで、彼女はどこへ消えたのかしら？」

「ロサンゼルスにいったらしいわ」

「そう。カリフォルニア州にいけば、あっと驚くような珍しい病気の患者に出会えるかもしれないわね」

メグは視線をはずした。野心に燃えるあまり、自分をつらい目にあわせた精神科医のことはあまり思いだしたくない。

「とにかく、私は多重人格について勉強して、それがどれほど珍しい病気か知ったの。本物の患者があらわれたら、クララは死ぬほど喜んで、研究の成果を発表したがるにきまってる。それで、診察のときにちょっと種をまいておいたのよ。あなたが命をとりとめて、自分はリーザ・カンタリーニではないと言いだしたときのためにね。それに、クララの診察をしばらく受けていれば、あなたは次第に頭が混乱して、自分がだれかわからなくなると思ったの。まあ、いずれにしても、クレイがいつまでもほうっておくはずはなかったけど」

「本当によくできた計画ね」メグはゆっくりと言った。「いまになって、私にもやっとわかったわ」

リーザは肩をすくめた。「言ったでしょう。クレイと私は何カ月もかけて計画を練りあげたのよ。ゲームみたいにね」

「ラスベガスにいた女性というのはだれだったの。メーガン・ハウエルと名のっていた女性は」

「私にきまってるでしょ。ほかにだれがいるっていうの」

「でも……あのことが起こるよりまえにメグ・ハウエルと話をしたって、ドクターに言ったでしょう？」

リーザは心底おかしそうに笑った。「嘘よ、当然でしょ。リーザ・カンタリーニの人格が変わったことについて何か説明が必要だったから、そう言っただけ」

「それなら、あなたとラスベガスで顔をあわせたことはなかったのね。私はどこかであなたと会ったのに、記憶が消えてしまったのかと思ったわ」

「会ったことはないわ。以前メーガン・ハウエルと会ったと言ったのは、単に計画の一部にすぎなかったのよ」

「本当によく考えたのね」メグはつぶやいた。「ときどき夜中に目を覚まして、どういうことだったのかと考えるんだけど、細かいことが思いだせなくて」

「言ったでしょう。クレイと私は何カ月もそのことばかり話しあっていたの。愛しあうことに疲れると、保険金を手にいれる方法を相談し、あなたが死んだあとのことを話しあった。でも……」リーザは口をつぐんで、ポケットのほつれた糸を指でもてあそんだ。

「なに？　でも、なんなの？」

「あの晩、ガレージであなたを見たとき……」顔をあげて一瞬メグの目を見つめ、彼女はすぐに目をそらした。「気持が変わったの。あなたの瞳を見たら、もうゲームとは思えなくなった。なんだか……とてもいやな気分で」

「でも、私を見たのははじめてではなかったでしょう？　クレイが私を車に乗せて崖から突き落としたときも、一緒にいたんでしょう？」

「あのときは、あなたは意識を失っていたし、あたりは真っ暗だった。状況が全然ちがうわ」

「あの晩のことは何も覚えていないの。仕事を終えて調理場をでたこと以外は。よほど強い薬をのまされたんでしょうね。シーダー・シティへはずいぶん遠い道のりですもの」

「クレイはそういうことにかけては専門家だから」

メグは後ろから首をしめられたときのことを思いだし、思わず身震いして自分の体に腕をまわした。「ラスベガスでホテルの部屋に押し入ろうとしたのは彼だったのね？　どうやって鍵《かぎ》を手にいれたの？」

「簡単よ。私があなたになりすましてフロントで予備のルームキーをもらい、クレイは事務所の女の子を丸めこんで、ボルト用の鍵のコピーをつくってもらったの。でも、あなたはドアがあかないように、何かはさんでいたでしょう」リーザは思いだし笑いをした。

「クレイは怒り狂ってたわ」

「ジムが話してくれた……」メグは口ごもった。「あの晩、私を助けようとして、あなたはクレイと争ったって」

　ふたりはふいにきまりが悪くなり、たがいに相手の視線を避けて黙りこんだ。ほかの面会人の話し声が途切れ途切れにきこえ、壁時計の長針が時を刻む音が耳につく。

　ようやくメグが咳払いをして顔をあげた。「ここの住み心地はどう？　最悪？」

「はじめはそうだったけど、もう慣れたわ。そんなに悪くない。けっこうおもしろいところよ。ここではみんなで話しあいをするし、支援グループの人たちもいて、友だちもできたわ。私にはこれまで友だちがひとりもいなかった。子供のときから」驚くほど正直な口調だった。

「どうして友だちがいなかったの？」

「私はいつもきれいなドレスを着せられて、ほかの子とはちがうんだって言いきかされてきた。それに美人コンテストで優勝するようになると、学校の女の子たちは私を仲間はずれにしたわ。私は、女の子は友だちではなく競争相手だと思って大きくなったの。でも、いまはちがう」

メグは大きくうなずいた。

「それに、短大の単位もとってるの」リーザはいくぶん恥ずかしげにつづけた。「来年には卒業資格がもらえるのよ」

「本当？　知らなかったわ」

リーザは口もとをほころばせた。「あの多重人格の話にとても興味を引かれて、もっと勉強したくなったの。クララみたいなひとが医者になれるのなら、私にだって可能性はあるでしょ？」

奥の部屋の戸口に女性の看守があらわれて何か言った。その声はメグのところまでは届かなかった。リーザが立ちあがるのを見てメグも椅子から立ち、ガラスに顔を寄せた。

「リーザ」

すでに歩きはじめていたリーザは立ちどまり、二、三歩引きかえしてきた。

「さしいれをもってきたの。検閲がすまないとあなたの手には渡らないけど、問題はないと思うわ」

「どんなもの？」

「化粧品にチョコレート、本と雑誌を少し、それに……ちょっとしたクリスマスプレゼント」眉をつりあげるリーザを見て、メグは赤くなった。

リーザはガラスごしに笑顔を見せた。「あなたって本当にやさしいのね、メグ。信じられないくらい」

「リーザ、またきてもいいかしら」

「なぜ？」

「あなたに会いたいから。もっと話がしたいの。事件のことじゃなくて……人生について」

リーザは目を伏せて、すばやく顔をそむけた。

「きたければどうぞ」歩き去りながら肩ごしに言った。くぐもった声がかすかにききとれた。「きたければ、きてもいいわよ」

そして一度も後ろをふりむかずにドアのむこうに消えた。

メグは閉じたドアをしばらくのあいだ見つめ、面会室をあとにした。外にでると、あたりは夕暮れの静寂に包まれていた。ふたたびフリーウェイにのり、ユタをめざして南に車をむける。

冬の太陽が西に低く傾き、青く長い影を草原に投げかけていた。おなかのなかで赤ん坊が動いた。その動きは蝶《ちょう》の羽のように軽やかでやさしく、希望に満ちていた。いとおしさで、メグの目に涙があふれる。

フリーウェイの横に広がる草原をかすめるように、鷹《たか》が飛んでいく。沈みかけた太陽から放たれた最後の光が、鳥の翼をあざやかな金色に染めあげた。

涙に濡《ぬ》れた顔にほほえみを浮かべ、メグは金色の翼を追ってわが家へとむかった。

訳者あとがき

目をあけると、そこは見知らぬ病院でした。周囲の人たちは、あなたを聞いたこともない名前で呼びます。自分の名前を言っても、だれも信じてくれません。夫だという男があらわれて、なにかと世話を焼きたがりますが、あなたにとってその男は赤の他人でしかないのです。たしかな記憶を呼び起こそうとしても、ここ一年ほどのことはなぜかぼんやりとしか思いだせません。担当の医師の診断は多重人格症でした。

自分自身のアイデンティティを失うという、現代人にとってもっとも恐ろしい事態に直面したメグ・ハウエルの物語は、こうして幕をあけます。そんなはずはないと思っても、医師や周囲の人間の言葉を突き崩せるだけの根拠は何もありません。次第に追い詰められ、心のバランスを失いそうになるメグ。そして、彼女を待ち受ける数多くの謎《なぞ》。おもしろくて、読みはじめたらやめられなくなる作品です。

本書では、多重人格症という、近ごろの出版界ではポピュラーとさえ言える心の病が、ストーリーの上で重要な役割を果たしています。多重人格症とは、正確には解離性同一性障害といって、ひとりの人間のなかに複数の人格が存在し、それらの人格が入れ替わって表にあらわれるというものです。幼少時における過酷な体験が引き金となって発症することが多いようですが、アメリカでは年間千人が多重人格症と診断されているといいます。本書のストーリーが荒唐無稽《こうとうむけい》に思えないのは、さまざまなストレスに絶えずさらされている我々にとって、そのような病気が身近とは言えないまでも、まったく無縁だとは言いきれないからではないでしょうか。著者のマーゴット・ダルトンは、そういった人間の心の複雑さを、きめ細かな筆致で描きだします。

言ってみれば、これはメグによる自分探しの物語です。本当の自分を求めて、彼女は秘められた過去を探りに旅立ち、危険な罠《わな》へと一歩一歩近づいていきます。そんなメグを精神的に支えるのが、乗馬を通して知りあった隣家のジムでした。メグの身に危険が差しせまったことを察知して、豪雨のなかをラスベガスからソルトレーク・シティまで車を飛ばして駆けつける場面は、緊迫感に満ちています。本書の魅力は、感動的なストーリー構成とともに、読者をはらはらさせるミステリー的な要素が多分に含まれていることにあると思います。

もうひとつ、本書の魅力をあげるとすれば、それは血の通った脇役《わきやく》たちの存在です。なかでも印象深いのが、隣家の家政婦トルーディ。主人のジムにも言いたい放題、けれども根はやさしくて、だれもが甘えたくなるようなしっかり者です。うちにもこんな家政婦さんがいてくれたら、とかなわぬ夢を見てしまうのは私だけでしょうか。

著者のマーゴット・ダルトンは、カナダの中西部アルバータ州生まれ。十一歳で小説を書きはじめ、現在までに二十冊以上のロマンス小説を発表しています。北米では数々の賞を受賞し、ドラマチックなストーリー作りと優れた文章力が高く評価されています。読書家で、好きな作品は「人物に主眼を置き、よく練られて、しっかりとした文章で書かれたもの」とのことですが、この特徴はそのまま彼女の作品にも当てはまると言えるでしょう。現在はブリティッシュ・コロンビア州で夫と二人の子供とともに暮らしています。

最後に、彼女が自分自身について語った言葉をご紹介しておきましょう。

「初恋の相手と結婚した私は、何よりも家庭を大切にしています。知識欲が旺盛《おうせい》で、友人や子供たちが言うところの〝堅い本〟も読みます。好きなものは、赤ちゃん、編み物、裁縫、園芸、料理、動物といろいろありますが、もっとも愛してやまないのは本です。これは、一生変わらないでしょう」

二〇〇一年六月

皆川孝子

訳者　皆川孝子

東京都生まれ。英米文学翻訳家。訳書に、スペンサー・ジョーンズ『200本のたばこ』、ウィリアム・トレバー『フェリシアの旅』(以上、角川文庫)などがある。また、黒瀬みなのペンネームでハーレクイン社のシリーズロマンスを翻訳。

●本書は、1998年4月に小社より刊行された単行本を
文庫化したものです。

ひそやかな殺意

2001年9月15日発行　第1刷

著　　者/マーゴット・ダルトン

訳　　者/皆川孝子(みながわ　たかこ)

発 行 人/安田　泫

発 行 所/株式会社ハーレクイン

東京都千代田区内神田1-14-6

電話/03-3292-8091(営業)

03-3292-8457(読者サービス係)

印刷・製本/大日本印刷株式会社

装 幀 者/林　修一郎

ISBN4-596-91006-5

“MIRA” とは？

——星の名前です。秋から冬にかけて南の空に見られる鯨座に輝く変光星。

MIRA文庫では、きらめく才能を持ったスター作家たちが紡ぎ出す作品をお届けしていきます。サイコサスペンス、ミステリー、ロマンス、歴史物など、さまざまな変化を楽しんでいただけます。

——女性の名前です。

MIRA文庫には、いま最も筆の冴えている女性作家の作品が続々と登場いたします。

——ラテン語で “すばらしい” を意味する言葉であり、“感嘆する” という動詞の語源にもなっています。

MIRA文庫は、どれも自信を持っておすすめできる海外のベストセラーばかりです。また原書どおりでありながら、違和感なく一気に読み進むことのできる翻訳の完成度の高さも目標に置いています。

——スペイン語では “見ること” を意味します。

MIRA文庫を、ぜひ多くのみなさまに楽しんでいただければと思っております。

MIRA BOOKS編集部

MIRA文庫の新刊

ヘザー・グレアム
風音さやか 訳
視線の先の狂気
不思議な能力を持つマディスンはFBIの捜査に加わる。繰り返し見る悪夢の謎が解けたとき、待ち受けていた衝撃の事実とは……。

テイラー・スミス
安野 玲 訳
沈黙の罪
マライアの家族を襲った悲惨な事故。犯人探しを始めた彼女に、暗殺者の影が忍び寄る。元情報分析官の著者が放つノンストップ・サスペンス。

ジャスミン・クレスウェル
米崎邦子 訳
夜を欺く闇
放火事件を最後に財閥の相続人クレアは姿を消した。7年後、クレアを名乗る女性が現れる。欲望が絡み合う家族の絆は解き明かされるのか?

ジョアン・ロス
笠原博子 訳
オートクチュール
本当に欲しいものを手に入れる方法は? 富と権力の渦巻く全米屈指のデパート・チェーンを舞台に、愛を求める孤独な人々の姿を描く。

メアリー・リン・バクスター
霜月 桂 訳
終われないふたり
殺人事件、脅迫…。でも彼女が本当に恐れているのは、捜査を担当する元夫なのかもしれない。愛と陰謀が交錯するロマンティック・サスペンス。

レベッカ・ブランドワイン
大倉貴子 訳
ダスト・デビル
12年ぶりの再会で愛を確かめ合う恋人たちのまわりで次々と謎の殺人が起こる。事件を追うふたりの背後に邪悪な陰謀が渦巻いていた……。